作者｜**珍・奧斯汀**

JANE AUSTEN, 1775–1817

享譽世界的英國小說家，一生創作不輟，
以六部雋永的長篇小說聞名於世，其中以《傲慢與偏見》最具代表性。
她一生未婚，生前作品皆以匿名發表，善以幽默而機智的筆觸，
細細描繪十九世紀英國鄉紳生活風貌及流轉其中的人情世故，
曾在書信中自言其寫作是「在兩吋的象牙上雕刻」。
她的文學魅力跨越時代與地域，至今依然深受廣大讀者愛戴，
更成為當代無數精彩作品的靈感繆思。

繪者｜**休・湯姆森**

HUGH THOMSON, 1860–1920

愛爾蘭插畫家，十九世紀末活躍於倫敦，以注重細節的鋼筆畫著稱，
經常至博物館考察，擅長捕捉時代氛圍及勾勒各色人物樣貌。
1894年孔雀版（Peacock edition）《傲慢與偏見》封面與160幅插畫即出自他的筆下，
甫出版便大受歡迎，至今依然是最受收藏家喜愛的經典版本之一。
他也是英國克蘭佛畫派（Cranford School）先驅，
其繪畫風格對同時代的插畫家影響深遠。

譯者｜**章晉唯**

生於台北，台大外文系、師大翻譯所畢業，單口喜劇演員，
喜愛文學、電影、街舞、咖啡和單口喜劇。
曾以《親愛的夏吉・班恩》獲金鼎獎圖書翻譯獎，
《少年蒙歌》入圍梁實秋文學大師獎。
譯作包括《輕舔絲絨》《華麗的邪惡》《指匠情挑》
《白蜂巢》《骰子人》《女巫瑟西》。

珍·奧斯汀

章晉唯——譯

珍·奧斯汀250歲冥誕珍藏紀念版

傲慢與偏見

Pride and Prejudice

Jane Austen

復刻1894年孔雀版經典插畫160幅

1894

Reading Jane's Letters. Chap 34.

1

有句人生道理，世人無一不認同：一個男人單身又有錢，那他一定缺老婆。

這人一出現在地方上，也不管他個人的看法和感受，家家戶戶腦中馬上會浮現這句深植入心的名言，理所當然認為他歸自家女兒所有。

「親愛的班奈特先生，」這天太太對他說，「尼德斐莊園終於租出去了，你有聽說嗎？」

班奈特先生回說沒有。

「真的租出去了，」她說，「隆恩太太剛才來家裡，全告訴我了。」

班奈特先生不答腔。

「你不想知道是誰租的嗎？」他太太喊道，不耐煩了。

「你說啊，我又沒說不聽。」

有這句就夠了。

「哎呀，親愛的，我跟你說，隆恩太太說租莊園的是個有錢的年輕人，他來自英格蘭北方，週一坐了一輛駟馬馬車[1]來看房子。他看完十分滿意，馬上和莫里斯先生簽約，米迦勒節[2]前入住。最晚下週六，僕人便會先行入住，整理房子。」

「他叫什麼名字？」

「賓利。」

「結婚了？還是單身？」

「喔！親愛的，當然單身啊！單身又有錢。年收四、五千鎊。這對我們家女兒來說真是好極了！」

「怎麼說？這跟我們家女兒有什麼關係？」

「班奈特先生，」他老婆回答，「你真的很煩！你明知道我在想讓他娶我們家女兒的事。」

「他搬到這裡，難道就為了這個？」

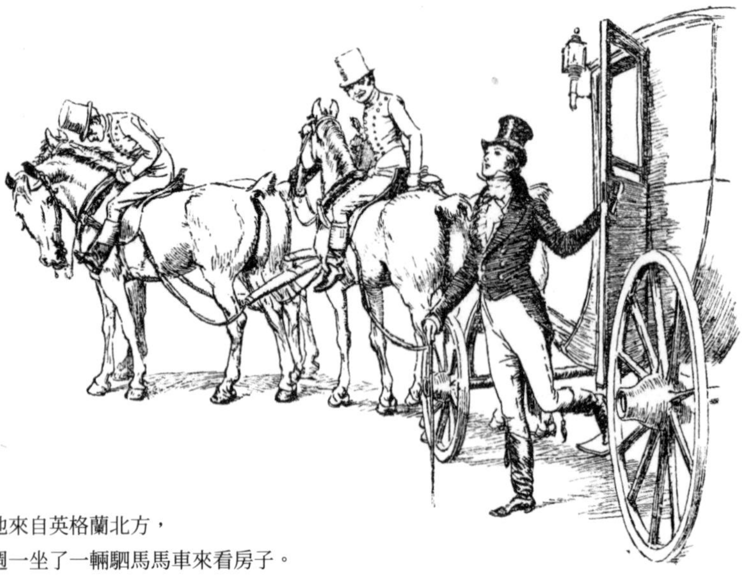

他來自英格蘭北方，

週一坐了一輛駟馬馬車來看房子。

「什麼為了這個！亂講，講那麼難聽！我的意思是，他很可能會愛上其中一人，所以他來之後，你一定要趁早去拜訪他。」

「我看不用吧。你和女兒去就好，或最好叫女兒自己去，不然你跟女兒一樣美，我怕賓利先生看中你。」

「親愛的，謝謝你的讚美。我以前是美過，但我現在不會自欺欺人。一個女人五個女兒都大了，就別再糾結自己多美了。」

「那時通常也沒多美了。」

「但親愛的，賓利先生搬來，你一定要去拜訪他。」

「說真的，這我實在沒興趣。」

「但你多為女兒著想。你就想想，這對女兒來說是多有利的一件事。威廉・盧卡斯爵士和夫人就為這，已打定主意要登門拜訪，你知道他們平時不拜訪新鄰居。你真的非去不可，因為你不去，我們女人家怎麼去。」

「你想太多了。我敢說賓利先生見到你們肯定非常開心。我會寫幾句話給你帶去，讓他安心，無論他想娶哪個女兒，我都衷心同意。不過我一定會多為我們家莉西[3]說幾句好話。」

「我覺得你別多事。莉西也沒比其他女兒好。要我說，她沒珍一半美，也沒麗迪亞一半脾氣好。偏偏你最疼她。」

1 chaise，常見的封閉式車廂馬車。由於當時馬匹昂貴，多半由兩匹馬拉車，用四匹馬拉彰顯出財力。
2 米迦勒節是九月二十九日，天使長聖米迦勒的慶日，英國四大季度結帳日之一。
3 Lizzy，伊莉莎白（Elizabeth）的小名。

「她們看來看去沒什麼優點，」他回答，「全跟外頭的女孩一樣，沒腦袋，又沒見識。不過莉西比姊妹多了份機靈。」

「班奈特先生，你怎麼這樣說自己親生女兒？你就愛故意氣我，也不為我脆弱的神經想想。」

「你誤會了，親愛的。我對你的神經只有無比的敬意。我們是老朋友了。我聽你鄭重其事說它脆弱，少說也有二十年了。」

「啊！你才不知道我有多難受。」

「但我希望你撐下去，多看幾個年收四千鎊的年輕人搬來。」

「搬來哪有用，就算來二十個，你也不會去拜訪人家。」

「放心，親愛的，要是來了二十個，我一定全拜訪一輪。」

班奈特先生這人十分古怪，他不多話，機智聰明，一肚子諷刺，令人難以捉摸。夫妻相處二十三年，他太太還是摸不透他。她倒不難理解。她想法狹隘，見識淺薄，陰晴不定，一有不滿意，便瞎想自己神經出毛病。她這一生最大的志業是把女兒嫁出去，而其中的樂趣，便是平時能串串門子，聽聽八卦消息。

班奈特先生與太太

2

結果班奈特先生早早便拜訪了賓利先生。他原本就有這意思，但他再三向太太表示，自己打死不去。他白天[4]拜訪完對方，到了晚上，太太都還不知情。那天後來事情是這樣——他見二女兒莉西在裝飾帽子，突然對她說了一句：

「我希望賓利先生會喜歡，莉西。」

「我們哪知道賓利先生喜歡什麼。」她母親憤恨地說，「我們又沒要去拜訪人家。」

「你忘了，媽媽，」伊莉莎白說，「我們在舞會會見到面，隆恩太太答應會幫我們介紹。」

「我才不相信隆恩太太。她自己有兩個姪女。她這人很自私，總是說一套、做一套，我對她無話可說。」

「我也是，」班奈特先生說，「真高興你不想靠她幫忙。」

班奈特太太決定不答腔，但嘴上又忍不住，於是她罵起女兒。

「別一直咳，凱蒂，天啊！也為我的神經想想。我神經都快

「我希望賓利先生會喜歡，莉西。」

被你咳斷了。」

「凱蒂真是亂咳一通，」她父親說，「咳得完全不是時候。」

「我又不是咳好玩的。」凱蒂沒好氣地說。

「下一場舞會是什麼時候，莉西？」

「半個月後。」

「對，你看吧，」她母親大喊，「隆恩太太舞會前一天才回來，她自己都還不認識他，怎麼幫我們介紹。」

「親愛的，這下你比朋友早了一步，可以介紹賓利先生給她認識。」

「不可能，班奈特先生，怎麼可能，我跟他又不認識，你幹麼這樣開我玩笑？」

「我懂你的顧慮，才認識兩週確實不算熟。光憑兩週時間，絕對認不清一個人的真面目。但就算我們不敢介紹，別人也會介紹。說到底，總要給隆恩太太和她姪女機會。雖然她會知道你是好意，但如果你不肯介紹，我只好自己來了。」

女兒眼睛都盯著父親。班奈特太太嘴裡直喊：「亂扯些有的沒的，根本沒意義！」

「什麼叫沒意義？」他朗聲說。「你覺得引介的規矩，只是繁文縟節嗎？我們講究禮節，只是沒事找事嗎？這我可不大同意。你覺得呢，瑪麗？爸知道你事情都想得很透徹，書都看厚的，還會做摘錄。」

瑪麗希望自己說句聰明話，但不知怎麼開口。

4 當時的作息和現在不同，九點前人們會起床梳理，練琴、散步，早餐時段約為九到十一點，鄉間較早，城市和上層階級則較晚。吃完早餐到下午三點左右，是所謂的白天（morning），通常會在此時段拜訪他人。晚餐（dinner）在當時用以指稱一天當中最主要的一餐，鄉間約在三到五點吃，城市則為六至八點，飯後多會飲用茶和咖啡。消夜則在舞會和夜間娛樂結束前供應。

「趁瑪麗整理想法，」他繼續說，「我們回來聊賓利先生。」

「我受夠賓利先生了。」他太太大喊。

「聽你這麼說，我太難過了。你怎麼不早點講？要是我白天知道的話，絕不會去拜訪人家。真不巧，但我拜都拜訪了，要說不認識，現在也來不及了。」

場面如他所願，太太和女兒聽了又驚又喜，最驚喜的莫過於班奈特太太。但大家一陣歡天喜地之後，她馬上改口說她早料到了。

「你人真的太好了，親愛的班奈特先生！但我早就知道自己能說動你。我就知道你太愛女兒了，怎麼可能錯過這麼好的對象。哎唷，我太開心了！你也真好笑，明明白天去了，結果到現在才說。」

「好了，凱蒂，現在隨便你咳了。」班奈特先生說，他邊說邊走出門，太太開心成這樣，讓他吃不消了。

「你們父親多棒啊，大家，」門關上後她說，「這份恩情我不知道你們將來要怎麼報答他，或報答我，畢竟我也出了力。其實到我們這年紀，哪有興趣天天認識新朋友。但為了你們，我們心甘情願。麗迪亞，我的寶貝，雖然你年紀最小，但我敢說舞會上，賓利先生一定會邀你跳舞。」

「喔！」麗迪亞語氣堅定。「我不擔心，雖然我年紀最小，但我身高最高。」

接下來大家七嘴八舌一晚上，討論賓利先生多久會回訪，還有何時邀他來吃晚餐。

「我身高最高。」

3

班奈特太太能問的都問了，五個女兒還在一旁幫腔，但東問西問，都聽不出賓利先生是什麼樣的人。她們用盡方法，有時直接提問，有時旁敲側擊，有時天馬行空亂猜，但班奈特先生都一路顧左右而言他。她們最後不得不去問鄰居盧卡斯夫人的二手消息。她對賓利先生讚不絕口。盧卡斯爵士也對他十分滿意。他年紀輕，英俊瀟灑，為人和善，不只如此，他下次舞會還打算帶一群人來。這真是太令人開心了！愛跳舞可說是墜入愛河的一大步。大家內心充滿期待，等著看賓利先生情歸何處。

「要是我能有個女兒嫁到尼德斐莊園，」班奈特太太對先生說，「其他女兒也順利嫁人，

He rode a black horse 他身穿藍色外套，騎著一匹黑馬。

我這輩子便別無所求。」

　　幾天後，賓利先生回訪了，他和班奈特先生在書房坐了十分鐘。他來拜訪時，已聽說他女兒個個相貌美麗。他原本期待能和她們見個面，但他這趟來只見到她們的父親。女兒相較之下比較幸運，她們站在樓上窗前偷偷看他，他身穿藍色外套，騎著一匹黑馬。

　　晚餐的邀請函不久便寄了出去。班奈特太太正打算張羅菜色，大顯身手，結果對方馬上捎來回信，婉拒了邀請。信中寫道，賓利先生隔天必須進城一趟，可惜沒有榮幸接受款待。班奈特太太焦慮不已。他才剛到赫福德郡沒幾天，她想不到他能有什麼要事必須進城。賓利先生明明該就此定下，她開始擔心他將遊走四方，永遠不會在尼德斐莊園長住。盧卡斯夫人稍加安撫，猜測他去倫敦只是要接人來參加舞會，果然不久便聽到傳聞，賓利先生要帶十二位小姐和七位先生參加。女兒聽到小姐人數眾多，心都一沉，但舞會前夕，她們又放了心，因為聽說從倫敦來的小姐不是十二位，而是六位，包括五位自家姊妹和一個表親。等這群人進到舞會，其實總共只有五人，包括賓利先生、他兩個姊妹、大姊夫和另一名年輕男子。

　　賓利先生容貌十分英俊，一身紳士風範。他神情親切，舉止從容，態度真誠自然。他的兩位姊妹端莊優雅，一身行頭時髦又講究。他姊夫賀世特先生雖說是來自上流社會，卻只有打扮及格，但他朋友達西先生馬上吸引眾人的注意，他文質彬彬，高大帥氣，風姿高貴，進門不過五分鐘，眾人便交頭接耳聊起他年收一萬鎊的事。鄉紳都覺得他英姿颯爽，女士都覺得他比賓利先生帥，上半夜，眾人對他充滿欽慕，但他惹人厭的態度，馬上讓他的人氣急轉直下。大家不久便發覺他為人驕傲，自視甚高，難以取悅，就算他德貝郡的地產再大，他那副嘴臉實在難看又討人厭，一點也比不上他朋友。

　　賓利先生一進門，馬上去找所有重要人士一一認識。他活潑又率真，明明每支舞都跳了，還嫌舞會太早結束，又說自己要在尼德斐莊園再辦一場。他有多親切一眼就能知道，跟他朋友簡直天差地別！整個晚上，達西先生只跟賀世特太太跳另一支舞，再跟賓利小姐跳一支舞，如此而已。他不肯認識任何女生，剩下的時間便在場內晃來晃去，偶爾和自己人說幾句話。大家算是看清了這人個性。他是世上最驕傲、最討人厭的傢伙，大家都希望他永遠別再來了。最恨他的莫過於班奈特太太，她本來就討厭他那副德性，後來更化為私怨，因為他竟嫌棄她女兒。

現場男性人數較少，中間兩支舞，伊莉莎白．班奈特只好坐下休息。那時達西先生湊巧站在附近，賓利先生走出舞圈，想勸朋友進圈跳舞，她剛好聽見了他們的對話。

「來嘛，達西，」他說，「你來跳舞啦。看你一人無聊地站在那裡，我快受不了

"When the Party entered"

這群人進到舞會，其實總共只有五人。

了。乾脆來跳支舞吧。」

「我才不要。你知道我有多討厭跳舞，熟人另當別論。這種場合，我沒理由跳。你的姊妹都有舞伴了，無論我跟在場哪個女生跳，對我來說都是折磨。」

「我是你的話，才不會這麼挑，」賓利先生大叫，「太誇張了！我敢發誓，我這輩子從沒像今晚見過這麼多美女。尤其有幾個美到不可思議。」

「你的舞伴是全場唯一美的。」達西先生看著班奈特大小姐說。

「喔！她是我見過最美的女生！她妹妹就坐在你後面，也非常漂亮，而且我敢說人非常好相處。不如我請舞伴介紹你們認識。」

「你說哪個？」他轉身打量伊莉莎白一會兒，他們四目相交後，他轉回身子，冷淡地說：「她還可以，但沒漂亮到能打動我。我現在沒心情陪被人冷落的年輕小姐跳舞。你最好回去找你的舞伴，多把握她的笑容，你跟我待在這只是浪費時間。」

賓利先生回到舞池，達西先生也走了。伊莉莎白坐在原地，她對這人可說是一點好感也沒有。但她還是把這段經過興高采烈地告訴了朋友。她個性活潑調皮，任何荒謬的事都能樂在其中。

班奈特一家人度過了愉快的一夜。班奈特太太發現尼德斐莊園一行人對大女兒珍讚譽有加，賓利先生不但和珍跳了兩次舞，賓利姊妹待她也特別不同。珍和母親一樣開心，不過她的開心安靜多了。伊莉莎白也為珍感到高興。瑪麗聽到有人向賓利小姐介紹她時，說她是這一帶最才華洋溢的女孩。凱蒂和麗迪亞很幸運，從頭到尾都有人邀她們跳舞，她們目前在舞會上只在乎這件事。於是她們五個快快樂樂回到了朗堡，班奈特一家人就住在這村子，也是這裡的名門世家。她們到家時，發現班奈特先生仍沒睡。他平時一拿起書便會忘記時間，但今晚不一樣，他見大家對舞會滿心期待，讓他充滿好奇。

他原本以為妻子會對賓利先生大失所望，但他馬上發現，事情和他所想完全不同。

「喔！我親愛的班奈特先生，」她一進門便說，「今晚太開心了，舞會非常成功。我真希望你也在場。大家都一直稱讚珍，一切好到不能再好。大家都說她看起來好美，賓利先生也覺得她很美，還跟她跳了兩次舞！兩次啊，親愛的你想想，他真的跟她跳了兩次舞！全場女生那麼多，他只邀她跳兩次舞。一開始，他邀請的是盧卡斯小姐。我看他和她跳舞，煩都煩死了！不過他一點都不喜歡她，說真的，誰會喜歡她啊。後來珍跳舞時順著隊伍前進，他一看到她，驚為天人。於是他去問了她是誰，經人介紹之後，他便邀請她跳第二輪的兩支舞。後來他和金恩小姐跳第三輪兩支舞，再和瑪麗亞・盧卡斯跳第四輪兩支舞，又和珍跳了第五輪兩支舞，接著和莉西跳第六輪兩支舞，最後是布朗格舞[5]。」

「如果他曾為我著想，」她丈夫不耐煩地大喊，「他肯定會少跳一半！老天，別再說他舞伴的事。真希望他第一支舞就扭傷腳踝！」

「喔！親愛的，」班奈特太太繼續說，「我好喜歡他。他長得非常英俊！而且他的姊妹都好美。我這輩子沒見過那麼美的禮服。我敢說賀世特太太禮服的蕾絲……」

她再次被打斷。班奈特先生不想聽任何關於禮服的事。她不得不換個話題，於是便加油添醋罵起達西先生有多無禮。

「但你放心，」她又說，「他看不上莉西，對莉西根本沒損失。因為他是個討人厭的爛人，一點都不值得認識。目中無人，高傲自大，簡直讓人受不了！舞會上這裡走走、那裡走走，自以為有多了不起！不夠漂亮，不配跟他跳舞是吧！我真希望你在場，親愛的，你可以好好酸他兩句。我恨透這人了。」

5 La Boulangere，源自法國的土風舞，約起源於一七六〇年代，眾人會圍成數個圓圈，交錯跳舞。又稱混合舞（mixer），因為所有人都能和彼此跳到舞，並經常作為舞會最後一支舞。

「她還可以，但沒漂亮到能打動我。」

4

珍之前提到賓利先生都有所保留，和伊莉莎白獨處時，才向妹妹坦白自己多喜歡對方。

「男生都應該像他一樣，」她說，「聰明親切、活潑開朗。我沒見過這麼快樂的人！他一言一行都輕鬆自在，教養又好！」

「而且他長得又帥，」伊莉莎白說，「可以的話，男生在這點上也都該像他一樣。他的人格因為那張臉才完整了。」

「他第二次邀我跳舞，我真的非常受寵若驚。我沒想到他會對我這麼好。」

「沒想到嗎？我倒是替你想到了。這是我倆最大的不同。有人對你好，你每次都好驚訝，但我一點都不驚訝。他再次邀你跳舞，不是理所當然的嗎？你比在場其他女生都漂亮五倍，他又不是眼睛瞎了，所以你何必感謝他。但話說回來，他這人確實不錯，我允許你喜歡他。你以前喜歡過不少笨蛋。」

「莉西！」

「喔！你太不挑了，你知道嗎？你誰都喜歡，在誰身上都看不到缺點。在你眼中，全世界都善良美好。我這輩子從沒聽你說過別人壞話。」

「我不想隨便批評別人，但我說的話都是真心的。」

「我知道。所以才讓人搞不懂。你明明很聰明，但別人做蠢事、亂說話時，

你卻真心看不到！這世上有人就愛裝好人——這種人處處可見。但要說誰能秉持一片真心，沒心機、不做作，只將優點發揚光大，壞的半句都不說——這只有你做得到。說起來，你也喜歡這人的姊妹，對吧？她們的態度跟他可不一樣。」

「確實不一樣，但只有一開始。只要和她們聊過，你就會發現她們人非常好相處。賓利小姐會和哥哥一起搬來，幫忙掌管家務。除非我看走眼，不然我們之後會多個好鄰居。」

伊莉莎白默默聽完，內心不以為然。舞會上，她們的態度根本稱不上友善。她的觀察比姊姊敏銳，脾氣比姊姊硬得多，判斷也不會受到左右，畢竟沒人待她特別好，總而言之，她對她們沒有一絲好感。她們確實高貴優雅，只要高興，就能待人親切，只要有心，就能平易近人，但骨子裡終究傲慢自大。她們相貌漂亮，上的是倫敦的第一所私立神學院，手握的是兩萬鎊的財產，花起錢來從不客氣，只和上流人士結識，也難怪她們自認高人一等，瞧不起其他人。賓利家在北英格蘭是有頭有臉的大家族，這點她們不曾忘記；但家產其實是靠貿易而來，這點她們倒是沒什麼印象。

賓利先生自父親手上繼承了近十萬鎊，他父親原本想買塊莊園，沒想到卻成了遺願。賓利先生打算繼承父志，也曾考慮在家鄉置產。但他現在租了莊園，也有了打獵的地方[6]，大家都知道他隨遇而安，所以不少人在想，他搞不好會一輩子待在尼德斐莊園，將置產的事交給下一代實現。

關於他置不置產，最焦慮的是他姊妹。不過儘管莊園是租的，說到替他掌管家務，賓利小姐可是求之不得，賀世特太太也一樣，畢竟她嫁給賀世特先生是為了他的家世，而不是家產，所以要她來選，她也不會想住丈夫家。賓利先生成年不到兩年，意外聽人推薦尼德斐莊園，便親自來看一看，他看了

6 未經莊園主人許可，不能在莊園內自由打獵。賓利租下莊園，也包括在莊園打獵的權利。

半小時，對周遭環境和主要的房廳都很滿意，又聽房東吹噓這裡多好，愈聽愈心動，於是當場租下了。

賓利和達西個性天差地別，但兩人友誼十分穩固。達西非常喜歡賓利，雖然世上找不到第二個和他如此相反的人，他也並非討厭自己個性，但賓利個性謙和坦率，隨遇而安，讓達西特別欣賞。而對於達西，賓利也全心信任，事事以他的判斷為優先。才智上，達西在賓利之上。賓利絕對不笨，只是達西特別聰明。但達西同時又高傲冷漠，難以取悅。待人接物上，達西教養是有，但讓人不敢恭維。這方面，他朋友倒是大大勝過他。賓利到哪都人見人愛，達西到哪都冒犯到人。

他們評論梅里墩舞會的態度，充分反映了兩人的個性。賓利說這場舞會前所未見，人人個性可愛，女生都美麗動人，大家對他熱情又友善，氣氛輕鬆，毫不拘束，他不久便和大家打成一片。至於班奈特大小姐，她已是他心目中最美的天使。達西看法完全相反，他覺得這群人長相難看，又不時尚，他對他們毫無興趣，只感到被忽略和冷落。他承認班奈特大小姐是很漂亮，但她太愛笑了。

賀世特太太和她妹妹對此不表意見——但她們仍欣賞且喜歡她，說這女孩很可愛，不介意進一步認識。至此班奈特大小姐可愛的事，大家有了共識，賓利也感覺得到家裡的認可，能和她自由發展了。

5

朗堡不遠處住著一家人，他們是班奈特家的好朋友。威廉・盧卡斯爵士原本在梅里墩做生意，賺了一筆小錢，當上了鎮長，任內某次呈遞祝福，受國王冊封為爵士[7]。他可能太看重這頭銜了。他從此厭惡做生意，厭惡住在貿易小鎮。於是他將生意關門，舉家搬到一棟離梅里墩約一公里半的房子，並將房子命名為盧卡斯宅邸。在那裡，他為自己的地位感到滿意，而少了生意的束縛，他更一心一意以禮待人。有了頭銜之後，他得意歸得意，但並未變得不可一世，反而時時關照每一個人。他天生溫和，待人友善，樂於助人，自從在聖詹姆斯宮受封後，他變得更多禮謙恭。

盧卡斯夫人忠厚善良，又不至於太聰明，所以對班奈特太太來說，她是不可多得的鄰居。他們夫妻倆生了好幾個孩子，長女夏洛特是個聰明理性的年輕女生，大約二十七歲，她是伊莉莎白最好的朋友。

舞會結束後，盧卡斯和班奈特兩家小姐自然要見面聊一聊。於是隔天，盧卡斯家的女兒便來到朗堡打聽消息，交換意見。

「你昨晚在舞會上捷足先登，夏洛特。」班奈特太太按捺著得意，客氣地向

7 公民領袖向國王呈遞當地公民意見或祝福時，有時會被授予爵位。

盧卡斯大小姐說。「你是賓利先生選的第一個舞伴。」

「對，但他好像比較喜歡第二個舞伴。」

「喔！我想你是說珍，畢竟他和她跳了兩次舞。當然，這看來確實像欣賞。我當然是這麼想。我是有聽說一些消息……但我不確定……就是那個羅賓森先生的事。」

「我之前偷聽到他和羅賓森先生的對話，你應該是在說這個。我跟你講過，對吧？羅賓森先生問他喜不喜歡梅里墩的舞會？問他覺不覺得舞會上有許多美麗的女生？還問他覺得哪個女生最漂亮？他馬上回答最後一個問題：『喔！絕對是班奈特家的長女。這點無庸置疑。』」

「真的假的！好啦，這話說得真直接——感覺會不會……算了，你們知道的，最後也可能是一場空。」

「我偷聽到的可是關鍵，跟你不一樣，伊莉莎白，」夏洛特說，「比起賓利先生，達西先生的話根本不值得一聽，對不對？可憐的伊莉莎

他坐在她附近半小時，
嘴都沒打開一次。

白！被說只是『還可以』。」

「別說了，莉西聽了又要氣他欺負人。他這人真討人厭，被他喜歡才可憐。隆恩太太昨晚告訴我，他坐在她附近半小時，嘴都沒打開一次。」

「你確定嗎，母親？沒有誤會嗎？」珍說。「我有看到達西先生和她說話。」

「是啦，因為她最後問他喜不喜歡尼德斐莊園，他只好回答。但聽她說，他很生氣有人找他說話。」

「賓利小姐告訴我，」珍說，「除非和熟人一起，不然他通常不多話。跟他們待在一塊兒，他非常好相處。」

「這我一個字都不信，親愛的。如果他好相處，他就會跟隆恩太太聊天了。但我猜得到是怎麼回事，大家都說他看不起人，我敢說他一定聽說了隆恩太太家裡沒馬車，是坐出租馬車來的。」

「我不介意他沒和隆恩太太說話，」盧卡斯小姐說，「但我希望他和伊莉莎白跳舞。」

「下次吧，莉西，」她母親說，「但我是你的話，我不會跟他跳舞。」

「母親，我想我能跟你保證，我絕不會和他跳舞。」

「通常別人太驕傲，」盧卡斯小姐說，「我會覺得冒犯，但他的話我反而不覺得，因為他驕傲得有理。你們想想看，他這人這麼優秀，家世好、財產多，生活事事順利，他一定覺得自己很了不起。要我來說，他有權感到驕傲。」

「這倒沒錯，」伊莉莎白回答，「只要沒踐踏我的驕傲，我也能原諒他的驕傲。」

「驕傲，」瑪麗得意著自己話有所本，「我相信是人常犯的錯。根據我讀過的書，我確定這十分常見。人生來就會驕傲，我們多數人都有自滿的時候，只是自滿的原因，有時是真實的，有時是想像。虛榮和驕傲不同，但兩個詞經常混為一談。人可以驕傲，卻不虛榮。相比之下，驕傲是人對自己的看法，虛榮則是我們希望他人對自己的看法。」

「我如果跟達西一樣有錢，」盧卡斯弟弟大喊，他和姊姊一起來了，「我才不在乎自己驕不驕傲，我會養一群獵狐犬，天天喝一瓶紅酒。」

「那你就喝太多酒了，」班奈特太太說，「要是我看到，我會直接把你的酒搶走。」

男孩說不准，她說她偏要，兩人一直吵到大家回家為止。

6

不久，朗堡的太太和小姐拜訪了尼德斐莊園，對方也依禮迅速回訪。班奈特家的長女溫柔和善，賀世特太太和賓利小姐對她愈來愈有好感。雖然她們受不了她母親，也不想理會她幾個妹妹，但嘴上還是說得好聽，說想和她們多見面，不過這話其實只說給班奈特家兩位大姊聽而已。珍聽了非常開心，但伊莉莎白仍看得出她們瞧不起人，就連對珍也一樣，因此她無法喜歡她們。就算她們對珍好，大概也只是看在賓利先生對她有意思。從兩人相處，大家都看得出賓利先生確實欣賞珍；但伊莉莎白也發現，起初珍雖然只是對他有好感，現在也漸漸動了心。她慶幸外人都沒察覺，畢竟珍感情自持，個性沉穩，對誰都一樣開朗親切，因此不會引起三姑六婆疑心。她和盧卡斯小姐聊起這件事。

「這事能瞞過大家也許是好事，」夏洛特回答，「但有時防備心太重也不好。女生如果把心意藏得太深，搞得像在拒絕對方，一不小心就會錯失對象。到時候就只能安慰自己，幸好大家都不知道。感情大多建立在感謝和虛榮上，不能完全順其自然。感情在一開始，我們可以隨意一點——但有了好感就差不多要積極了。沒人推一把的話，我們多數人根本不敢付出真心。九成的情況裡，女生感受一分，最好表現兩分。賓利當然喜歡你姊，但她不幫他一下的話，他可能永遠不會向前一步。」

「她有幫啊，你知道她的個性。我都察覺得到她喜歡他了，說真的，要是賓利沒發

現，他一定是笨蛋。」

「伊莉莎白，別忘了，他不像你這麼了解珍。」

「可是如果一個女生喜歡對方，又沒刻意隱藏，他一定會發現吧。」

「多見幾次，大概會發覺吧。不過雖然賓利和珍算常見面，但他們不曾長時間相處。何況他們見面時，旁邊總有一大群人，不好一直單獨聊天。所以只要逮到機會，珍和他相處的每分每秒，都應該好好把握。等兩人定下來，她再放鬆心情，享受戀愛也不遲。」

「好主意，」伊莉莎白回答，「不過這是一心嫁入豪門的好主意，如果我下定決心要嫁個有錢老公或非嫁不可，我一定聽你的。但珍感覺不是這樣，她沒那麼多心機。再說她甚至不確定自己對他感情多深，更別說愛得有沒有道理。她只認識他兩週，在舞會和他跳了四支舞，白天在他家見一面，接著吃過四次晚餐。她跟他還不熟。」

「你這樣算當然不熟。只吃飯的話，她只會知道他胃口好不好。但你要記得，那四天晚餐，兩人也有好好相處——四個晚上能做的事情很多。」

「真的。這四個晚上，他們好好確認了兩人都比較喜歡玩二十一點，不喜歡玩交易牌[8]。但最重要的個性，我想是沒什麼了解。」

「總之，」夏洛特說，「我衷心希望珍能成功。她無論明天嫁人，或把他的個性研究一年再嫁，我覺得她幸福的機會都差不多。結婚是否幸福，其實全憑運氣。兩人婚前無論彼此多熟悉，個性多相似，都不會更幸福。反正婚後兩人只會愈來愈不像，最後東吵西吵。兩人要共度一生，彼此缺點還是知道得愈少愈好。」

「你要笑死我了，夏洛特，亂講一通。你明知道自己在亂講。你自己才不可能這樣。」

伊莉莎白只顧著注意賓利先生對姊姊的感情，卻沒發覺他好友達西先生對她起了點興趣。達西先生起初一點也不覺得她漂亮，在舞會上對她興趣缺缺。後來再次見面，他看了看，內心也嫌東嫌西。但他才在心裡嘀咕完，並向朋友說她的五官沒一寸好看，便發覺她的黑色眼睛格外動人，散發過人的智慧。在這之後，他每每發現她更多優點，內心都感到無比難堪。他眼光挑剔，看得出她身材不止一處不勻稱，卻也不得不承認，她看起來輕盈又好看。她的舉手投足不上流、也不優雅，但看到她輕鬆調皮的樣子，他仍深受吸引。伊莉莎白對這一切渾然不覺。對她來說，他只是個去哪都得罪人的傢伙，還嫌她不夠漂亮，不想和她共舞。

他希望多了解她。為了和她聊天，他的第一步是去聽她和其他人的對話。這動作引起了她的注意。當時是在威廉．盧卡斯爵士家，盧卡斯爵士舉辦了一場盛大的舞會。

「達西先生是什麼意思？」她對夏洛特說。「他幹麼偷聽我跟福斯特上校說話？」

「這問題只有達西先生能回答。」

「如果他再這樣，我一定要讓他知道我發現了。他的眼神都是嘲諷，我不先瘋一瘋，之後一定會怕他。」

不久他又靠過來，卻一點都沒有開口的意思。盧卡斯小姐見了趕緊攔住朋友，叫她別理他，沒想到伊莉莎白激不得，馬上轉向他說：

「達西先生，我剛才鬧福斯特上校，要他在梅里墩辦場舞會，你不覺得我每句話都說得特別清楚嗎？」

8 交易牌（Commerce）是十八世紀流行的紙牌遊戲，賭注有時較大。玩家每人拿三張牌，接著輪流換牌，最後比誰手中三張牌的組合比較大。

「感覺非常積極——但女生提到舞會，總是特別積極。」

「你好看不起我們女生。」

「現在換我來鬧她，」盧卡斯小姐說，「我去開鋼琴蓋了，伊莉莎白，你知道接下來會發生什麼事。」

「你這朋友真的很奇怪！不管現場有誰，每次都逼我在大家面前彈琴唱歌！我要是愛現，有你這朋友多好，但就不是這樣。這些人平常聽的都是一流表演，我真的不想丟臉。」但在盧卡斯小姐堅持之下，她只好說：「好啦，丟臉就丟臉。」她臉一沉，看了達西先生一眼。「有句名言我想大家聽過：『少說話，留口氣吹粥。』我也別說了，這口氣留給唱歌吧。」

她的歌聲雖稱不上一流，但十分動聽。她唱了一、兩首，還來不及回應來賓的盛情，妹妹瑪麗便搶著坐到鋼琴前。家裡就她長得最普通，所以她努力讀書，練習才藝，並且總是急於表現。

瑪麗沒有天分，也沒有品味。雖然她因為愛

"The entreaties of several" 她來不及回應來賓的盛情。

慕虛榮，勤奮練習，但反而讓人感覺處處賣弄，自以為是。她本來琴藝就稱不上卓越，更因此減色不少。伊莉莎白琴藝不及她一半，但她自在大方，真誠自然，大家反而覺得動聽。瑪麗彈完一首冗長的協奏曲，為了博取稱讚和感謝，欣然接受幾位妹妹請求，續彈了幾首蘇格蘭和愛爾蘭小調。妹妹們則和盧卡斯家的姊妹連同兩、三個軍官，迫不及待走到房間一側跳起舞。

達西先生站在附近，見他們跳舞消磨時間，一臉不悅。他不發一語，沉浸在思緒中，沒發覺威廉·盧卡斯爵士就在身旁，後來盧卡斯爵士只好自己開口。

「年輕人跳舞跳得真開心，達西先生！世上沒什麼比得上跳舞。我覺得這是上流社會最好的娛樂。」

「沒錯，盧卡斯爵士。跳舞好就好在下流社會也流行。連野蠻人都會跳舞。」

盧卡斯爵士擠出微笑。他沉默一會兒，見賓利先生也去跳舞，才又開口：「你朋友跳得真好。我相信你的舞技也不遑多讓吧，達西先生。」

「我相信你在梅里墩看過我跳舞了，盧卡斯爵士。」

「對，沒錯，看你跳舞真是生平一大樂事。你常在聖詹姆斯宮跳舞吧？」

「從沒有過，盧卡斯爵士。」

「都受邀進宮了，你不覺得該跳支舞嗎？」

「不論到哪，只要能避免，我絕不會跳舞。」

「你在倫敦有房子吧，我想？」

達西欠身默認。

「我自己也想過在倫敦置產——我喜歡上流社會，但我覺得倫敦的空氣不適合盧卡斯夫人。」

他頓了頓，期待達西先生接話，但對方根本不打算開口，伊莉莎白此時正好朝他們走來，他靈機一動，想為她牽個線，便朝她喊道：

「親愛的伊莉莎白小姐，你怎麼沒在跳舞？達西先生，容我向你介紹這位年輕小姐，這位最適合當舞伴了。這樣一位美女當前，你沒理由拒絕吧。」他牽起她的手，準備交到達西先生手中，達西先生雖然訝異，但並非無意接下，沒想到她馬上抽回手，尷尬地向盧卡斯爵士說：

「盧卡斯爵士，其實我一點也不想跳舞。希望你別誤會，我走過來不是為了找舞伴。」

達西先生正色，再次鄭重邀請伊莉莎白共舞，但依然被拒絕了。伊莉莎白已鐵了心，就連盧卡斯爵士都說不動她。

「伊莉莎白小姐，你舞跳得很好啊，不讓我欣賞實在可惜。這位先生雖然平時不愛跳舞，但跳個半小時，我相信他很樂意。」

「達西先生最客氣了。」伊莉莎白笑盈盈說。

「客氣歸客氣。但親愛的伊莉莎白，對象是你，也難怪他願意——誰會拒絕這麼漂亮的舞伴呢？」

伊莉莎白調皮一笑，心照不宣，轉身走了。她的拒絕沒有破壞她在他心中的位置，他一臉滿足地想著她，賓利小姐看到，不禁過來找他攀談：

「我猜得到你在想什麼。」

「我覺得不可能。」

「你在想，要是以後晚上都這樣度過——跟這群人度過，那有多難受。其實我有同感。我真的快煩死了！又無聊，又吵——這些人一點都不重要，卻又自以為是！我真想聽你罵他們幾句！」

「我保證你完全猜錯了。我想的是開心的事。我被某個漂亮女生動人的雙眼打動，我在回味這份快樂。」

賓利小姐馬上盯著他，要他說出哪個女生讓他有這感覺。達西先生毫不畏怯答道：

「伊莉莎白・班奈特小姐。」

「伊莉莎白・班奈特小姐！」賓利小姐重複。「我太驚訝了。你喜歡她多久了？——喜事要辦在什麼時候？」

「我就知道你會問。女生想像力很豐富，一轉眼，好感便說成戀愛，戀愛又說成結婚。我早就知道你會馬上恭喜我。」

「不是，你這麼認真的話，我當然會覺得大勢已定。話說你岳母真迷人，想也知道，她未來一定會搬去龐百利莊園，和你永遠住一起。」

他聽了無動於衷，毫不介意，她則樂在其中。見他沒生氣，她更無所顧忌，滔滔不絕酸了下去。

7

班奈特先生的收入全來自地產，一年約兩千鎊，可惜女兒無法繼承，所以地產最終會落入遠房堂兄手中[9]。至於她們母親的財產，嫁進班奈特家後算是綽綽有餘，但堂兄繼承地產之後，恐怕不足以支持家務。班奈特太太的父親生前是梅里墩的事務律師，留給她四千鎊。

班奈特太太的妹妹嫁給一個姓菲利普的，他原本是她父親的書記，後來接下了律師事務。班奈特太太還有個住倫敦的弟弟，生意做得有聲有色。

朗堡距離梅里墩只有大約一公里半，對這幾個年輕小姐來說再方便不過了，她們一週會去三到四次，並認分拜訪阿姨和對面的女帽店。家裡年紀最輕的凱蒂和麗迪亞尤其常去。比起姊姊，她們的腦袋可謂空洞無物，日子無聊時，去一趟

"A note for Miss Bennet"
門口出現一個僕人，拿封信給班奈特大小姐。

梅里墩，不但能打發白天時間，晚上還能聊上幾句。鄉下平時沒什麼新聞，但她們總能從阿姨身上擠出一些消息。最近民兵團[10]駐紮到地方上，她們更是有了源源不絕的話題和歡笑。據說民兵團要停留整個冬天，本部就在梅里墩。

她們現在去找菲利普太太時，總會聽到一大堆趣聞。每去一次，都更熟悉軍官的名字和來歷。不久，軍官住哪她們也曉得了，再沒多久，更認識了軍官本人。菲利普先生已全替甥女打過照面，這讓她們樂到不行，每天開口閉口都是軍官的事，母親提到賓利先生的財富總是眉飛色舞，但在她們眼中，與少尉制服相比，那點錢不值一提。

班奈特先生聽她們嘰哩呱啦說了一早上，冷冷開口：

「從你們說話的樣子看來，你們絕對是這一帶最笨的女孩子。我懷疑了好久，但現在總算確定。」

凱蒂一臉難過，說不出話。但麗迪亞毫不在意，繼續說自己多欣賞卡特上尉，還說希望今天能見到他，因為他隔天就要去倫敦了。

「親愛的，我真不敢相信，」班奈特太太說，「你怎麼老覺得自己的女兒笨。瞧不起別人家的孩子可以，但我絕不會瞧不起自家的孩子。」

「如果我的孩子笨，我會希望我有自知之明。」

「是啦——但她們明明都非常聰明。」

9 英國諾曼王朝（House of Normandy）制定了「限定繼承權」，即長子繼承制度，如果家中沒有男性繼承人，家產便會歸由家族其他男性繼承。

10 民兵團由志願者組成，一年只會訓練二十八天，也不須出國遠征。在十八世紀末到十九世紀初，組織民兵團主要是因為擔心法國侵略。

「不是我在說，但這是我們這輩子唯一意見不同的一點。我原本希望我們大小事都心意相通，但這點我無法苟同，我們家兩個小的真不是普通地笨。」

「親愛的班奈特先生，你不能期待女孩子和父母親一樣有見識。等她們到我們的年紀，自然不會再想軍官的事。我記得很清楚，我自己也曾喜歡過紅色制服外套——其實現在也是，如果哪個年輕英俊的上校，年薪五、六千鎊，想娶我女兒，我不會拒絕。我覺得那晚在盧卡斯爵士家，福斯特上校全身穿制服好帥。」

「媽媽，」麗迪亞大喊，「阿姨說福斯特上校和卡特上尉與剛來時不一樣了，他們不去沃森小姐家了。她發現他們現在常待在克拉克租書店[11]。」

班奈特太太來不及開口，門口便出現一個僕人，拿封信給班奈特大小姐。信來自尼德斐莊園，僕人在旁等著帶話回去。班奈特太太面露喜色，雙眼發光，女兒還在讀信，便迫不及待開口：

「哎唷，珍，誰寄來的？寫了什麼？他說什麼？哎唷，珍，快讀完跟我們說，快點，親愛的。」

「是賓利小姐。」珍說完，將信唸出來：

我親愛的好友：

拜託你今天來陪我和露易莎吃飯吧，不然再這樣下去，我會跟她絕交。兩個女人單獨聊一整天不可能不吵架。你收到信盡快過來。我哥和朋友都去軍官那裡吃飯了。

你的好友，卡洛琳・賓利

「跟軍官吃飯！」麗迪亞大喊。「這事阿姨怎麼沒跟我們說！」

「賓利先生出門吃飯啊，」班奈特太太說，「真不巧。」

「我可以坐馬車去嗎？」珍說。

「不行，親愛的，你最好騎馬去，因為感覺要下雨了。下雨的話，你就一定要在那裡過夜。」

「這招真厲害，」伊莉莎白說，「但也要確定他們不會送她回來。」

「喔！但男生去梅里墩一定是坐賓利先生的馬車，賀世特夫婦是有馬車，但沒有馬。」

「我比較想坐馬車去。」

「可是親愛的，你父親沒有多的馬。農場要用馬，班奈特先生，對不對？」

「農場太需要用馬了，我有時要用馬都用不到呢。」

11 circular library，又稱流動書攤、流通圖書館。書在當時是奢侈品，因此書商經營起租書店的生意，以繳會費的方式，讓人以便宜的價格租借書回家，店中書籍多半符合大眾口味，以小說、雜誌等通俗讀物為主。

Cheerful prognostics

珍只好騎馬去了，母親送她到門口時，開開心心祈求變天。

「可惜你今天沒有要用馬，」伊莉莎白說，「不然媽就說你要用馬就行了。」

班奈特太太最後還是逼得丈夫承認，馬已另作他用。珍只好騎馬去了，母親送她到門口時，開開心心祈求變天，也果真如願以償。珍才剛走，天空就下起傾盆大雨。妹妹都為她擔心，只有母親歡天喜地。雨持續下了一整夜，珍確定回不來了。

「我真是算得太準了！」班奈特太太說個不停，彷彿下雨全是她的功勞。但到隔天早上，她才知道自己的計謀多巧妙。早餐還沒吃完，尼德斐莊園的僕人便捎來一封信給伊莉莎白：

親愛的莉西：

我今早醒來身體很不舒服，我想應該是昨天淋了雨的關係。我好心的朋友留我下來，要我身體好點再回家。她們還堅持找了瓊斯藥師來一趟——所以你聽到消息，別太擔心——我只是喉嚨痛和頭痛。

姊姊

「好啦，親愛的，」伊莉莎白一唸完信，班奈特先生馬上說，「要是你女兒生重病——要是她死了，至少知道她是為了追求賓利先生，而且全是聽你的話害的。」

「喔！我才不怕她死。一般人才不會因為著涼過世。她會受到妥善的照顧。只要她待在那裡，一切都不會有事。如果能坐馬車去，我一定會去看她。」

伊莉莎白心急如焚，決定去找珍，但現在馬車不能用。而且她不會騎馬，只能走路去。於是她說出自己的決定。

「這什麼傻主意，」她母親大喊，「走去？一路上這麼泥濘！你到那裡怎麼見人。」

「我見珍就好了——我只想見她。」

「這是在暗示我嗎，莉西？」她父親說。「要我去借馬嗎？」

「不用，真的，我就想走路去。只要有心，這點距離不算什麼，不過五公里。我晚餐前會回來。」

「我佩服你的積極，」瑪麗說，「但面對衝動應該保持理性，而且我覺得，努力要恰如其分。」

「我們會陪你走到梅里墩。」凱蒂和麗迪亞說。伊莉莎白接受兩個妹妹的陪伴，三人一起出發。

「如果我們走快點，」她們邊走，麗迪亞邊說，「我們也許可以在卡特上尉動身前見到他。」

她們在梅里墩分開，兩個妹妹去了一位軍官夫人家，伊莉莎白則繼續獨自向前。她腳步不停，越過連綿的田野，跳過柵欄，躍過水窪。總算看到莊園時，她雙腳痠軟，褲襪骯髒，熱得滿臉通紅。

僕人帶她走進早餐廳。除了珍之外，大家都坐在桌前，伊莉莎白一出現，大家都大吃一驚。時間這麼早，天氣又糟，她居然獨自一人走了五公里的路來，賀世特太太和賓利小姐感到不可思議，伊莉莎白相信她們心裡肯定瞧不起她。不過賓利一家人迎接她時都非常有禮，而賓利先生不只有禮，還讓她感到溫暖和貼心。達西先生話不多，內心五味雜陳，一面欣賞著她紅潤的臉龐，一面思考她一個女人家大老遠跑來是否合理；賀世特先生一個字都沒說，他腦中只有早餐。

伊莉莎白詢問了姊姊的病情，答案令人憂心。班奈特小姐睡得不好，雖然醒了，但高燒不退，無法下床。幸好他們馬上帶她去珍的身邊。其實珍只是怕大家擔心，也怕打擾家人，不敢在信上請他們來，所以她看到伊莉莎白時，心裡無比高興。但她已沒力氣開口，只在賓利小姐要留姊妹倆獨處時，才勉強擠出幾句話，略微感激賓利一家人額外的關照。伊莉莎白靜靜照顧著她。

早餐結束，賓利姊妹來找她們，伊莉莎白看到她們對珍的感情和關心，漸漸喜歡起她們。藥師來了，他檢查完病人，果真說是重感冒，必須好好休養。他替珍開了些藥，並建議她回到床上，但其實不用藥師吩咐，因為珍發燒愈來愈嚴重，而且頭痛欲裂。伊莉莎白片刻不離床邊，賓利姊妹也時時都在；男士都已出門，畢竟他們待在家也幫不上忙。

鐘響三點，伊莉莎白心知自己一定要走了，卻遲遲開不了口。賓利小姐說能派馬車載她回家時，伊莉莎白原想客氣一下，再勉強接受，但這時珍開了口，說不希望她離開，賓利小姐聽了只好改口，邀請她暫時待在尼德斐莊園，伊莉莎白也心懷感激接受。她們派僕人到朗堡通知家人，並順便帶回她的衣服。

藥師來了。

8

五點鐘時，賓利姊妹回房更衣。到了六點半，伊莉莎白受邀共進晚餐。大家客氣詢問珍的狀態，伊莉莎白聽到賓利先生語氣特別擔心，心裡很高興，可惜她沒有好消息。珍的身體並未好轉。賓利姊妹聽到又重複三、四次她們多難過，重感冒多嚇人，自己多討厭生病等等，接著便把這話題擱著了。珍人一不在，她們就變得如此冷漠，伊莉莎白不禁又發自內心討厭起她們。

其實這群人中，她唯一看得順眼的只有賓利先生。他確實擔心著珍，對伊莉莎白也處處關照，令人心暖，其他人都視她為外人，但他不曾讓她有此感受。除了他之外，其他人都不怎麼理她。賓利小姐一心都在達西先生身上，她姊姊也差不多。至於坐在她旁邊的賀世特先

以剪紙裝飾屏風

生，他是個好逸惡勞的男人，生活只為了吃喝玩樂。他發現她喜歡清淡食物勝過法式燉肉，頓覺話不投機。

晚餐結束，她直接回房陪珍。她一出餐廳，賓利小姐便開口數落她，說她舉手投足都非常沒教養，態度驕傲無禮，論說話不懂說話，要打扮沒打扮，要品味沒品味，要長相沒長相。賀世特太太深有同感，並補充說：

「簡單來說，她一無可取，唯一能佩服的是她真能走。我絕對忘不了她早上的樣子。她看起來好失控。」

「真的，沒錯，露易莎。我差點笑出來。她來這裡完全沒道理！她幹麼在鄉下地方跑來跑去？就因為姊姊感冒？結果頭髮亂成一團，邋遢死了。」

「對啊，還有她的襯裙。你有沒有看到她的襯裙？裙底都沾了泥，我敢說有六吋高吧。外頭那件禮服要蓋也蓋不住。」

「露易莎，你記得好清楚，」賓利說，「但我一點都沒注意到。伊莉莎白·班奈特小姐今早走進門時，我覺得她看起來很好啊。我沒發現她襯裙有髒。」

「達西先生，我相信你看到了，」賓利小姐說，「我想你不會希望自己的妹妹弄成那樣。」

「那當然了。」

「女人家走上五、六公里，甚至七、八公里，反正不管多遠，獨自一人，泥土還沾得滿腳都是！她到底想表達什麼？我看她就是個鄉下人，自以為獨立，不把禮節放在心上。」

「她們姊妹感情很深，令人動容。」賓利說。

「達西先生，」賓利小姐壓低聲音說，「雖然你欣賞她美麗的雙眼，這次恐怕讓你動搖了吧。」

「完全不會，」他回答，「走過路之後，她的雙眼更明亮了。」在這句話之後，全場沉默了一會兒，賀世特太太又開口：

「我非常喜歡珍．班奈特小姐，她是非常可愛的女孩，我衷心希望她嫁個好男人。但有那樣的父母，親戚又出身低微，怕是沒機會了。」

「我記得你說過，她們的姨丈在梅里墩當律師。」

「對，還有個舅父，住在倫敦市場街[12]附近。」

「真棒。」她妹妹補一句，兩人放聲大笑。

「就算她們的舅父住滿整條市場街，」賓利大聲抗議，「她們都一樣可愛。」

「但要嫁給有地位的男生，機會不大。」達西回答。

聽到這句話，賓利沒答腔，但他姊妹欣然同意，又繼續嘻嘻笑笑，取笑著好友庸俗的親戚。

但她們一出餐廳回到珍的房間，又關心起人家來了。她們陪著珍到要喝咖啡的時候才離開。珍的狀態仍不好，伊莉莎白不想丟下她，稍晚見她睡著了才放心。雖然不大情願，但她覺得自己再不下樓會失禮。她走進客廳，發現大家在打盧牌[13]，他們一見到她，馬上邀請她上牌桌。但伊莉莎白怕他們賭注太大，所以找藉口說待會兒要繼續照顧姊姊，拒絕了他們，並說她會找本書，在樓下休息一會兒。賀世特先生看著她，驚訝不已。

「比起打牌，你更喜歡看書？」他說。「真特別。」

12 Cheapside，位於倫敦商業區，這一帶多是生意人居住。
13 loo (lanterloo)，當時流行的吃磴遊戲，牌局能讓許多人一起參與，規則類似橋牌和惠斯特牌（whist）。

「打牌她是看不起的，」賓利小姐說，「伊莉莎白．班奈特小姐只愛看書，別的她都不愛。」

「這話無論是稱讚或譴責，我都承受不起，」伊莉莎白提聲說，「我稱不上愛看書，我做許多事都很開心。」

「我相信能陪伴姊姊，你就開心了，」賓利說，「希望她早日康復，讓你更開心。」

伊莉莎白發自內心感謝他，同時走向書桌，桌上放了幾本書。賓利馬上說要多拿幾本過來——只要是書房有的，她都可以看。

「真希望我的藏書多一點，能讓你有得選，也不會讓我丟臉。但我這人很懶散，書已經不多了，讀過的更沒幾本。」

伊莉莎白要他放心，說桌上這幾本就夠了。

「我好訝異父親留下的書這麼少，」賓利小姐說，「達西先生，你們龐百利莊園的藏書就好豐富！」

「當然豐富了，」達西回答，「那是世世代代累積下來的。」

「你自己也累積不少，我看你總是在買書。」

「我不懂都到現代了，怎麼會不買書收藏。」

「怎麼會不買！我相信該收進龐百利莊園的好書，你都買了。查爾斯，你打造自己的莊園時，我希望能有龐百利莊園一半美。」

「希望如此。」

「但我真心建議你買在龐百利莊園附近，並學學人家莊園。德貝郡真的是英國最美的郡了。」

「我全心贊同，如果達西肯賣，我會直接買下龐百利莊園。」

「我說認真的，查爾斯。」

「我也是啊，卡洛琳，我覺得要龐百利那樣的莊園，與其模仿，不如買下來。」

伊莉莎白聽他們的對話聽得津津有味，書都看不下了，她不久便把書放到一旁，走近牌桌，站到賓利先生和他姊姊之間，看大家打牌。

「從春天之後，達西小姐長高不少吧？」賓利小姐說。「她會跟我一樣高嗎？」

「我想會。她現在和伊莉莎白．班奈特小姐差不多高，可能還高一點。」

「我好希望能再見到她！我沒見過誰這麼可愛。長得漂亮，家教又好！年紀輕輕就多才多藝！她鋼琴彈得真好。」

「我覺得很不可思議，」賓利先生說，「怎麼每個年輕小姐都有耐性學一身才藝。」

「每個年輕小姐！親愛的查爾斯，你在說什麼啊？」

「真的，我覺得每個都是。她們每個都會彩繪桌飾，在屏風上刺繡，編織錢包。我認識的小姐全做得到，而且每次聽說哪家年輕小姐的事，大家一定都會說她多才多藝。」

「你說得真好，那些才藝人人都會，」達西說，「許多女生聲稱自己多才多藝，其實只會編織和刺繡罷了。但你說每個小姐都多才多藝，這我完全不同意。我認識的小姐中，真正稱得上多才多藝的大概不到六位。」

「沒錯，我也差不多。」賓利小姐說。

「這麼說，」伊莉莎白說，「在你心目中，多才多藝的女生要會的事情不少。」

「沒錯，我確實覺得她們要會的事情不少。」

「喔！這是一定的，」達西的小跟班大聲幫腔，「不比一般女生厲害，怎麼算得上多才多藝。女生一定要懂音樂、唱歌、繪畫、跳舞並精通外語，才稱得上多才多藝。除此之外，她的氣質、走路的儀態、開口的語調、說話和表達的方式都必須展現出過人的特質，不然頂多是半調子。」

「除了這些，」達西補充，「她還要充實內在，多讀書增長見識。」

「你說你只認識六個才女，我現在一點都不意外了。我甚至懷疑你沒認識半個。」

「你身為女生，何必看不起女生。你覺得這不可能？」

「我從沒見過這樣的女生。我從沒見過有誰像你說的有一身才華、見識和品味，同時勤奮又優雅。」

賀世特太太和賓利小姐兩人大聲抗議，說她不公道，還說她們認識許多女生都符合這敘述，最後賀世特先生受不了了，抱怨她們都不專心打牌。於是話題到此為止，伊莉莎白不久便離開了。

「伊莉莎白．班奈特，」門一關上，賓利小姐便開口，「她這種年輕小姐專會批評別的女生來自抬身價。我敢說很多男生都吃她這套。但就我來看，這種手段惡劣又卑鄙。」

「沒有錯，」達西回答，心知剛才這段話多半是說給他聽的，「手段不分大小，都很卑鄙，女生有時會為了勾引人不擇手段。人做事只要背後別有目的，都讓人不齒。」

賓利小姐聽了這回答，心裡不是滋味，於是不說了。

伊莉莎白再次下樓時，只是來說姊姊狀態不好，她必須守在床邊。賓利先生馬上想命人請瓊斯藥師來，但賓利姊妹認為鄉下藥師沒用，建議發快信去請城裡名醫。伊莉莎白謝絕賓利姊妹的好意，但她不好意思拒絕賓利先生，於是事情便這麼定了，如果班奈特小姐沒有明顯好轉，明日一早會再請瓊斯藥師來一趟。賓利先生一臉焦急，賓利姊妹也說自己心急如焚，不過為了排憂解悶，她們吃完消夜決定四手聯彈。賓利先生一顆心放不下，只能吩咐女管家多照顧班家姊妹。

9

伊莉莎白幾乎在姊姊房中待了一整夜，早上姊姊總算好多了，賓利先生一早便請女僕來關心，過一會兒，兩位優雅的姊妹也派人來問候。雖然病情好轉，伊莉莎白仍託人送信去朗堡，希望母親來一趟，親自看看珍的狀況。信馬上送出，賓利家早餐結束後，班奈特太太便帶著兩個小女兒，抵達了尼德斐莊園。

要是班奈特太太發現珍有三長兩短，一定難過得要命。但她見珍沒大礙，反倒不希望她康復得太快，畢竟她一康復，可能就得離開尼德斐莊園。所以珍說自己想坐馬車回家時，她完全不聽。藥師這時正好來了，也說不建議。班奈特太太陪了珍一會兒，後來賓利小姐親自來邀請，她便帶著三個女兒來到早餐廳。賓利先生迎上前來，希望班奈特太太有感到病情不

Mrs Bennet and her two youngest girls

班奈特太太帶著兩個小女兒，抵達了尼德斐莊園。

如想像中嚴重。

「比我想得嚴重啊，先生，」她回答，「她病太重了，不能回家。瓊斯藥師也說，我們絕不能讓她下床。恐怕要再麻煩你一陣子。」

「回家！」賓利大喊。「想都不用想。我相信我妹妹也絕不會答應。」

「沒問題，夫人，」賓利小姐語氣有禮而冷淡，「班奈特小姐只要待在我們這，我們都會好好照顧她。」

班奈特太太連聲道謝。

「我相信，」她又說，「要不是有這麼好的朋友，真不知道她該怎麼辦，病成這樣，受這麼多罪，卻都默默忍受下來。珍一向這樣，她絕對是我見過最溫柔的人。我常跟其他女兒說，她們全都比不上她。你這屋子真舒服，賓利先生，對著碎石步道，視野真好。我們這一帶的莊園看來看去，都比不上尼德斐莊園。我希望你不會一下就離開，不過你簽的租約是短期的。」

「我不管做什麼都是臨時起意，」他回答，「所以我如果決定離開尼德斐莊園，可能五分鐘內就會動身。但目前為止，我是想留下來的。」

「跟我想得一模一樣。」伊莉莎白說。

「你開始了解我了，是不是？」他轉向她朗聲說。

「喔！沒錯——我看透你了。」

「真希望這是稱讚，這麼容易被人看透，感覺滿可憐的。」

「我沒別的意思。就算有人比你深沉複雜，值不值得尊敬也是另一回事。」

「莉西，」她母親高聲說，「別忘了自己在哪，平常在家就算了，在這裡別亂說話。」

「我之前沒發現你喜歡分析別人，」賓利馬上接口說，「一定很有趣吧。」
「沒錯，個性複雜的人最有意思。至少這點無庸置疑。」
「一般來說，」達西說，「鄉下能研究的對象很少。鄉下地方能接觸的人物有限，變化不多。」
「但人是會變的，每天觀察都會有新發現。」
「對，沒錯。」班奈特太太大喊，她一聽到達西提起鄉下，心裡就不高興。「我向你保證，城市有的，鄉下一個都沒少。」
大家聽了驚訝萬分。達西望著她一會兒，默默轉頭。班奈特太太以為自己大獲全勝，繼續得意地說下去。
「除了商店多熱鬧，我不懂倫敦到底比鄉下好在哪。鄉下生活舒服多了，是不是，賓利先生？」
「我一到鄉下，」他回答，「就一點都不想離開，但我到城裡感覺也差不多。各有各的好處，我在哪都很開心。」
「是啊——你這心態真好。但那位先生，」她看向達西，「他好像覺得鄉下不算什麼。」
「沒有，媽媽，你誤會了。」伊莉莎白說著替母親臉紅起來。「你誤會達西先生了，他只是說，鄉下不像城市會見到各式各樣的人，這也是事實。」
「是沒錯，親愛的，沒人否認這點。但你說人不多，我相信沒幾個地方人口比這裡多。和我們吃過晚餐的就有二十四戶人家。」
要不是顧著伊莉莎白的面子，賓利早笑出來了。他妹妹就沒在管，雙眼飄向達西先生，露出意味深長的笑容。為了轉移母親的思緒，伊莉莎白趕緊問她出門之後，夏洛特．盧卡斯有沒有去過朗堡。
「有，她昨天和父親來了。盧卡斯爵士真是個好人，賓利先生，你說是不是？這才稱得上上流人士！懂得做人，又好相處！和每個人都能聊天。我覺得這才叫有教養。有的人自以為是，見了人都不開口，根本什麼都不懂。」

「夏洛特有留下來吃飯嗎？」

「沒有，她回家了。我猜她要回家幫忙做餡餅。我的話，賓利先生，我家僕人把事情都顧得好好的。我女兒的成長環境非常不同。但大家各自有各自的想法，盧卡斯家的女兒也都非常好，可惜長得不漂亮！我當然不是說夏洛特長得非常普通——畢竟她是我們最要好的朋友。」

「我覺得她非常可愛。」賓利說。

「喔！可愛是可愛，可是你也要承認，她長得非常普通。盧卡斯夫人自己也常這麼說，她還羨慕我家的珍有多美。不是我愛自誇，但說真的，我很少見到比珍更美的人。大家都這麼說。光我自己說的話，我絕對不信。有一次，我們去了我弟弟葛汀納在倫敦的家，當時珍才十五歲，結果有個男的愛上了她。我弟媳還信誓旦旦說，對方在我們走之前就會求婚。可惜後來沒有，可能覺得她年紀還小。不過他為她寫了好幾句詩，每一句都好美。」

「也因此結束了這段感情，」伊莉莎白不耐煩地說，「我猜不少人都靠寫詩走出情關。寫詩竟能把愛趕跑，我真想知道第一個發現的是誰！」

「我一直以為詩是愛情的食糧[14]。」達西說。

「對於美好、穩固、健康的愛情，可能是吧。感情穩定時，一切都是營養。但如果感情不深，我相信一首十四行詩便能把愛情活活餓死。」

達西只微微一笑。接下來有一會兒都沒人說話，伊莉莎白內心不禁顫抖，就怕母親繼續自曝其短。她想填補空白，卻想不到該說什麼。沉默半晌，班奈特太太再次感謝賓利先生照顧珍，並為伊莉莎白叨擾致歉。賓利先生極為客氣，態度真摯，逼得賓利小姐也不得不客氣，擠出些客套話。她態度說不上親切，但班奈特太太聽了心滿意足，不久便請人準備馬車。她們家小女兒一聽到，趕緊走向前。這段時間，兩個小的都在後頭交頭接耳，最後決定由麗迪亞開口請賓利先生履行承諾。他剛到郡裡時，曾說要在尼德斐莊園辦場舞會。

麗迪亞今年十五歲，發育很好，身材豐滿，細皮白肉，面容和善親切。母親特別寵愛她，也早早帶她出來社交。她個性狂野活潑，生來自以為是，而新來的這群軍官，見她姨丈飯菜豐盛，她又來者不拒，自然都對她好，讓她更加確信自己得天獨厚。因此她不顧輩分，劈頭便向賓利先生提起舞會的事。還說他如果食言，便是世上最丟臉的事。面對突襲，賓利先生的回答依然讓班奈特太太服服貼貼：

「你放心，我絕不會食言，等你姊姊身體康復，你願意的話，就讓你挑個日子。姊姊的病還沒好，你也不會想跳舞吧。」

麗迪亞十分滿意。「喔！沒錯——要等珍的身體好了，那時卡特上尉可能也回梅里墩了。等你辦完舞會，」她繼續說，「我會叫那些軍官也辦一場。我來跟福斯特上校說，他不辦就等著丟臉。」

班奈特太太帶著女兒離開了，伊莉莎白馬上回到珍身邊，至於家人的言行，就任憑兩位女士和達西先生去說。雖然賓利姊妹一直罵伊莉莎白，賓利小姐甚至開了一堆美麗雙眼的玩笑，但達西先生始終沒批評她。

14 此處化用莎士比亞《第十二夜》（*Twelfth Night*）奧西諾公爵（Duke Orsino）的台詞：「假如音樂是愛情的食糧，就這麼繼續演奏吧。」（If music be the food of love, play on.）

10

這天過得和前一天差不多。賀世特太太和賓利小姐早上陪了珍好幾小時，珍雖然身體漸漸好轉，卻好得很慢。晚上伊莉莎白加入大家，來到客廳，但今天沒搬出牌桌。達西先生在寫信，賓利小姐坐在他旁邊，不住打擾他，要他代她問候他妹妹。賀世特先生和賓利先生在打皮克牌[15]，賀世特太太則在觀戰。

伊莉莎白拿起針線刺繡，津津有味地聽著達西和賓利小姐對話。賓利小姐一直誇達西字寫多美，句子寫多整齊，信寫多長，對方卻冷淡以對。兩人對話一冷一熱，妙趣橫生，同時完全符合她對兩人的看法。

「達西小姐收到這樣一封信，心裡不知道會多開心！」

他不答腔。

「你寫得真快。」

「沒有吧。我寫得非常慢。」

「你一年要寫的信一定很多！還有工作上的信！那一定很討厭！」

「幸好是我要寫，不是你。」

「你跟你妹說一聲，我好想見她。」

「照你要求，我前面已經說過了。」

「我怕你那鵝毛筆寫起來不順手。我來幫你削吧。我很會削筆。」

「謝謝你——但我筆都自己削。」

「你怎麼能寫這麼整齊？」

他沉默。

「跟你妹妹說，我很高興聽到她豎琴有進步，告訴她我真的好喜歡她畫的桌飾彩繪，我覺得比葛蘭麗小姐畫得好看太多了。」

「能不能等我下次寫信再說這件事？我寫不下了。」

「喔！沒關係。我一月會跟她碰面。但你經常寫這麼動人的長信給她嗎，達西先生？」

「通常不短，但動不動人，我自己沒辦法判斷。」

「我是覺得，要是有人能隨手寫出一封長信，文筆肯定不會差。」

「你這句沒誇到達西，卡洛琳。」她哥哥大聲說，「他信**不是**隨手寫的。他都會用一堆生難字詞。對不對，達西？」

「我的寫作風格和你十分不同。」

「喔！」賓利小姐喊道，「查爾斯寫信最隨便了。他字都寫一半，墨汁還會濺得到處都是。」

「我想法太快，手來不及寫——所以有時別人讀了信，根本看不懂。」

「賓利先生，你好謙虛，」伊莉莎白說，「這樣一說，大家都不好罵你了。」

「表面謙虛最虛偽了，」達西說，「這種人往往不在乎別人意見，不然就是不時在拐彎稱讚自己。」

15 piquet，源自十六世紀法國的雙人紙牌遊戲，也是法國的國粹，玩法和拉密牌（rummy）類似。

「那我剛才小小謙虛一下，你覺得是哪一種？」

「拐彎稱讚自己。你嘴上在自嘲，但心裡其實十分得意。你信寫得亂是因為腦筋動得快又不拘小節。這雖然不值得稱讚，但你至少認為這樣的自己十分有趣。人只要做事快，總會沾沾自喜，至於表現完不完美，通常不會放在心上。你白天跟班奈特太太說，你如果決定搬出尼德斐莊園，只要五分鐘便能動身。這話說得瀟瀟灑灑，也只是在稱讚自己——可是倉促離開，不只對大家都沒好處，還留下一屋子爛攤子，到底有什麼好得意的？」

「不是，」賓利大喊，「你太誇張了，都晚上了，居然還記得白天說的蠢話。但我覺得自己沒亂說，這點我到現在都很確定。再怎麼說，我形容自己做事輕率，絕不是為了在小姐面前自誇。」

「你當然確定，但我才不信你能說走就走。你和我認識的所有人一樣，做事都太隨興了。如果你正要上馬，一個朋友說：『賓利，再待一個禮拜吧。』你大概就下馬不走了——再勸幾句，搞不好會待上一個月。」

「你這樣只證明賓利先生沒把自己形容好，」伊莉莎白說，「比起他，你現在倒幫他自誇了不少。」

「太感謝你了，」賓利說，「經你這麼一轉，達西像在拐彎稱讚我個性隨和。但他恐怕沒這意思。在那種情況下要得到他的稱讚，我只能斷然拒絕，快馬離開。」

「這麼說，雖說是一時衝動，只要堅持到底，達西先生便能接受了嗎？」

「老實說，我也搞不清楚，達西你自己解釋吧。」

「我什麼都沒承認，全是你在揣測，現在又要我負責解釋。好，姑且照你說的。班奈特小姐，你別忘了，那位朋友請他留下，純粹是他希望而已，完全沒給出合理的理由。」

「所以聽到朋友請求，欣然答應——或輕易答應，在你眼中不是優點。」

「沒經過深思熟慮，亂下決定的話，兩人都稱不上聰明。」

「達西先生，我感覺你做事都沒考慮到友誼和感情。如果在意對方，大家通常都會一口答應，不會管合不合理。我不是特別在說賓利先生的例子。也許我們能等事情發生，再來討論他的決定。但一般情況而言，若是一件無關緊要的事，朋友之間一人希望另一人改變主意，他不問是非直接答應，你會怪他嗎？」

「我們討論這問題前，是不是該仔細定義事情多重要，兩人交情多深？」

「當然好，」賓利大喊，「我們就來好好定義一番，別忘了說清楚兩人的身高體重。班奈特小姐，你千萬要小心，辯論過程中，這會成為關鍵。我向你保證，要不是達西比我高壯，我根本不會那麼尊敬他。在某些場合、某些地方，達西是我認識的人中最煩人的傢伙。尤其週日晚上，他在家閒得發慌的時候。」

達西微微一笑。但伊莉莎白覺得他看起來深受冒犯，於是忍住了笑意。賓利小姐見達西被人說成這樣，一肚子火，馬上開口反駁，罵哥哥胡說八道。

「賓利，我懂你意思，」達西說，「你不喜歡辯論，希望到此為止。」

「可能吧。辯論太像吵架了，如果你和班奈特小姐能等我走了之後再吵，我感激不盡，到時候，你們愛怎麼說我都可以。」

「這我沒問題，」伊莉莎白說，「達西先生最好也把信寫一寫。」

達西先生接受了她的建議，真的將信寫完了。

信寫完之後，他問賓利小姐和伊莉莎白是否能賞臉，演奏一、兩首歌曲。賓利小姐欣然走向鋼琴。她人十分客氣，先問了伊莉莎白要不要先表演。伊莉莎白一樣十分客氣，不過她的推辭不是裝的，於是賓利小姐坐到了鋼琴前。

賀世特太太和妹妹一起唱歌時，伊莉莎白翻著鋼琴上的琴譜，這時她不禁發覺達西先生的目光不時飄來盯著她瞧。她再怎麼想，都想不到這位大人物會看上她，但要說他因為討厭而瞪她，那更說不通。最後她也只能猜想，畢竟他心中自有把尺，他會注意她是因為她比在場任何人都離經叛道。想通這點，她不覺得受傷。她一點都不喜歡他，自然不希罕他的認可。

賓利小姐演奏幾首義大利歌曲後，樂風一變，彈奏起輕快的蘇格蘭小調。不久達西先生靠近伊莉莎白，對她說：

「班奈特小姐，機會難得，你願意一起跳支蘇格蘭舞嗎？」

她笑了笑，沒答腔。他見她沉默，有點驚訝，又問一次。

「喔！」她說。「我有聽到，但我一時不知道該怎麼回答。我知道你希望我回答『好』，你就能趁機嘲笑我的品味，但我最愛識破別人的詭計，讓人想笑都笑不到。所以我決定回答你，我一點都不想跳蘇格蘭舞——現在你敢笑我試試看。」

「我的確不敢。」

伊莉莎白原以為會冒犯到他，沒想到他竟如此有風度。其實她舉手投足可愛又調皮，很難讓人感到冒犯。達西人生第一次這麼迷戀一個女生。他真心相信，要不是她的親戚出身低微，否則他這下會有點危險。

賓利小姐見了，心生懷疑，大大吃醋。她原本就心心念念希望好友珍早日康復，現在更巴不得珍馬上從病床爬起，好讓她趕走伊莉莎白。

她不時拿兩人的婚事鬧達西，煞有介事規畫幸福的藍圖，想藉此挑撥達西對她的情感。

隔天他們在樹籬間散步時，她說：「我希望這大喜之日，你能提醒岳母少說點話。還有可以的話，好好管管兩個妹妹，別讓她們追著軍官跑。再來，有件事我也不好說，但就你夫人有一點那什麼，自大也好，無禮也好，請她好好改一改。」

「為了我一家和樂，你還有什麼建議嗎？」

「喔！有啊。記得把你菲利普姨丈和阿姨的肖像畫掛到龐百利莊園的畫廊。最好掛在你當法官的叔公旁。你看，他們算是同行，只是職位不同。至於伊莉莎白的肖像畫，你還是別請人畫了，哪個畫家能畫出她那雙美麗的眼睛？」

「要抓住神韻確實不容易，但眼睛的顏色和形狀，還有那美麗纖細的睫毛，或許畫得出來。」

這時候，賀世特太太和伊莉莎白正巧從另一條小徑走來。

「我不知道你們也來散步。」賓利小姐心裡有點慌，怕剛才的對話被聽見。

「你們真可惡，」賀世特太太回答，「自己跑出來，也不說一聲。」

她勾起達西先生空著的手臂，將伊莉莎白一人留在身後。小徑只容得下三人並行。達西先生發覺她們的失禮，馬上說：

「這條小徑太窄了，大家不好走，我們到大路上吧。」

但伊莉莎白根本不想和他們待在一起，她笑盈盈回答：

「不用、不用，你們走就好。你們三人走在一起真好看，多一人，畫面就破壞了。再見。」

她說完開心地快步跑開。她滿心喜悅，一邊閒晃，一邊希望這兩天便能回家。珍身體已好了大半，晚上還打算下床，出房透透氣。

No, no; stay where you are

「不用、不用，你們走就好。」

11

吃完晚餐，女生都出了餐廳[16]。伊莉莎白上樓找姊姊，確認她穿得夠暖了，便陪她下樓進到客廳，她兩個朋友馬上迎上來，天花亂墜表達著喜悅。男生進門前這一小時，她們說有多和善就有多和善，伊莉莎白住了這幾天，還是第一次看到。她們兩人嘴巴無比伶俐，消遣活動描述得歷歷在目，故事說得幽默橫生，嘲笑起別人也是心花怒放。

但男生進門之後，珍不再是焦點。賓利小姐的雙眼馬上飄向達西，他人都還沒走近，她就有話要對他說。達西先生走向班奈特大小姐，禮貌恭喜她康復；賀世特先生也稍微向她躬身，說他「非常高興」。賓利的問候一如往常充滿熱情，想到哪說到哪。他滿心喜悅，對她

16 按照當時習慣，一餐結束後，女士會先行離席到客廳，留下男士交誼。

"Piling up the fire"

· 他前半小時都在堆柴火，生怕她來客廳著涼。

的照看無微不至。他前半小時都在堆柴火，生怕她來客廳著涼。珍依賓利的意思坐到壁爐那頭，離門口遠一點。接著他坐到她身邊，幾乎不和其他人說話。伊莉莎白待在另一頭角落刺繡，將一切全看在眼裡，內心無比高興。

喝完晚茶，賀世特先生暗示小姨子該把牌桌搬出來了，卻不見有人動作。原來賓利小姐早知道達西先生不想打牌。後來賀世特先生乾脆直接開口，卻依然被拒絕了。她向他保證，沒人想打牌，全場聽了一片沉默，像證實她所言不假。賀世特先生無事可做，只好躺到一張沙發上打盹。達西拿了本書，賓利小姐也學他拿起書。賀世特太太把玩著手鐲和戒指，聽弟弟和班奈特大小姐對話，偶爾插句話。

賓利小姐心思一半放自己的書上，一半放在達西的書上。她不是東問西問，便是探頭去看他讀到哪。但不管她怎麼鬧，他都不和她聊天。她問一句，他便答一句，答完又繼續看書。最後她假裝看書裝得累了，她選這本書只是因為這是他那本的續集。她打個大呵欠說：「晚上這樣度過太開心了！做別的很快會厭倦，書真是看都看不膩！我若有自己的房子，一定要有間好書房，不然我一定無聊死。」

沒人理她。她又打個呵欠，把書扔到一旁，目光掃過全場，尋找樂子。他聽到哥哥向班奈特大小姐提到舞會的事，突然轉向他說：

「對了，查爾斯，你是認真考慮在尼德斐莊園辦舞會？我建議你，你做決定之前，問問現場大家的意願。除非我搞錯，不然我們當中應該會有人覺得舞會不好玩，只是沒事找罪受。」

「如果你是在說達西，」她哥哥朗聲說，「他想的話，在舞會開始前可以先去睡覺——至於舞會，是一定要辦。只要尼可斯太太準備好奶油濃湯[17]，我邀請函馬上送出去。」

「如果舞會換個方式，」她回答，「我一定會更喜歡舞會，平常舞會的過程無聊得要命。舞會少跳點舞，多聊點天，應該比較合理吧。」

「親愛的卡洛琳，我想那樣確實更合理，但那就不叫舞會了。」

賓利小姐不答腔，不久便起身，在客廳漫步。她姿態優雅，腳步輕巧，一步步全是走給達西看的，但他仍埋頭看書。她萬念俱灰之下，決定孤注一擲，於是她轉向伊莉莎白說：

「伊莉莎白．班奈特小姐，要不要隨我在客廳繞一圈。同一個姿勢坐久了，走一走能讓人神清氣爽。」

伊莉莎白十分驚訝，但馬上答應。賓利小姐的邀請達成了目的，達西先生總算抬起頭。與伊莉莎白一樣，達西對此感到新奇，不知不覺合上書。賓利小姐見了便開口邀他加入，但他婉拒了，他說她們一起繞行客廳不外乎兩個目的，無論何者，他加入都會打擾。他到底是什麼意思？她好想知道他的意思——於是她問伊莉莎白聽不聽得懂？

「完全聽不懂，」她回答，「但肯定的是，他是故意不說的，要讓他失望的話，最好什麼都別問。」

但賓利小姐怎可能讓達西先生失望，所以她追問他。

「我沒有不說，」等她一問完，他馬上說，「你們晚上散步，不外乎閨密之間想說些祕密，不然就是自認走路的身段最好看。如果是前者，我加入很礙事；如果是後者，我坐在壁爐旁才好欣賞。」

「喔！什麼啦！」賓利小姐大叫。「第一次聽到有人這麼油嘴滑舌。我們要怎麼懲罰他？」

「你真想的話，還不簡單，」伊莉莎白說，「所有人都可以嗆來嗆去，互相折磨。好好鬧他或笑他一頓。你們這麼熟，一定知道怎麼做。」

「說真的，我還真不知道。我跟你說，我們熟歸熟，但我拿他一點辦法都沒有。他個性冷靜，腦

17 white soup，原為來自法國的王后濃湯（Potage à la Reine），後來流傳到各地延伸出許多不同做法。通常以禽肉和小牛肉等肉類為基底，另加入蔬菜、奶油，以及杏仁、米飯和蛋黃等使湯更濃稠的佐料。

袋清楚，怎麼鬧啊！不行、不行——感覺會被反咬一口。至於笑他，你要知道，他根本沒地方能取笑，我們就別硬要取笑他了。達西先生想得意就得意吧，隨便他。」

「達西先生居然這麼完美，沒地方能取笑！」伊莉莎白驚呼。「這真難得，我希望他能好好維持。這種人多認識幾個我就完了。我最愛開人玩笑了。」

「賓利小姐太看得起我了，」他說，「有的人看什麼都覺得可笑。即使是最聰明、最優秀的人——不，即使別人的行為再聰明優秀，在這種人眼中依然可笑。」

「確實有這種人，」伊莉莎白回答，「但我希望自己不是其中之一。聰明或善良的事，我見了絕不會取笑。但假如有人愚蠢無理、態度反覆或矛盾，我確實是見一次笑一次。但我想你太完美了，不會有這些問題。」

「這大概沒人做得到。聰明人也常犯下可笑的錯誤，但至少我這輩子都在盡力避免。」

「好比虛榮和驕傲。」

「對，虛榮確實是不好。但驕傲的話——只要擁有真正的智慧，就算驕傲也會有所約束。」

伊莉莎白轉頭，暗自微笑。

「我想你分析完達西先生了，」賓利小姐說，「有什麼結論嗎？」

「我確認完了，達西先生身上沒有任何缺點。他也毫不客氣地承認了。」

「不對，」達西說，「我沒那麼自以為是。我當然也有缺點，但我不希望問題出在我的頭腦。至於脾氣，我就不敢保證。像我脾氣一來，完全不會退讓——這對大家來說確實不近人情。我看見別人做了傻事或壞事，照理來說應該別放心上，但我就是會記一輩子，得罪我也一樣。我的感覺確定之後，就不會輕易動搖。我這脾氣也許能形容成愛記仇。但我對人的好感一旦消失，就回不來了。」

「那真是一大缺點！」伊莉莎白大喊。「記仇一輩子確實不好。但你這缺點選得真好，害我都不敢取笑你了。你可以放心。」

「我相信每個人個性都有盲點，容易犯下某些錯誤。這算天生的缺點吧，受再好的教育都改不了。」

「你的缺點就是看所有人都討厭。」

「你的話，」他微笑回答，「就是愛故意曲解別人。」

「我們來聽點音樂。」賓利小姐大聲說，她受夠自己插不上話了。「露易莎，你不介意我吵醒賀世特先生吧？」

她姊姊毫不介意，於是她掀起了鋼琴蓋。達西回想了一會兒，對於這段對話，他並不後悔。但他開始感覺到和伊莉莎白相處得太多會有危險。

12

姊妹商量好之後，伊莉莎白隔天早上寫信給母親，請她派馬車來載她們。但班奈特太太不想接回女兒，她打算讓女兒在尼德斐莊園留到下週二，讓珍待滿一週。所以她的回信，至少對歸心似箭的伊莉莎白來說，一點都不讓人滿意。班奈特太太在信中說，她們要用馬車的話，至少要等到下週二。信末還補充，如果賓利先生和姊妹堅持挽留，她覺得無妨。但伊莉莎白已打定主意離開——她不指望大家挽留，相反地，她更怕自己無故叨擾太久，於是她勸珍向賓利先生借馬車，姊妹討論後，決定先表明她們想在今天離開尼德斐莊園，再向他借馬車。

這話一說掀起一陣關心，大家七嘴八舌挽留，希望她們至少待到明天，讓珍多休息一會兒，最後姊妹倆拗不過，決定明天再走。賓利小姐聽了馬上後悔，因為她對伊莉莎白的妒意和厭惡，遠勝過她對珍的喜愛。

賓利先生聽到她們不久要離開，真心感到難過，他不斷勸班奈特大小姐別這麼早動身，因為她身體還沒康復。但珍認為自己有理時，態度十分堅決。

對達西而言這是好消息，伊莉莎白在尼德斐莊園待太久了。她對他的吸引力快讓他吃不消，何況，賓利小姐對**她**十分失禮，又比平常更愛鬧他。聰明的他決定這幾天要特別小心，別在**此時**透露出任何一絲愛慕之意，以免她抱持希望，想

跟他結婚。他意識到，如果他前幾天讓人誤會，最後一天的表現將會是確認的關鍵。於是他謹守分際，週六一整天和她說不到十個字，雖然兩人一度獨處半小時，但他專心盯著書頁，連一眼都不看她。

禮拜日晨禱過後，多數人樂見的告別時刻終於來臨。賓利小姐對伊莉莎白的態度瞬間好轉，對珍也更加疼愛。道別之際，她對珍說，自己期待和她在朗堡或尼德斐莊園再次相見，並和她擁抱，態度無比親切。她甚至還和伊莉莎白握手道別。伊莉莎白心中充滿喜悅，開開心心和這群人分別了。

她們回到家，母親卻沒給她們好臉色。班奈特太太不懂兩人幹麼回家，怪她們給別人添麻煩，覺得珍又要感冒了。父親雖然表面上淡淡的，但心裡其實十分高興，因為他深刻感到兩個女兒對家裡有多重要。珍和伊莉莎白不在家，晚上一家人聚在一起聊天時，氣氛不只沉悶，話題也幾乎失去意義。

她們發現瑪麗和往常一樣，認真研究著數字低音記譜法[18]和人性，她拿了最近抄的書摘給姊姊看，還分享了自己對老套大道理的新見解。凱蒂和麗迪亞的新知不大一樣，上週三之後，民兵團發生許多新鮮事，她們也聽說了不少消息。最近有好幾位軍官去了姨丈家吃飯，有個士兵被鞭了一頓，還有人在傳，福斯特上校要結婚了。

18 thorough bass，又做通奏低音，多見於巴洛克時期（Baroque）樂曲，以升降記號和數字標示音程與和弦。

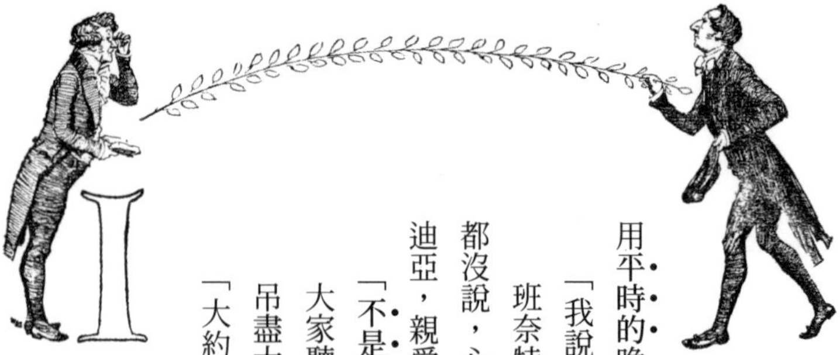

13

「親愛的，」隔天吃早餐時，班奈特先生對太太說，「今天晚餐準備豐盛一點，晚上有人要來家裡吃飯。」

「什麼意思，親愛的？我怎麼沒聽說誰要來，還是夏洛特・盧卡斯正好有空——那用平時的晚餐招待她我想就夠了。她們家通常沒吃那麼好。」

「我說的是位紳士，而且沒來吃過飯。」

班奈特太太眼睛發光。「紳士，而且沒來吃過飯！那一定是賓利先生！珍，你怎麼一個字都沒說，心機真重。喔，賓利先生能來真是太好了。可是——天啊！糟糕了！今天沒魚啊。麗迪亞，親愛的，快幫我拉鈴——我得快點吩咐希爾太太。」

「不是賓利先生，」她丈夫說，「這人我這輩子不曾見過。」

大家聽了都驚奇萬分，妻子和女兒馬上追問他一堆問題，讓他十分滿意。

吊盡大家胃口之後，他才解釋道：

「大約一個月前，我收到一封信，我大約兩週後回信了，因為這事有點麻煩，必須儘早處理。信是我堂姪柯林斯先生[19]寄來的，我過世後他隨時能把你們全趕走。」

「喔，親愛的，」他太太大喊，「這我真的聽不下去。拜託不要聊到這可惡的傢伙。地產不能給孩子繼承，真是太心痛了。我敢說要是我，早就想辦法了。」

珍和伊莉莎白試著向她解釋限定繼承權一事。其實之前就解釋過，但班奈特太太每次講到這事都會失去理智。她繼續痛罵，明明是家產，不分給五個女兒，卻給一個無人在乎的外人，簡直天理不容。

「這事真的太不公平了，」班奈特先生說，「柯林斯先生繼承朗堡的罪一輩子都洗不清。但你聽一下他信上怎麼說，聽完也許會消氣。」

「不要，我絕對不要。他光是寫信給你，我就覺得非常失禮，有夠虛偽，我最討厭這種假惺惺的人。他怎麼不學他父親，繼續跟你撕破臉？」

「確實，為了顧及孝道，他似乎也有些顧慮，你待會兒聽聽。」

肯特郡，威斯特漢鎮，漢斯佛公館

十月十五日

親愛的堂叔：

先父與您不和一事，總讓我內心忡忡不安。自先父不幸過世，我屢次動念想修復關係，卻仍有所遲疑。畢竟先父多年來都不願與您盡釋前嫌，若我貿然與您和好，怕有辱先人之志。（班奈特太太，你聽聽。）但對於此事，我現在已下定決心，事情是這樣：復活節我受禮成為牧師之後，承蒙路易斯．狄堡爵士遺孀凱薩琳夫人厚愛，授予我教區牧師一職[20]。凱薩琳夫人素來為人慷慨，熱心助人，由於感念她偉大的恩澤，我自當盡心盡力，泉湧以報，隨時待命，盡力執行英國國教各式儀禮，日夜都不鬆懈。除此之外，身為教區牧師，我自覺有責任敦親睦鄰，促進家庭安樂，

19 柯林斯先生是遠親，文中只能確定是父系的親戚。為求通順和便於理解，在此譯為堂叔姪關係。

20 地主或鄉紳資助教會之後，會被授予贊助權，能向主教引薦人選擔任教會的職位。教區牧師一般而言是終身職，牧師往往必須巴結和依賴贊助人，才能得到這個職位。

因此我竊以為這是兩家人重修舊好的良機，至於我繼承朗堡一事，還望堂叔別放在心上，並接受我遞出的橄欖枝。對於您親愛的女兒，我自知有愧，還請您容我當面致歉，我也保證會盡我所能彌補，細節請容我日後說明。若您同意，我將於十一月十八日週一四點親自登門拜訪，望能借宿七日，時間上莫為我擔心，神職工作只須安排他人代理即可，禮拜日布道偶有缺席，凱薩琳夫人也全心諒解。請代我向夫人和女兒致上誠摯的問候。

子姪威廉．柯林斯

「所以四點鐘，我們會見到這位和平大使。」班奈特先生一邊摺起信，一邊說，「依我看，這年輕人實在太認真、太有禮貌了。我相信和他往來，肯定大有好處，就看凱薩琳夫人以後讓不讓他再來。」

「但關於女兒的事，他說得倒是有點道理，如果他有心彌補，我當然不會反對。」

「說是補償，」珍說，「但他覺得怎樣合理還很難說，當然他有這份心意自然是好的。」

伊莉莎白聽完信嘖嘖稱奇，這人不只對凱薩琳夫人異常尊敬，還樂意不分晝夜為教徒受洗、證婚和下葬呢。

「我覺得他一定是個怪人，」她說，「我搞不懂這人。他的文筆好浮誇，而且繼承權有什麼好道歉的？這又不是他的錯。你覺得他聰明嗎，父親？」

「不，親愛的，我不但不覺得他聰明，還恰恰相反。一封信寫成這樣，一方面卑屈諂媚，一方面又自命不凡，這人太有意思了，我真等不及見到他。」

「就文章來看，」瑪麗說，「他這封信寫得不差。橄欖枝也許不算有新意，但我覺得用得很恰當。」

凱蒂和麗迪亞對這封信和寄信者都毫無興趣。遠房堂兄又不穿紅色軍裝。過去這幾週，她們都沒和別人相處，只和軍官玩在一塊兒。至於她們的母親，柯林斯先生的信讓她氣消了大半，她已準備心平氣和見他，班奈特先生和女兒發現時都嚇一大跳。

柯林斯先生準時抵達，全家上下都對他十分有禮。班奈特先生話不多，但太太女兒都樂意開口。不過柯林斯先生其實不須別人搭話，他自己一開口便滔滔不絕。他二十五歲，身材高大，體型肥碩，外表嚴肅莊重，舉止拘謹正式。他椅子還沒坐熱，劈頭便誇獎班奈特太太五個女兒長相美麗，還說他早有聽說，但今天才發現百聞不如一見。他又補一句，說他相信班奈特太太一定會適時為她們找到好歸宿。這幾句讚美聽在耳裡其實不大舒服，但班奈特太太沒有聽不下去的稱讚，馬上回答：

「你真會說話，先生，我真心希望如此，不然她們將來怎麼活得下去。這事說來還真奇怪。」

「我想你是指繼承權的事。」

「啊，先生，正是這件事。這事多嚴重啊，可憐我女兒了，你說是不是？我沒有要怪你的意思，畢竟這種事在世上憑的是運氣，地產要繼承時，沒人知道會落到誰手裡。」

「太太，堂妹將來的苦處我當然知道，這事我也有心裡話要說，但我不想顯得冒失和唐突。不過我向堂妹保證，我這次是來好好看看她們的。我目前不會多說，但也許等彼此熟悉之後……」

他話還沒說完，晚餐準備好了，女兒相視而笑。柯林斯先生這次來可不只是來探望堂妹，客廳、餐廳和家具擺飾他都一一仔細欣賞，並全讚美一輪。他彷彿在盤點未來的財產一般，看了真叫人生氣。不然換作平常，聽到他的稱讚，班奈特太太早已心花怒放。他吃晚餐時，也對每一道菜讚不絕口，並探問哪個堂妹手藝這麼好。但這問題讓他碰了一鼻子灰，班奈特太太不客氣地告訴他，家裡還雇得起好廚師，女兒根本不用進廚房。他聽了連忙道歉，說自己無意冒犯。她聽了語氣放軟，說自己沒被冒犯，但他仍繼續賠罪，這一道歉就道歉了十五分鐘。

14

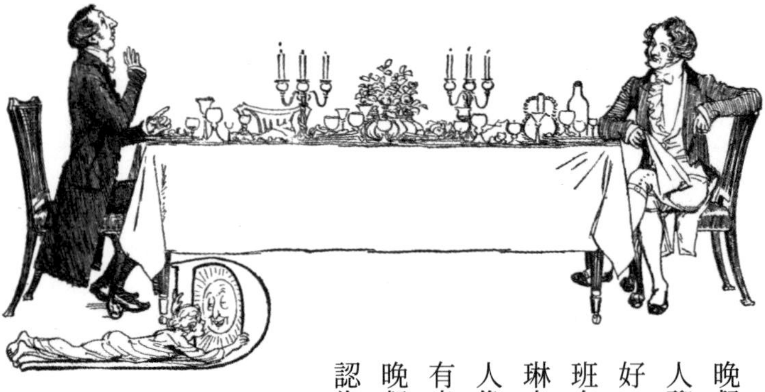

晚餐時，班奈特先生幾乎沒說過話。但僕人離開之後，他覺得是時候和客人聊一聊了。他想找個話題讓他好好表現一番，於是一開頭便說他運氣真好，能得凱薩琳夫人青睞。她感覺非常尊重他的意願，對他生活處處關照。班奈特先生這話題開得再好不過了。柯林斯先生馬上滔滔不絕讚美起凱薩琳夫人。他態度比平時更加認真莊重，說他這輩子見過的上流人士，真沒人像凱薩琳夫人這樣，和藹可親，平易近人，這全是他個人親身感受。他有幸在她面前講道兩次，兩次都備受夫人肯定。他也兩度受邀去若馨莊園晚餐。上週六晚上，她打四方牌[21]少人時，她也邀請了他。他知道許多人認為凱薩琳夫人為人高傲，但他只覺得她平易近人。她對他和上流紳士的態度根本毫無差別。他融入社區，與鄰居來往，她都不曾反對，也不介意他偶爾離家一週，拜訪親戚。她對他關懷備至，甚至建議他儘早結婚，只叮嚀對象要慎選。她曾拜訪他簡陋的牧師公館，稱讚他當時所做的整理，甚至惠賜一項建議——她說樓上的房間該裝架子。

「我相信她為人高尚又有禮，」班奈特太太說，「我敢說她也非常好相處。可惜現在一般夫人都不像她。先生，她和你住得近嗎？」

「牧師公館的花園和夫人的若馨莊園只隔一條路。」

「先生，我記得你說她在守寡？她有家人嗎？」

「她只有一個女兒，未來她將繼承若馨莊園和一筆豐厚的財產。」

「啊！」班奈特太太搖著頭。「那她的命比許多女生好。她是什麼樣的女孩子？她美嗎？」

「這位年輕小姐確實獨具魅力。凱薩琳夫人曾說，以真正的美感而言，即使是絕世美女也遠遠比不上狄堡小姐，畢竟她那張臉就寫著名門出身。可惜她體弱多病，無緣精進才藝，不然她肯定樣樣精通，這是與小姐一家人同住的家教告訴我的。小姐親切友好，常放下身分，坐著她的敞篷小馬車[22]前來牧師公館拜訪我。」

「她覲見國王了嗎[23]？進宮名冊中，我不記得看過她的名字。」

「可惜她身體不好，無法前去倫敦。正如我那天和凱薩琳夫人說的，可惜英國皇室損失了一顆璀璨的明珠。夫人聽了好高興。你知道，我常不時獻上合適的小恭維，夫人小姐總是愛聽。我不止一次對凱薩琳夫人說過，她美麗的女兒彷彿天生有著一副公爵夫人樣，哪個公爵娶她，不會是他提升她的地位，反而會是她為爵位添光。夫人最愛聽這種話，而該稱讚的，我自然責無旁貸。」

「你說得一點也沒錯，」班奈特先生說，「幸好你擁有捧人捧得恰到好處的天分。我想問一下，這些好聽話通常是當下隨口編的，還是要事先準備？」

「主要是當場隨機應變，但我偶有閒情逸致，會先準備些漂亮話，並設法運用在日常場合，抓到機會，我會裝作當下脫口而出的樣子。」

21 quadrille，四人紙牌遊戲，十八世紀在英法曾風靡一時，但在十八世紀末已漸漸過時，當時更為流行的是惠斯特牌。

22 phaeton，四輪輕型馬車，通常由兩匹馬拉，操控靈活，在當時相當流行。

23 上層階級的年輕小姐成年時會覲見國王，參加王宮舉辦的舞會，首次亮相並踏入社交界。

他完全符合班奈特先生的期待。他的堂姪和他所想一樣荒唐。他津津有味地聽他解釋，同時努力保持一本正經，暗自樂在其中，並偶爾和伊莉莎白相視一笑。

到了晚茶時分，笑也笑夠了，班奈特先生開開心心帶客人回到客廳。喝完茶之後，他又開開心心邀請他為女兒朗讀。柯林斯先生馬上答應。他將書拿到手中一看，馬上大吃一驚（因為這書怎麼看都是從租書店借來的），他趕緊說自己不讀小說——凱蒂瞪大眼睛，麗迪亞失聲驚呼。等其他的書拿上來之後，他仔細思量一番，選了佛狄斯的《給年輕女子的布道文》[24]。他一打開書，麗迪亞馬上打個呵欠，他的語氣單調嚴肅，還唸不到三頁，她便打斷他：

「媽媽，你知道姨丈說要把理查解雇的事嗎？這樣的話，福斯特上校會雇用他吧。阿姨上週六親自告訴我的。我明天去梅里敦再打聽看看，問丹尼先生什麼時候從倫敦回來。」

麗迪亞兩個大姊急忙要她別說話，但柯林斯先生已大受冒犯，他將書放到一旁說：

「我發現許多正經書即使專為年輕女士所寫，她們仍不感興趣。不得不說，我覺得不可思議，因為世上對她們最有幫助的便是各方指導。但我就別勉強小堂妹吧。」

他說完轉向班奈特先生，問他要不要下雙陸棋[25]。班奈特先生接受挑戰，並誇他充滿智慧，女孩要做別的無聊消遣，就隨她們去。班奈特太太領著女兒，為麗迪亞打斷他鄭重致歉，並保證此事不會再發生，請他繼續朗讀。柯林斯嘴上說自己不會對小堂妹心存芥蒂，也絕不會懷恨在心，卻和班奈特先生坐到另一張桌子，準備下雙陸棋了。

24 *Sermons to Young Women*，由詹姆斯．佛狄斯（James Fordyce）編著，一七六六年出版，內容保守，講述女性該謹守的行為和教育。

25 backgammon，一種雙人桌遊，以擲骰子決定移棋步數，在移動的同時須阻擋對手行進，是歐洲最廣為流傳的桌遊之一。

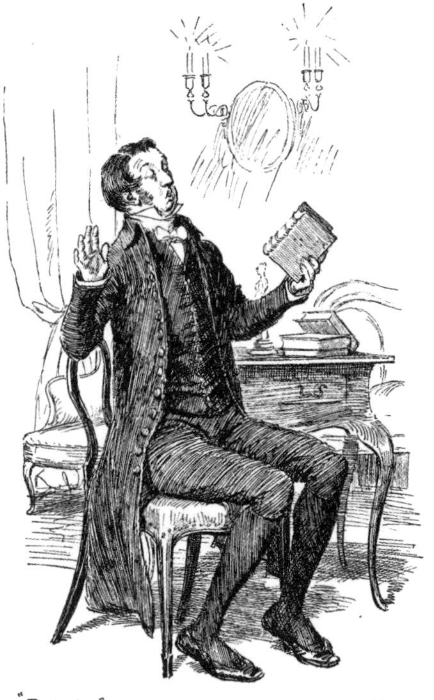
"Protested
that he never read novels"
H.T. Feb 94

他趕緊說自己不讀小說。

15

柯林斯不聰明，自小的家教和社交也都沒幫到他。他的父親無知又吝嗇，而他大半生都受父親影響。他讀大學時，依規定住校，卻沒結識任何有用的人脈。在父親壓迫下，他的個性本就十分自卑，後來因為他欠缺自覺，生活孤僻，再加上早年得志，生活無虞，便漸漸自命不凡起來。他認識凱薩琳．狄堡夫人時十分幸運，漢斯佛公館的職位正巧缺個人選。他現在身為牧師和教區長，握有威嚴，享有權利；而凱薩琳夫人貴為他的贊助人，地位崇高，恩情深厚。在這情況下，他一方面內心自我感覺良好，一方面又對她抱持崇高敬意，使這人變得自大又自卑，目中無人又卑躬屈膝。

他現在名下有房，薪水豐厚，便想結婚了。他和朗堡一家人和好，其實是想從他們家女兒中挑個老婆，就看她們是否如傳聞中一樣美麗親切。這便是他繼承她們父親財產的彌補大計（或說是贖罪大計）。他認為這方法絕妙至極，名正言順，又顯得自己慷慨無私。

見到堂妹之後，他決定維持原定計畫。他一見到班奈特家長女美麗的臉龐，馬上決定娶妻大事絕不能隨便，必須長幼有序。第一天晚上，她是他心中的不二人選。但隔天早上他的選擇馬上改變。他和班奈特太太在早餐前促膝長談十五分鐘。他先聊到牧師公館，接著順勢表露心意，說想在朗堡找個女主人，班奈特太太順著他的話笑了

笑，說了幾句支持，最後冷不防警告他別追求他屬意的珍。「年紀小的幾個，我不好說，也不確定，但我是不知道她們有對象。不過大女兒的話，我必須說——我一定得提醒你，她可能不久要嫁人了。」

柯林斯聽了，只好將意中人從珍換成伊莉莎白。他的心意說變就變——班奈特太太不過走去撥個火，他馬上變了心。伊莉莎白年紀和姿色都僅次於珍，自然是第二人選。

聽出他言下之意，班奈特太太如獲至寶，相信兩個女兒不久都要嫁人了。這個前一天她連提都不想提起的傢伙，現在在她心中已占有一席之地。

麗迪亞昨晚說想去梅里墩走走，她可沒忘記。除了瑪麗，幾個姊姊都決定一起去，柯林斯先生也是。原來這是班奈特先生的主意，他巴不得趕快把柯林斯先生趕走。柯林斯先生吃完早餐便隨他進書房，挑了本最大的對開本，表面上看似要認真讀，其實一直對班奈特先生說個不停，一下說起漢斯佛公館的房子，一下說起漢斯佛公館的花園。班奈特先生煩都煩死了。他在書房向來能享受一時半刻的清閒和寧靜。他之前告訴過伊莉莎白，在屋子別處，如果有人做蠢事或亂吹牛，他都有心理準備，但他從沒想過書房也會淪陷。於是他趕快拿出禮貌，問柯林斯先生想不想陪女兒出去走一走。其實柯林斯先生也寧可散步，不想讀書，於是他歡天喜地合上大書，出門去了。

一路上他自吹自擂，堂妹客氣附和，一行人便這麼走到了梅里墩。進了城鎮，幾個年紀小的堂妹注意力再也不在他身上。她們目光飄上街道，尋找軍官的身影，只有櫥窗中時髦好看的女帽或新款的薄紗洋裝，才能喚回她們的目光。

但每個小姐不久都注意到一個不曾見過的年輕人，他和一位軍官走在對面，外表展現出十足的紳士風範。軍官是丹尼先生，麗迪亞這次來便是想看他從倫敦回來了沒，她們經過時，他隔著街道行禮問候。所有人都受陌生人的氣質吸引，好奇他究竟是何方神聖。凱蒂和麗迪亞決定去問個明白，於是她們假裝要去對面商店，帶頭越過街。說來真巧，她們的腳才踏上人行道，兩位男士正好回頭，走到同一個位置。丹尼先生立刻向她們打招呼，取得同意後，便介紹朋友韋翰先生給她們認識。韋翰昨天才和他一起從倫敦回來，而且有個好消息，韋翰已接受民兵團的委任。本來就應該這樣，這個年輕男子只差件軍服就完美了。他的外表為他加分不少，全身上下都無可挑剔，他相貌英俊，體格健壯，談吐文雅。一經介紹，便談笑風生，態度謙和，句句得體。一群人站在那兒聊得正融洽，遠方傳來一陣馬蹄聲，只見達西和賓利從街上騎馬而來。兩人認出班家的小姐，便直接騎向她們，依禮寒暄招呼。負責說話的主要是賓利，而他說話的對象主要是班奈特大小姐。他說他正要去朗堡探望她。達西先生欠身附和，他正心想不要盯著伊莉莎白看時，突然注意到那陌生人。他們對視的一瞬間，伊莉莎白正好看到他們的表情，心裡又驚又奇。因為兩人神色大變，一人臉色蒼白，一人漲紅了臉。過一會兒，韋翰先生碰了一下帽子致意，達西先生見了勉強回禮。這是什麼意思？真教人猜不透，她好希望能問明白。

賓利先生對剛才的事渾然不覺，一分鐘後，他向大家告辭，並和好友騎馬走了。

丹尼先生和韋翰先生送她們到菲利普先生家門口。即使麗迪亞小姐苦苦哀求，菲利普太太也推開客廳窗戶大聲邀請，兩人仍行禮告辭。

菲利普太太看到外甥女總是很高興，尤其兩個大的這麼久沒見，她更是熱情。她嘰哩呱啦說起兩人突然回家，她有多驚訝。她沒聽說自家馬車去接人，所以原先根本不知情。後來她剛好在街上碰到瓊斯藥鋪跑腿的孩子，他說他們沒再往尼德斐莊園送藥了，她才知道原來班家姊妹已離開。話說到一半，珍介紹了柯林斯先生，她趕緊端莊起來，極其有禮地問候了柯林斯先生，他聽了加倍奉還，先為冒昧打擾道歉，更說兩人素昧平生，實是失禮，但因為他是班家小姐親戚，所以經由珍介紹之後，他竊以為依然符合規矩。菲利普太太暗自驚嘆，沒想到這陌生人這麼有教養，但她還在納悶，外甥女便大呼小叫問起街上另一個陌生人。不過菲普利太太說的她們都知道了，那人是丹尼先生從倫敦帶回來的，以後會是民兵團的中尉。她還說剛才趁他在街上閒晃，她已盯了他一個鐘頭。要不是韋翰先生現在不見蹤影，凱蒂和麗迪亞肯定也會趴到窗邊盯著他看。可惜現在窗外只有零星幾位軍官，但和那陌生人一比，他們已是「無聊又討厭的臭男生」。隔天幾個軍官會來菲利普家用餐，阿姨答應會請姨丈拜訪韋翰先生，邀請他來作客，看她們明天在朗堡吃完晚餐，要不要過來玩。大家連聲說好，菲利普太太興致勃勃提議，明天大家一起熱熱鬧鬧玩個樂透牌[26]，之後再吃個熱騰騰的消夜。一想到明晚這麼好玩，大家精神都來了，離開時內心都充滿期待。柯林斯先生走出門時仍不斷道歉，菲利普太太也不厭其煩回禮，要他不須在意。

回程路上，伊莉莎白向珍說了韋翰先生和達西先生臉色大變的事。若他們有誰做錯了事，珍一定會為他們說話，但她和妹妹一樣，搞不清楚究竟是怎麼回事。

柯林斯先生回家後，連聲讚美菲利普太太端莊有禮，聽得班奈特太太心花怒放。他說除了凱薩琳夫人及其女兒，他不曾見過哪位女士如此優雅，雖說素昧平生，但她對他不只十分禮遇，邀請大家明晚作客時，甚至特意邀請了他。他想這可能是因為他是親戚的緣故，但這般盛情，他這輩子從未見過。

26 lottery tickets，一種單純憑機率取勝的紙牌遊戲，以玩家手牌是否和桌上的牌成對判得分，規則簡單且能多人一起遊玩。

16

班家姊妹去阿姨家作客一事，班奈特夫婦欣然同意。柯林斯先生一直表示過意不去，自認身為客人，不該拋下班奈特夫婦一晚上，但他們再三堅持，請他務必放心。於是他和五個堂妹乘著馬車，依約去了梅里墩。姊妹進到客廳，聽說韋翰先生接受了姨丈的邀請，人已在屋內，心裡都十分開心。

這話說完，大家已找位子坐下，柯林斯先生見有了空檔，便四處走動欣賞，客廳不論大小或家具，都令他讚不絕口，他大聲表示，他差點以為自己置身在若馨莊園小巧的避暑早餐廳。這比喻起初聽了可沒讓人多高興，但後來菲利普太太聽他解釋若馨莊園來歷、莊園主人是誰，一聽凱薩琳夫人其中一間客廳，單單壁爐架造價便要八百英鎊，她便感受到這句

讚美的力道，現在就算把她家比作莊園的管家房，她都不會生氣。

在軍官進門之前，柯林斯先生眉飛色舞地向菲利普太太描述凱薩琳夫人有多高貴顯赫，莊園有多富麗堂皇，偶爾還偏題，吹噓起自己的牧師公館整修有多完善。他替自己找到了菲利普太太這位忠實聽眾，而她則愈聽愈覺得他是個人物，決定盡快將一切向三姑六婆轉述。對女孩們來說，等待的時光無比漫長，她們不想聽堂哥說話，只能眼巴巴渴望著彈琴唱歌，並拿起壁爐上自己拙劣臨摹的陶器[27]看一看。最後她們總算熬過這段時間，男士們終於來了。韋翰先生走進房中時，伊莉莎白馬上覺得自己沒看走眼，無論是之前見面或後來回憶，她欣賞他不是沒有理由。郡裡的軍官一般來說，個個守信可靠，人人具紳士風範，進到姨丈家中的更是一時之選。但韋翰先生無論人

27 當時的年輕小姐閒暇時會拿陶器作畫，模仿市售瓷器上的圖案和景物。

郡裡的軍官 "The officers of the ——shire"

品、相貌、風度和儀態，都把一眾軍官遠遠拋在後頭。不過還有一人倒是被軍官遠遠拋在後頭，那就是姨丈菲利普先生。姨丈跟在大家後面進門，他長著一張大寬臉，為人古板無趣，全身飄散酒氣。

每個女生目光都離不開幸運的韋翰先生，而韋翰先生最終坐到了幸運的伊莉莎白身旁。他馬上和她攀談起來，雖然聊的不過是今晚下了點雨、今年冬天恐怕多雨，但她不禁覺得，人只要懂得聊天，即使是最平常、無聊和老套的話題，處處都生動有趣。

韋翰先生和眾軍官一來便搶走焦點，柯林斯先生哪裡是對手，馬上受到冷落。畢竟對年輕小姐來說，他確實什麼也不是。幸好菲利普太太偶爾仍好心聽他說幾句，並特別留心，讓他有應接不暇的咖啡和瑪芬。

牌桌設好時，他正好還她人情，陪她坐下來打惠斯特牌。

「我對惠斯特牌不算熟悉，」他說，「但我很樂意學習，以我的身分地位……」菲利普太太非常感謝他上桌，但不想聽他解釋理由。

韋翰先生不打惠斯特牌，他在眾人歡迎下，被請上另一張牌桌，坐到伊莉莎白和麗迪亞之間。韋翰先生一開始簡直被麗迪亞一人霸占，她一開口便說個不停，幸好她非常愛玩樂透牌，沒多久就投入其中，迫不及待下注，贏了便大聲尖叫，無暇注意旁人。於是韋翰便一邊輕鬆打牌，一邊從容地和伊莉莎白聊天，她非常願意聽他說話，但不指望他會提到她最想知道的事——他和達西先生的關係。她甚至不敢提起達西先生。沒想到，她的好奇意外得到了解答。韋翰先生自己提起了這個話題。他問她尼德斐莊園離梅里墩多遠，聽完答案，他略帶遲疑，又問達西先生在這裡待了多久。

「大概一個月。」伊莉莎白說道。她不想讓話題到此為止，又補了一句：「就我所知，他在德貝郡擁有非常大片的土地。」

「對，」韋翰回答，「他那裡的地產確實不小。光一年收入就有一萬英鎊。這些事，世上最了解的人就是我——因為我自小便跟他的家族有特別的淵源。」

伊莉莎白一臉驚訝。

「班奈特小姐，也難怪你驚訝，畢竟你昨天可能有看到我們對彼此多麼冷淡。你和達西先生熟嗎？」

「只是認識，但我想認識就夠了。」伊莉莎白不禁提高音量，十分激動。「我和他曾待在同個屋簷下四天，我覺得他非常討人厭。」

「他討不討人厭，」韋翰說，「我不予置評。我沒資格說什麼。我認識他太久，了解太深，可能會有所偏頗。我無法公平看待他。但我想你對他的看法，大家聽了都會很驚訝——你平常可能不會這麼直接——畢竟你現在是和家人在一起。」

「老實說，我在這一帶任何人家都不會改口，只有在尼德斐莊園除外。赫福德郡沒半個人喜歡他。他太驕傲了，大家都討厭他。這裡沒人會說他半句好話。」

「我不會假裝為他惋惜，」等牌桌上一陣喧譁漸歇，韋翰說道，「無論是他或任何人，都不該名過其實。但他啊，我相信經常有人吹捧。大家都被他的財富和地位蒙蔽了雙眼，或被他高高在上的態度嚇住了，只能照他所想的來看待他。」

「我跟他不熟，但我也覺得他脾氣不好。」韋翰聽了只默默搖頭。

「我在想，」又一陣喧譁平靜後，韋翰才開口，「不知道他會不會繼續在這待下去。」

「我不知道。但我在尼德斐莊園時，沒聽說他要離開。希望你待在本地民兵團的計畫不會被他影響。」

「喔，不會——我不會被達西先生逼走。如果他不想見到我，那他才該離開。我們關係的確不好，我每次見到他都很痛苦，但我沒理由躲著他，不過我能向全世界說，我曾遭受他不公平的對待，一想到他是這種人，我就無比痛心。班奈特小姐，他的父親老達西先生是世上最好心的人，也是我最真摯的朋友，我一見到達西先生，心頭總會湧上無數溫暖的回憶，令我悲痛不已。他對我做出的事十分可恥，但我真心相信，與其讓他辜負父親的期望，侮辱他父親的回憶，我寧可原諒一切。」

伊莉莎白愈來愈好奇，專注聽著每一句話。但礙於話題敏感，她不敢貿然追問。

韋翰先生這時話題一轉，開始閒聊，他聊起梅里墩、鄰里和社交圈，似乎對一切感到非常滿意，尤其聊到社交圈時，他更是風度翩翩，滿口稱讚。

「我加入本地民兵團，」他補充，「主要是因為我在這裡能結交可靠、水準高的朋友。我知道民兵團在地方上受人尊敬和愛戴，我朋友丹尼還告訴我，這裡營房環境多好，梅里墩的居民多照顧他們，而且個個都還是地方上的傑出人物。我不能沒有朋友。我內心曾受過傷，耐不住孤獨。工作和朋友，於我兩者缺一不可。我本來不打算投入軍旅生活，但情勢所逼，不得不考慮。我原本想從事聖職——從小到大家裡便是栽培我成為牧師，要不是和那傢伙不和，我早已得到牧師職位。」

「什麼！」

「對，老達西先生在遺囑中，將下一任牧師職位遺贈給我。他是我的教父，從小便十分疼愛我。他對我的恩情，實在難以言喻。他原本希望我此生衣食無虞，生前也以為自己達成了心願，但沒想到牧師職位空出時，卻給了別人。」

「天啊！」伊莉莎白大喊，「但怎麼能這樣？怎麼能不照他的遺囑？你為什麼不提告？」

「遺贈的用詞不夠正式，所以無法透過法律求償。老先生的那段話，正人君子不會另作他想，但達西先生不以為然——他認為那只是有條件的舉薦，並說我揮霍無度，不為未來著想，無論如何都喪失了繼承的權利。牧師職位兩年前明明空出來了，我也正好成年，卻給了另一個人，而且我明明也沒真的犯下什麼過錯。我個性衝動，說話直率，有時頂多口無遮攔，在背後講他幾句，或者當面說過不好聽的話，但我想不出自己做過更過分的事。其實我們個性天差地別，說到底，他就是討厭我。」

「太扯了！應該要讓大家知道，讓他丟臉。」

「他遲早會得到報應——但我不會這麼做。只要我心中還念著他父親，我永遠不會揭發他。」

伊莉莎白尊重他的感受，看他這麼說著，覺得他更帥了。

「可是，」她頓了頓說，「他的動機是什麼？他為何那麼殘酷？」

「因為他發自內心討厭我。其實我認為多少出自嫉妒。要是老達西先生對我壞一點，他兒子可能會對我好一些。但偏偏他父親和我特別親，我想他很早以前就懷恨在心。依他脾氣，他怎麼受得了有人和他競爭。更別說得寵的是我。」

「我想不到達西先生這麼壞。雖然我不喜歡他，但我不曾對他如此反感。我以為他只是看不起人，沒想到他會惡意報復別人，對人這麼不公平，簡直毫無人性！」

她思考幾分鐘，又開口說：「我想起來了，有次在尼德斐莊園，他說過自己愛記仇，不會輕易原諒別人。他這個性真可怕。」

「這我不敢說什麼，」韋翰回答，「我對他成見太深了。」

伊莉莎白再次沉思，過一會兒不禁大喊：「怎麼會這樣對待別人！你是他的朋友，是他父親的教子，又得他父親的喜愛！」她本想說：「而且像你這樣的年輕男生，光看臉就知道多好相處。」但她忍住了，只說：「何況你從小和他一起長大，彼此陪伴，而且我記得你還說，關係非常親密。」

「我們在同個教區出生，住在同一座莊園。我們童年都在一塊兒，住在同一棟屋子，一同玩耍，並受他父親的疼愛。我父親最初和你姨丈菲利普先生是同行，我看你姨丈做得有聲有色的——但我父親後來放下一切，去替老達西先生效勞，一輩子盡心盡力管理龐百利莊園。老達西先生非常敬重我父親，他是他最信賴的好友。老達西先生自己常說，他十分感激我父親管理有方。我父親臨終前，老達西先生親口答應我父親會照顧我，我想這不僅是出自對我的疼愛，更是對我父親的感謝吧。」

「太奇怪了！」伊莉莎白大喊，「太可惡了！我好納悶，達西先生對自己一言一行一向充滿驕傲，怎麼會有臉欺負你。最起碼，他也不該不老實——要我說，這就是不老實。」

「說來確實奇怪，」韋翰回答，「他做任何事，動機多半都出自驕傲。驕傲算是他人生中的良師益友，驅使著他向善。但我們往往都會前後矛盾。看看他怎麼對我，那不是出自驕傲，他還懷有別的情緒。」

「他驕傲成那副德性，對他會有幫助？」

「有，驕傲讓他慷慨大方，用錢毫不吝嗇。他因此常款待來客，扶助佃農，救濟窮人。這是家族的驕傲，也是身為子女的驕傲。他一向為父親為人感到驕傲，所以也樂善好施。他主要是為了不辱家族的名聲，不辜負別人的期望，並維持龐百利莊園的影響力。他還有身為兄長的驕傲，再加上一點兒妹之情，使他無微不至照顧著妹妹，所以大家總稱讚他是世上最體貼的好哥哥。」

「達西小姐是什麼樣的女孩？」

他搖搖頭。「我連可愛兩個字都說不出口。我真心不想講達西一家人的壞話，但她太像她哥哥了——驕傲得不得了。小時候，她活潑熱情，十分討人喜歡，她非常喜歡我，我也常陪著她玩。但她現在與我毫無關係。她長得很漂亮，大概十五、六歲了，聽人說，她才華出眾。父親過世後，她長年住在倫敦，家裡有個女家教，負責督促她學習。」

接著兩人有一搭、沒一搭閒聊一會兒，伊莉莎白忍不住又聊回原先的話題——

「他和賓利先生那麼要好，我真心感到不可思議。賓利先生個性親切，而且我真心覺得他十分好相處，他怎麼會跟這種人交朋友？他們怎麼配得在一起？你認識賓利先生嗎？」

「完全不認識。」

「他脾氣好，親切友善，文質彬彬。他一定不知道達西先生的真面目。」

「有可能。達西先生願意的話，其實也有討人喜歡的一面。他不是辦不到。他覺得你值得深交，便會變得談笑風生。他在不同人面前的態度像換了個人，對待和他身分地位相當的人是一套，對待出身不如他的人是另一套。他內心那份驕傲一直都在，但和有錢人一起，他會變得心胸開闊，為人公正真誠，講道理，重榮譽，搞不好也好相處——一切只看錢和地位。」

他們聊到這裡，惠斯特牌局不久便結束了，大家下了牌桌，聚到另一張牌桌旁，柯林斯先生站到了堂妹伊莉莎白和菲利普太太之間。菲利普太太見他過來，自然問了他牌運如何。結果他牌運不佳，每一局都輸了。菲利普太太表示關心時，他鄭重且認真向她保證，那一點都不重要。他視錢財為身外之物，希望她不要掛心。

「太太，我非常理解，」他說，「當人坐到牌桌上，輸贏全憑運氣——幸好我並不缺五先令這點小錢，當然，許多人不是如此。但多虧凱薩琳．狄堡夫人，我不須再在意這點小事。」

韋翰先生聽到了。他觀察柯林斯先生一會兒，壓低聲音問伊莉莎白她堂哥是否和狄堡家族關係親密。

「凱薩琳．狄堡夫人，」她回答，「最近給了他牧師職位。我不知道柯林斯先生一開始怎麼認識她的，但絕對不是舊識。」

「你一定知道凱薩琳．狄堡夫人和安妮．達西夫人是姊妹吧。凱薩琳夫人是達西先生的阿姨。」

「哇，我不知道。我完全不知道凱薩琳夫人的背景。我前天才知道她。」

「她的女兒狄堡小姐將繼承一大筆財產，據說她會和達西先生結婚，讓兩大家族的家產合併。」

伊莉莎白聽了不禁一笑，想到可憐的賓利小姐。若他早已心有所屬，她的努力都白費了，不管她多疼愛他妹妹、讚美他多少次都毫無意義。

「柯林斯先生對凱薩琳夫人和她女兒讚譽有加，」她說，「但從他對夫人的描述，我懷疑他被感激蒙蔽了雙眼。雖然她是他的贊助人，但她應該是個高傲自負的女人。」

「她確實非常高傲自負，」韋翰回答，「我好幾年沒見到她了，但我記得很清楚，我一點都不喜歡她，她的行為霸道又傲慢。但大家都說她聰慧明理，我認為這一部分是因為她有錢有勢，一部分是因為她自帶威嚴，最後是因為她外甥為人驕傲，所以他朋友都懂得上流社會的規矩。」

伊莉莎白覺得他說得非常有道理，兩人相談甚歡，一路聊到消夜上桌、牌局結束，其他姊妹才有機會和韋翰先生相處。菲利普太太的消夜局吵吵鬧鬧，根本無法聊天，但他舉止處處有禮，仍贏得了在場所有人的心。他每句話都得體周到，每個動作都恰如其分。伊莉莎白離開時滿腦子想的都是他。馬車回家路上，她一直想著韋翰先生和他說的事，但她連提起他名字的機會都沒有，因為麗迪亞和柯林斯先生一路上嘴巴都沒停過。麗迪亞喋喋不休說著打牌的事，籌碼[28]輸了多少又贏了多少。柯林斯則稱讚菲利普先生和太太多有禮，細數消夜一道道菜色，反覆說怕自己擠到堂妹，馬車停到朗堡門口時，他彷彿還有滿肚子話沒說完。

28 當時會用骨頭、象牙、金屬等材質作成魚形籌碼（fish），用以記數。

17

隔天伊莉莎白向珍轉述她和韋翰先生的對話。珍聽了既震驚又擔心，難以相信達西先生會辜負賓利先生的信賴。但韋翰一臉和善，依珍個性，她也絕不會質疑他，一想到他可能受盡委屈，她內心便對他充滿同情。於是她只好把兩人都當好人，為兩人的行為找理由，找不到理由，便全推說是意外或誤會。

「我想他們兩人都被騙了，」她說，「多多少少，這我們不清楚。也許是有心人士挑撥他們。總之兩人疏遠的實際原因和情況，我們不可能知道，亂猜來、亂猜去，多半會怪到一人頭上。」

「這當然沒錯。不過親愛的珍，那些有心人士，你也替他們說點話吧？別讓他們被冤枉，不然我們要怪到他們頭上了。」

「你愛笑我就笑吧，但我的看法不會改變。親愛的莉西，你想一想，你這樣要把達西先生想得多

"delighted to see their dear friend again" 賓利姊妹再次見到好友很開心。

壞。他父親寵愛這孩子，甚至承諾過會照顧他一生，結果達西竟這樣對待他。這根本不可能。一般人只要懂得人情，重視名譽，絕對做不出這種事。他的好友會受騙到這種程度？不可能。」

「我比較相信是賓利先生被騙。我不覺得韋翰先生昨晚說的經歷都是編的。每個名字、事件和細節，他都說得毫不猶豫。假如不是真的，那讓達西先生自己去反駁吧。再說，韋翰長得就一臉真誠。」

「這事好難判斷。我好難受喔，誰知道該怎麼想啊。」

「不好意思喔——誰都知道該怎麼想。」

但珍只確定一件事——賓利先生如果真的被騙，事情真相大白時，他肯定會痛苦萬分。

兩位小姐在樹籬旁聊著聊著，僕人來請她們進屋，原來話題的主角來訪了。賓利先生和他的姊妹親自登門拜訪，邀請大家參加期盼已久的尼德斐莊園舞會，時間訂在下週二。賓利姊妹再次見到好友很開心，說幾百年沒見了，一直問分開後她在忙什麼。至於她的家人，她們毫不在乎。她們盡可能避著班奈特太太，和伊莉莎白沒聊幾句，和其他妹妹更是一句話也沒有。沒過多久，她們便突然從座位起身，害賓利先生吃了一驚，並匆匆忙忙告了辭，彷彿巴不得逃離班奈特太太。

尼德斐莊園要辦舞會，家中太太和小姐都歡天喜地，充滿期待。班奈特太太覺得舞會是為大女兒辦的，尤其賓利先生沒寄邀請卡，親自來邀請，讓她倍感榮幸。珍想到能和兩個好友作伴，並和賓利先生相處，便覺得那天晚上肯定十分開心。伊莉莎白心裡十分期待，她想和韋翰先生多跳幾支舞，並從達西先生的表情和行為確認一切。凱薩琳和麗迪亞沒特別期待哪件事或哪個人，雖然她們都和伊莉莎白一樣，想和韋翰先生跳大半夜的舞，但只和他跳舞絕對不夠，無論如何，這可是舞會啊。就連瑪麗也向家人說，她不排斥出席。

「白天的時間我可以自己安排就夠了，」她說，「我覺得晚上偶爾參加活動不算犧牲。社交和我們每個人息息相關。我認為每個人的生活都需要休閒娛樂。」

伊莉莎白這次無比興奮，她平常沒事不會和柯林斯先生交談，但她忍不住問他是否會接受賓利先生的邀請，如果他要去，以他的身分參與晚上的活動是否合適。她吃驚地發現，柯林斯先生毫不介意跳舞，也不怕主教或凱薩琳夫人指責。

「我向你保證，主辦人是個品格高尚的年輕人，請的都是有頭有臉的貴賓，我不覺得這對我有任何不好的影響。而且我不但不反對跳舞，甚至希望當天晚上有這榮幸，能和所有堂妹都共舞一曲。伊莉莎白小姐，我不如趁此機會，邀請你和我跳開場兩支舞。我相信珍能理解我的用意，不會誤會我不尊重她。」

伊莉莎白覺得自己簡直是自掘墳墓。她一心想和韋翰跳開場舞，結果現在變成柯林斯先生！她個性活潑就算了，還這時間搭話幹麼。但現在已經沒救了。看來韋翰先生和她的幸福只能暫時擱置。出於禮貌，她勉為其難接受了柯林斯先生的邀請。但發覺他別有用心後，她的心情更糟了——她突然意識到，自己該不會被選為漢斯佛公館女主人，還被欽點為若馨莊園打四方牌湊數的玩家吧。她的猜想不久得到確認，她發現柯林斯先生動作頻頻，時時找機會稱讚她有多聰明活潑。對於自己這份魅力，她內心的錯愕大過欣喜。不久母親也來暗示，她樂見兩人結婚。伊莉莎白聽了決定裝傻，她知道自己只要回應，母女一定會大吵一架。柯林斯先生搞不好不會求婚，他求婚前，沒必要為了他吵架。

幸好還能準備和討論尼德斐莊園舞會，不然這幾天幾個小妹恐怕會很難受。大家受邀之後，外頭雨下個不停，害她們一次都不能去梅里墩，不只見不到阿姨和軍官，打聽不到八卦消息，就連舞鞋上的緞帶花，都得託人去買。這場雨下得連伊莉莎白都不耐煩了，害她沒能和韋翰先生多見幾次。對凱蒂和麗迪亞來說，幸好週二有舞會，不然她們根本撐不過週五、週六、週日和週一。

18

伊莉莎白走進尼德斐莊園客廳，在穿著紅外套的人群中穿梭，卻怎麼都找不到韋翰先生的身影。在這之前，她不曾想過他會缺席。她一直以為他會來，但回想起來，他早已給出許多缺席的理由。她比平常費心打扮，內心興高采烈，本打算一股作氣征服他未定的心意，相信今晚一定能贏下他。一時間，她懷疑起賓利先生是不是考慮到達西先生的感受，故意沒邀請他。但實情不是如此，麗迪亞逼問之下，他朋友丹尼先生證實了韋翰今晚確實沒出席。他告訴她們，韋翰前一天有事進城，現在還沒回來。丹尼接著又意味深長地笑了笑說：

「除非是要故意避開某人，不然我想不到他最近有什麼急事。」

這段話麗迪亞沒放心上，但伊莉莎白聽進去了。雖然她剛才想錯，但她這下確定，說到底，韋翰不來一樣是達西害的。她的失望愈深，對達西的不滿就愈強烈。

達西後來直接上前問候，她都無法好聲好氣回應。彷彿她只要忍受他、理會他、寬容他，對韋翰都是傷害。她下定決心不和他說半句話，氣呼呼轉身就走，甚至連和賓利先生說話都在生氣，氣他盲目偏袒達西先生。

不過依伊莉莎白個性，氣其實也氣不久，雖然她今晚幸福無望，依然很快又開心起來。她去找了夏洛特．盧卡斯，兩人睽違一週沒見。她和好友訴苦完，馬上說說笑笑，聊起堂哥有多古怪，還特別從人群中指出他來。但跳開場兩支舞時，她再次陷入痛苦之中。她尷尬得要死。柯林斯先生動作笨拙死板，嘴上顧著賠罪，腳上卻不注意，跳錯方向也渾然不覺。跟這爛舞伴跳兩支舞，害她要多丟臉多丟臉，要多悲慘多悲慘。她和他跳完的那一瞬間，內心欣喜若狂。

她接著與一名軍官跳舞，和他開心聊起韋翰的事，聽說他去哪都受大家喜歡。跳完舞，她又回去找夏洛特．盧卡斯，兩人聊到一半，達西先生冷不防上前，出其不意邀她共舞，結果她一不小心，竟莫名其妙答應了。他離開之後，她好氣自己剛才心不在焉。夏洛特試著安慰她。

「我敢說你會發現他很好相處。」

「絕對不要！那樣也太倒楣了吧！我才打定主意要討厭他，怎麼能發現他是好人！別詛咒我。」

音樂響起，達西走向她，伸出手時，夏洛特忍不住在她耳邊提醒，別那麼傻，別因為喜歡韋翰，就在比他身價高十倍以上的人面前留下壞印象。伊莉莎白不答腔，隨他走到隊伍中，這才驚覺自己站在達西對面，是多大的殊榮，鄰居見狀也都面露驚奇。他們並肩站了一會兒，一句話都沒說。她不禁想像兩人會一路沉默到跳完為止。起初她覺得這樣最好，後來突然想到，逼她舞伴說話，對他來說才是最大的折磨，於是她隨口聊起這支舞。他回了幾句，兩人再次沉默。停頓幾分鐘，她再次向他開口：

「換你說話了，達西先生。我聊了這支舞，你應該要聊聊客廳的大小或跳舞的人數。」

他微微一笑，向她保證，她希望他說什麼，他都會說。

「太好了，目前回答這樣就夠了。待會兒我可能會聊私人舞會比較好玩，還是公開舞會比較好玩，但現在，我們可以先別說話。」

「所以你跳舞聊天都要照規矩來嗎？」

「有時候是。畢竟跳舞多少要講點話。兩個人一起跳半小時舞，整場沉默也太奇怪了。但為某些人著想，話題乾脆安排一下，免得兩人想少聊兩句，還得多費心思。」

「你是在說自己的心聲，還是在自以為替我著想？」

「都有，」伊莉莎白調皮地回答，「我一直覺得我們的思考方式很像。我們都不愛社交，沉默寡言，不想多說話，但一開口就想一語驚人，像名言一樣流芳百世。」

「這一點都不像是在說你的個性，」他說，「但跟我像不像，我不好說。你自然覺得形容得維妙維肖吧。」

「這也輪不到我來評價。」

他沒答腔，兩人再次陷入沉默。等跳到隊伍後頭，他才開口問她，她和姊妹是不是常走去梅里墩？她說是，又忍不住補了句：「你那天碰到我們，我們剛好認識了一個新朋友。」

聽見這句話他馬上有所反應。他臉上浮現一層深沉的傲慢，卻不發一語，伊莉莎白暗罵自己膽怯，卻也不敢再多說。不久達西開口，語帶保留：「韋翰先生個性開朗，確實能交到許多朋友——至於朋友能不能留下，還不一定。」

「他真倒楣，沒能留住你這朋友，」伊莉莎白加重語氣，「鬧成這樣，他可能這輩子都不好過了。」

達西不答腔，似乎非常想換話題。此時威廉·盧卡斯爵士走近他們，他原本想穿過隊伍，到客廳另一頭，這時他看到達西先生，便停下來，彬彬有禮欠身，並稱讚他和他的舞伴。

「我看了好高興，達西先生。很少看到有人舞跳得這麼好。這身段一看就來自上流社會。但請容我多說一句，你的舞伴也毫不遜色，但願近期還能有這榮幸，親愛的伊莉莎白，尤其要是有哪件喜事……」他望了她姊姊和賓利一眼。「事成了，到時候是恭喜不完啊！我說達西先生——算了，別讓我打擾你們，先生。我真是在幹什麼，你和年輕小姐聊得正投入，她那雙明亮的眼睛也在瞪我了。」

最後一段話達西先生幾乎都沒聽進去。盧卡斯爵士暗示他朋友的喜事時，他似乎心頭一震，神色凝重地望向正在共舞的賓利和珍。但他很快回過神，轉向伊莉莎白說：「盧卡斯爵士打斷後，我忘記我們聊到哪了。」

「我覺得我們根本沒在聊天。盧卡斯爵士想打斷別人也真會挑，選了客廳裡兩個最沒話聊的。我們換了兩、三個話題都聊不起來，接下來還能聊什麼，我真的沒想法了。」

「很少看到有人舞跳得這麼好。」 *Such very superior dancing is not often seen.*

「你覺得聊書怎麼樣？」他笑著說。
「書，喔！不要。我相信我們讀的書絕對不一樣，感受也完全不同。」
「可惜你這麼想。但至少我們不會缺話題，我們可以比較彼此不同的看法。」
「不要——我不要在舞會上聊書。我的腦袋會一直想別的事。」
「這種場合你總是專注在當下——是嗎？」他的質疑全寫在臉上。
「對，總是如此。」她敷衍過去，卻不知自己在回答什麼，因為她的思緒已飄到另一件事上，不久便脫口而出：「我記得你說過，達西先生，你幾乎不曾原諒過別人，一旦心生怨恨，便會記上一輩子。我想你會很小心，不會隨便怨恨別人吧。」
「沒錯。」他語氣堅定。
「你不曾被偏見影響過？」
「我希望沒有。」
「生性固執的話，尤其有責任在一開始好好判斷。」
「請問你問這些問題的目的是？」
「我只是想好好描繪你的個性，」她口氣故作輕鬆，「我想搞清楚。」
「你搞清楚什麼了嗎？」
她搖搖頭。「一點也沒有。大家對你的說法都不一樣，讓我一頭霧水。」
「我能想見，」他神色嚴肅地回答，「大家對我的看法可能大相逕庭。班奈特小姐，所以我希望你暫時不要勾勒我的個性，因為這對你我都沒好處。」
「但我現在不留下對你的印象，以後也許沒機會了。」

「那我就別掃你的興吧。」他冷冷回答。她不再說話，他們繼續跳完另一支舞，一言不語地分開。雙方雖然不歡而散，但程度不同，達西內心對她懷有強烈的情感，不久便原諒了她，並將怒火轉向韋翰。

他們跳完沒多久，賓利小姐走向她，神情客氣又鄙夷，劈頭便說：「所以伊莉莎白小姐，我聽說你很喜歡喬治．韋翰呀！你姊剛才在跟我聊他的事，問我一大堆問題。我發現那人雖然說了不少，卻忘了告訴你，他父親是替老達西先生管理家產的。但我以朋友的身分建議你，別盲目相信他說的一切。至於說達西先生虧待他，這全是無稽之談，實情恰恰相反，他一直都對他很好，反倒是喬治．韋翰對達西先生才惡劣。我不知道細節，但我非常清楚，事情絕不是達西先生的錯，他光聽到喬治．韋翰的名字心裡便十分難受。我哥邀請軍官時，就覺得不好故意忽略他，幸好他自己識相沒來，我哥非常高興。他居然敢跑來這一帶，真是有夠無恥，我真不知道他怎麼有臉來。我覺得你好可憐，伊莉莎白小姐，竟然發現自己喜歡的對象有問題。但說真的，看這人出身也大概知道他好不到哪去。」

「照你的說法，他的問題就是他的出身而已，」伊莉莎白生氣地說，「我聽你罵了這麼久，除了他是達西先生管家的兒子，也沒聽到你說他哪裡有問題。至於出身，我跟你說，他早親口告訴我了。」

「那還真不好意思，」賓利小姐回答，冷笑著轉身，「就怪我多管閒事吧，我是好心提醒。」

「傲慢的臭女生！」伊莉莎白在心裡罵。「憑這種站不住腳的攻擊就想動搖我，真是大錯特錯。我聽完只會覺得你真盲目、達西先生真陰險。」後來她便去找姊姊了，她姊姊之前也向賓利打聽了韋翰的事。她找到珍時，珍笑容甜蜜，容光煥發，看來她對今晚的一切十分滿意。伊莉莎白馬上看出她的感受，在這一刻，對韋翰的關心、對他敵人的忿恨和其他種種她都放下了，只一心一意希望珍能幸福。

「我原本想問，」她和姊姊一樣笑容滿面說，「你打聽到韋翰先生什麼事。但瞧你這麼開心，可能沒空去想第三個人的事了。好啦，我原諒你。」

「哪有，」珍回答，「我沒有忘記，但我也沒有好消息。賓利先生不清楚他的過去，也不知道他冒犯達西先生的原因。但他能為好友的行為、誠信和名譽做擔保。他相信韋翰根本不值得達西對他好。真可惜，照賓利先生和他妹妹的說法，韋翰先生絕不是個品格端正的男生。恐怕是他生活太過揮霍，才讓達西先生不理他了。」

「賓利先生不認識韋翰先生？」

「對，他那天在梅里墩第一次見到他。」

「所以他的看法是從達西先生那裡聽來的。好，沒問題。那他對牧師職位的事怎麼說？」

「他聽達西先生說過好幾次，但他不記得前因後果。不過他確定職位是有留給他，只是有條件。」

「我當然不會懷疑賓利先生，」伊莉莎白語氣激動，「但光是擔保說服不了我。老實說，賓利先生替朋友辯護確實很有說服力，但他對事情的來龍去脈並不清楚，剩下又都是從朋友口中得知，所以我對兩人看法不變。」

她換了話題，姊妹馬上同心，有說有笑。伊莉莎白滿心喜悅聽著珍開心分享賓利對她的照顧，聽到珍不敢奢望時，伊莉莎白更是全力鼓勵，讓她更有信心。後來賓利先生來了，伊莉莎白便去找盧卡斯小姐。盧卡斯小姐問她剛才舞跳得開不開心，她還來不及回答，柯林斯先生便湊過來，歡欣鼓舞地告訴她，他剛才萬分幸運，發現了一個天大的好消息。

「我剛才意外發現，」他說，「這裡有我贊助人的近親。那位先生剛才在和尼德斐莊園的賓利小姐聊天，我碰巧聽到他提及表妹狄堡小姐，又談到她母親凱薩琳夫人。這真是太巧了！誰想得到我在舞會上能遇到凱薩琳．狄堡夫人的外甥！應該是外甥沒錯。幸好我趁早得知此事，來得及向他問候致意，我現在趕緊過去，他應該不會怪罪我沒早點致意。我對兩人親戚關係毫不知情，他一定能諒解。」

「你該不會想去向達西先生自我介紹吧！」

「我自然要去。我沒早點去，還得求他原諒。他一定是凱薩琳夫人的外甥。我會讓他放心，夫人十分平安，畢竟我八天前才和她見過面。」

伊莉莎白極力勸阻，表示未經引介去和達西先生說話，達西先生不會覺得他尊重阿姨，反倒會覺得他冒昧失禮。尤其雙方根本沒理由認識，就算必要，也必須讓地位較高的達西先生主動來認識。柯林斯先生聽是聽了，但仍一意孤行，等她說完，他只回答：「親愛的伊莉莎白，對你所知之事，你見解卓越，我向來抱有極高的評價。但請聽我解釋，平凡信徒和神職人員的規矩儀禮其實天差地別。容我這麼說，我認為神職人員的地位可比王國中最高的階級——前提是要適度保持謙遜。所以這件事上，請務必讓我遵從良心，善盡一己的職責。請原諒我這次不聽你勸，其他事情上，你的建議我將一生遵循，但眼前這件事，我自認學識豐富，並歷經長年研究，比起你這樣一位年輕女生，更有資格做出正確判斷。」他深深一鞠躬，便去突襲達西先生了。伊莉莎白迫不及待想看達西怎麼反應，達西先生的驚愕果真全寫在臉上。她堂哥先莊嚴地行個禮，才正式開口，雖然她一個字都聽不到，卻感覺自己全聽見了，她從嘴形便看出「恕我冒昧」、「漢斯佛公館」和「凱薩琳·狄堡夫人」之類的話。見堂哥在這樣的人面前自曝其短，伊莉莎白看了又氣又惱。達西先生盯著他，毫不掩飾內心的不可思議，待柯林斯終於結束囉嗦，他才客氣回了幾句，態度冷淡疏遠。但柯林斯先生沒有因此退怯，反而再次開口。聽到他第二次冗長的演說，達西先生對他更為鄙視，最後只向他微微欠身，轉身離開。柯林斯先生這時回來找伊莉莎白。

「我跟你說，」他說，「他這反應我沒理由不高興。我這次過去，達西先生看來非常高興。他回答時客氣萬分，甚至稱讚我說，他相信凱薩琳夫人的判斷，她絕不會隨便任用人。他這想法真是得體周到。總而言之，我非常欣賞這個人。」

伊莉莎白對這舞會再也沒興趣，於是她將注意力全放在姊姊和賓利先生身上，她看著看著，腦中孕育出無數美好想像，內心快樂得和珍一樣。她想像珍住在莊園，出自真愛結婚，過著幸福美滿的生活。這樣的話，她甚至覺得自己能試著去喜歡賓利姊妹。從母親的表情，她發覺她也想著同樣的事，於是她決定不要貿然靠近，免得耳朵不得清靜。結果大家坐下吃消夜時，偏偏就這麼不巧，她和母親中間只隔了一個人。更氣人的是，母親和那人（盧卡斯夫人）竟當著大庭廣眾，口無遮攔，說起自己覺得再過沒多久，珍便會和賓利先生結婚。聊到這事，母親就來勁了，她馬上把婚事的好處全列出來。首先他英俊年輕，有錢得不得了，而且兩家相隔才五公里，實在可喜可賀。其次令人放心的是，賓利姊妹都很喜歡珍，她們想必和她一樣期待兩人成婚。再來是幾個小的也不愁了，珍嫁得好，她們一定也能遇到其他有錢人。最後一點是，到了這把年紀，她總算能將單身的女兒託付給珍，不須再勉強自己，陪她們四處社交。班奈特太太說這話只是礙於規矩，她嘴上說是勉強，但其實管她哪把年紀，世上在家最坐不住的就是她。她最後獻上無數祝福，希望盧卡斯夫人能早日將女兒嫁出去，但瞧她那得意的樣子，心裡顯然在想盧卡斯夫人根本沒機會。

說到自己多幸運，母親一張嘴劈哩啪啦，伊莉莎白攔也攔不住，勸她小聲也勸不動。她只能把焦慮往肚裡吞，因為達西就坐在正對面，將大半對話都聽進耳裡。母親只覺得她無理取鬧。

「拜託，達西先生關我什麼事，我幹麼怕他？我們又不欠他，才不管他聽了高不高興。」

「天啊，媽媽，小聲點。你冒犯達西先生有什麼好處？你這樣他跟賓利先生說怎麼辦啦！」

但她不管說什麼都沒用。她母親仍大剌剌說出自己想法。伊莉莎白一陣又一陣臉紅，覺得氣惱又丟臉。她的目光忍不住一直望向達西，而每一眼都證實她內心的恐懼。他雖然沒盯著她母親看，但她很確定他的注意力全放在她身上。他臉上的表情逐漸變化，起初氣憤鄙夷，後來變得深沉凝重。

最後班奈特太太話終於說完了。盧卡斯夫人聽她說來說去，早已大打呵欠，畢竟這事與她無關，現在總算能好好吃點冷盤火腿和雞肉。伊莉莎白心情也漸漸好轉起來，但這段平靜沒能維持多久。消夜吃完，大家才正說想聽音樂，連問都還沒問，瑪麗已搶著要唱，伊莉莎白瞬間感到無地自容。她趕緊朝瑪麗擠眉弄眼，無聲哀求，希望她不要這麼愛現——但最終失敗了。瑪麗完全看不懂她的暗示。有機會表現，她自然開心，於是馬上唱了起來。伊莉莎白雙眼盯著她，聽她一句句唱下去，內心無比煎熬，好不容易撐到最後，苦難卻沒停止。瑪麗接受大家道謝時，有人意思意思表示希望她再唱一首，於是她休息半分鐘，隨即唱起另一首。瑪麗聲音無力，姿態造作，本身就不適合唱歌。伊莉莎白感到痛不欲生。她將目光投向珍，去看她的反應，但她若無其事和賓利說著話。她望向她兩個妹妹，兩人比手畫腳，互相嬉笑。至於達西仍一臉嚴肅。她望向父親，懇求他出面阻止，就怕瑪麗唱上一整晚。他看出她的意思，瑪麗唱完第二首時，他朗聲說：「女兒，唱得非常好，但唱夠久了。留點時間給其他小姐表現。」

瑪麗假裝沒聽到，但依然有點尷尬。伊莉莎白替她難過，也替父親這段話難堪，擔心自己因為焦慮搞砸了場面。大家接著問起其他人唱歌了。

「我若有能力唱歌，」柯林斯先生說，「自是非常樂意為大家獻唱一曲。我覺得音樂是非常純潔的消遣娛樂，和神職人員相得益彰。當然我不贊同太過沉迷於音樂，畢竟仍有要務在身。教區牧師工作十分繁重。首先，他必須和贊助人協定，妥善分配什一稅，既要對自己有利，又不能得罪對方。接著他必須親自寫布道文，寫完所剩時間不多，他還得善盡教區的職責，並打理和整修自己的住所，住所自然要力求舒適，不在話下。另外還有件事，他也不能輕忽，他必須提供所有人關心和安慰，尤其是對他有提拔之恩的人。我認為這是他應盡的義務，要是有人遇到恩人親戚，卻不上前致意，這種事我絕不苟同。」他朝達西先生鞠躬，結束這段演說，他聲音之大，半間客廳的人都聽到了。有人瞠目結舌，有人面露微笑，而看得最樂的莫過於班奈特先生。班奈特太太則大大稱讚柯林斯先生句句有理，並壓低聲音對盧卡斯夫人說，這年輕人聰明絕頂，心地善良。

在伊莉莎白眼中，一家人就算今晚串通好要大出洋相，也不可能表現得更加淋漓盡致。她為賓利和姊姊感到慶幸，幸好賓利只看到一部分，雖說家人出糗，但他對珍的感情不會因此動搖。不過一想到賓利姊妹和達西先生一定會嘲笑她的家人，她便無比痛心。只見達西沉默不語，一臉鄙視，賓利姊妹神態傲慢，淺淺微笑，她真不知道哪個更令人難以忍受。

她接下來的夜晚十分難熬。她被柯林斯先生纏上，趕都趕不走，雖然他無法說服她再和他跳支舞，卻也害她無法和其他人跳舞。她求他去找別人，甚至願意為他引介任何女生。他卻向她保證，跳不跳舞，他完全無所謂。他的主要目的是透過無微不至的關注，博得她的好感，所以他整晚都會寸步不離。聽他這麼說，說再多都沒用了。幸好她朋友盧卡斯小姐經常過來，好心和柯林斯先生閒聊，讓她喘口氣。

至少她沒受達西先生騷擾，雖然他常站到附近，一副無所事事的樣子，但他不曾靠近和她說話。她心裡暗自慶幸，覺得八成是因為她剛才提到韋翰先生的關係。

朗堡一家人是最後一批離開舞會的。班奈特太太動了點手腳，客人全離開後，他們還必須等十五分鐘馬車才會來，這讓他們得以好好感受，幾個主人多希望他們快走。賀世特太太和妹妹幾乎沒開過口，一開口就抱怨累，顯然迫不及待把人都趕出去。班奈特太太想聊天，她們理都不理，氣氛因此無比沉悶，柯林斯先生長篇大論也沒幫助，他一直稱讚賓利先生和他姊妹的舞會多豪華，待客熱情又周到。達西一言不語。班奈特先生同樣不說話，但他樂在其中。賓利先生和珍站在一起，和大家隔了點距離，親密地聊著天。伊莉莎白如賓利姊妹一樣一聲不吭。就連麗迪亞也累了，只偶爾喊一聲：「天啊，我好累！」並打個巨大的呵欠。

經過漫長等待，他們終於起身告辭，班奈特太太一頭熱，邀請賓利一家人到朗堡作客，又特別對賓利先生說，別在意邀請卡那種繁文褥節，他隨時到他們家吃個飯，他們都會很開心。賓利欣喜又感激，答應一有機會便去拜訪，但他明天必須先動身，短暫去倫敦一趟。

班奈特太太心滿意足，離開莊園時腦中全想著要準備嫁妝、新馬車和結婚禮服，相信不出三、四個月，自家女兒便能住進尼德斐莊園。至於另一個女兒即將嫁給柯林斯先生，她一樣胸有成竹，雖然也算開心，但沒珍的婚事那麼開心。所有女兒中，伊莉莎白和她最不親。雖然這個對象的人品和地位，配她算夠好了，但和賓利先生與尼德斐莊園一比便相形失色。

19

隔天朗堡又上演一齣新戲。柯林斯先生正式求婚。畢竟他的假只請到週六，他決定不再浪費時間，再加上他當下自信滿滿，毫不擔心，於是就遵照自認應有的規矩，按部就班一步步進行。早餐一吃完，他看到伊莉莎白、班奈特太太和一個妹妹在一起，便向她母親說了這句話：「女士，今早若有榮幸，我願與您美麗的女兒伊莉莎白私下說句話，望您成全？」

伊莉莎白一時間反應不及，只嚇得滿臉通紅，班奈特太太馬上回答：「哎呀！好啊——當然好。我相信莉西會非常開心。我相信她一定不會反對。來吧，凱蒂，你上樓。」她收拾針線，匆忙要走，伊莉莎白趕緊大喊：

"to assure you in the most animated language"

「現在我唯一要做的，便是以最熱情的語言，向你傾訴我內心強烈的情感。」

「親愛的媽媽，不要走。我求求你別走。柯林斯先生不會介意。他沒有要對我說什麼別人不能聽的。這樣我也要走了。」

「不行、不行，亂說什麼，莉西。你好好坐著。」見伊莉莎白一臉困擾難堪，準備要逃，她補了一句：「莉西，你不准離開，好好聽柯林斯先生說話。」

母親命令一下，伊莉莎白也只能聽話——她想了一下，心想這樣也好，這事乾脆盡快安安靜靜過去，一了百了。於是她再次坐下，內心一半苦惱，一半好笑，並拿起針線活，努力掩飾。班奈特太太和凱蒂一離開，柯林斯先生便開口。

「相信我，親愛的伊莉莎白小姐，你的矜持絕不是壞事，這只讓你更完美。你若沒有稍加推拒，在我眼中也不會如此可愛。但還請放心，這事我已請示過你母親。你生性嬌羞，恐怕會裝作不知情，但我這段話的意思再明白不過，我對你的心意之前也早已表露無遺。我一踏進這房子，便認定你是我下半輩子的伴侶。但說到這，在我被胸中澎湃的情感沖昏頭前，也許該先說明我想結婚的原因——還有我為何打定主意，想來赫福德郡找對象。」

柯林斯先生一臉正經嚴肅，卻說快被情感沖昏頭，伊莉莎白聽了差點笑出來，結果才一下子，就錯失打斷他的機會。他頓了頓，馬上繼續說下去：

「首先，我想結婚是因為我認為每個生活無虞的牧師——像我自己——都要成為牧區婚姻美滿的榜樣。其次，我相信結婚能讓我更加幸福。其三——這我也許該早點說，但結婚這事是我贊助人，也就是尊貴夫人的建議和囑咐。她兩度放下身分，在結婚一事上給我意見——我甚至沒主動問她！我從漢斯佛公館出發前的週六晚上——在四方牌牌局之間，詹金森太太為狄堡小姐放腳凳時，夫人說：『柯林斯先生，你一定要結婚。像你這樣的牧師一定要結婚。好好選，替我選個有教養的女孩；至於替你自己選的話，她出身不須高貴，但要勤快能幹、精打細算。這是我的建議。盡快找到這樣的女孩，帶她回漢斯佛公館，我會親自看看她。』容我說一句，我的好堂妹，凱薩琳．狄堡夫人的認可和關照，算是我不小的優勢。她的待人處世，我真是難以形容。你個性活潑機智，我想夫人一定能接受，尤其見識到她的高貴地位，你自然會懂得安靜和尊重。以上大概是我結婚的目的。至於最後一點，我的教區明明也有許多年輕可愛的小姐，我為何想在朗堡找對象。這件事是這樣，待你父親過世之後——但願他長命百歲——我會繼承朗堡，我若不在堂妹間選個妻子，盡可能彌補堂妹的損失，實在過意不去，就怕真有三長兩短——不過我剛才也強調，可能還有數年光陰。我的好堂妹，這便是我的動機，我自認聽完之後，你對我的評價只會上升，不會下降，因此現在我唯一要做的，便是以最熱情的語言，向你傾訴我內心強烈的情感。對於嫁妝，我完全不在乎，絕不會為難你父親，畢竟我發現他即使願意，也無能為力。你名下財產只有一千英鎊，年息百分之四[29]，還要等母親過世後才能拿到。所以在這件事上，我不會多說，你也放心，婚後我絕不會苛責你。」

這下一定要打斷他了。

「你這話說得太早了，先生，」她提聲說。「你忘了我都還沒回答。我們別浪費時間，我現在就答覆你。感謝你對我的讚美。我非常明白，你向我求婚是我的榮幸，但我還是只能拒絕。」

「這我懂，」柯林斯先生回答，手莊重地揮了揮，「年輕小姐常常這樣，別人第一次求婚，她明明想接受，嘴上會先拒絕。有時她們還會拒絕第二、甚至第三次。所以我絕不會因此氣餒，希望在不久的將來，我能牽你的手，站到教堂祭壇前。」

「我說真的，先生，」伊莉莎白大喊，「我都明說了，你怎麼還抱持不切實際的希望。我向你保證，我絕對不是那種女生——就算真有那種女生，她們怎麼敢拿幸福做賭注，還想被問第二次。我是認真拒絕。你不可能讓我幸福，這世上若有人能讓你幸福，也絕不是我。對，要是你朋友凱薩琳夫人認識我，我敢說她會覺得我各方面都不適合。」

「就算凱薩琳夫人真這麼想，」柯林斯先生語氣萬分嚴肅，「應該不至於完全否定你的一切。你別擔心，我有幸見到她，一定為你美言幾句，說你端莊節儉，並有許多可愛的優點。」

「說真的，柯林斯先生，你不須繼續稱讚我。我的事我自己決定，你只要相信我說的話，便是對我最大的肯定。我祝福你幸福快樂，一生享盡榮華富貴。我拒絕你，便是在盡我所能成全你。你向我求婚過了，對我家人的顧慮想必也舒坦了。你現在一定能問心無愧，心安理得繼承朗堡了吧。所以這事到此為止。」她說完起身，正想走出門，但柯林斯此時又向她說：

「下次有幸再和你談及這件事，我希望能得到更滿意的答案，別像這次。我不是在責備你冷血，因為我懂得，女生總會拒絕男生第一次追求，你剛才表現的正符合女生的矜持，甚至也許是欲擒故縱，在鼓勵我繼續追求。」

「拜託，柯林斯先生，」伊莉莎白語氣有點激動，「我真的非常為難。如果我至今說的，對你來說都是鼓勵，我真不知道怎樣才能讓你死心。」

「親愛的堂妹，請容我有點自信，你拒絕我當然只是說說。理由簡而言之是這樣——在我看來，我絕對配得上你，我的家業人人求之不得。我生活無虞，和狄堡家族有關係，再加上是你的親戚，一切勢在必得。而且你再好好想一想，雖然你有許多優點，但絕不可能再有人向你求婚。你的財產少得可憐，再美麗可愛，恐怕也沒用。所以我才覺得，你絕不可能真心拒絕我，你只是想學學上流小姐，

29 此指投資政府公債的利息，伊莉莎白繼承自母親的一千英鎊年息約為四十英鎊。

欲擒故縱，增加我對你的愛。」

「我保證，先生，我不想裝上流，更不會折磨一個好端端的男生。我寧可別人相信我真誠。你向我求婚，我只能再三感謝你，但我絕不可能接受。我內心每一寸都在抗拒。我能說得更白嗎？不要覺得我在學上流女生，想讓你煎熬；我只是個理性的女生，坦率說出心裡的話。」

「你怎麼一直都這麼可愛啊！」他大喊。他找不到台階下，只好找話讚美她。「我相信你父母開口作主之後，你就會接受我的求婚了。」

見柯林斯先生繼續自我欺騙，伊莉莎白不答腔，馬上起身，沉默離去。她下定決心，如果他繼續覺得她是欲擒故縱，她要去找父親，請父親斷然拒絕，至少沒人會誤會他在學上流女生做作和撒嬌。

20

柯林斯先生一人默默享受著情場大勝利，但時間不長。班奈特太太一直在前廳徘徊，等待對話結束，不久她便看到伊莉莎白打開門，快步經過自己，上了樓梯。於是班奈特太太走進早餐廳，激動地向他連聲道賀，也聲聲恭喜自己，慶祝他們親上加親。柯林斯先生聽了，同樣喜孜孜回禮祝賀，並說起剛才的對話，對於結局，他相信自己沒理由不滿意，因為堂妹堅定拒絕，肯定是因為她天生害羞矜持。

班奈特太太一聽嚇傻了。要是女兒拒絕，真的是在欲擒故縱，她自然也會高興，但這她想都不敢想，於是她忍不住說了。

「但你放心，柯林斯先生，」她又說，「莉西會想清楚。我會親自和她說。這傻孩子非常固執，不懂得為自己著想。但我會讓她明白。」

「不好意思，我打斷一下，夫人，」柯林斯先生提聲說，「但如果她真的又傻又固執，以我的身分地位，就不知道她適不適合嫁給我了，因為我結婚自然是想獲得幸福。所以如果她真的執意拒絕我，最好不要逼她，她脾氣這麼壞，恐怕無法為我帶來幸福。」

「先生，你誤會了。」班奈特太太說，語氣十分慌張，「莉西只對這

件事固執。遇到別的事，她脾氣最好了。我會直接去找班奈特先生，我相信我們很快就會幫她想清楚。」

她不等他回答，趕緊去找丈夫，一進書房便大喊：

「喔，班奈特先生，你快來，天下大亂了。你一定要叫莉西嫁給柯林斯先生，她現在賭氣說絕不嫁他，你再不快點，他就會改變心意，不娶她了。」

她一進門，班奈特先生目光便從書上抬起，漠不關心地盯著她，絲毫不受她說的話影響。

「可惜我還是聽不懂，」等她一股腦兒說完，他開口，「你到底在說什麼？」

「柯林斯和莉西的事。莉西說她不會嫁給柯林斯先生，柯林斯先生就快說他不要娶莉西了。」

「這關我什麼事？聽起來沒希望了。」

「你去跟莉西說說看。說你堅持她嫁給他。」

「那叫她下來。讓她聽聽我的意見。」

班奈特太太搖鈴，請人叫伊莉莎白小姐來書房。

「來，孩子，」她出現時，她父親朗聲說，「我叫你來是要說件重要的事。我知道柯林斯先生向你求婚了。對不對？」伊莉莎白說對。「非常好——然後你拒絕了？」

「是的，父親。」

「非常好。那我們現在講到重點了。你母親堅持要你接受。對不對，班奈特太太？」

「對，不然我這輩子再也不要見到她。」

「伊莉莎白，很遺憾，你現在面臨兩難的抉擇。從今天起，你將會和父母其中一人絕交。如果你不嫁給柯林斯先生，你母親永遠不想再見到你，但如果你嫁給他，我永遠不想再見到你。」

開場嚴肅成那樣，結論荒唐成這樣，伊莉莎白不禁露出微笑。班奈特太太原以為丈夫一定站在她那邊，這下失望透頂。

「你在說什麼，班奈特先生？你答應我要堅持讓莉西嫁他的。」

「親愛的，」她丈夫回答，「我有兩件事想麻煩你。第一，眼前這件事，你讓我照自己的判斷處理。第二，是關於書房。你們若能盡快將書房留給我，我感激不盡。」

雖然班奈特太太對丈夫很失望，但她此時還沒放棄。她一會兒哄誘，一會兒威脅，一次次勸著伊莉莎白。她試著叫珍也來勸，但珍天生溫柔和順，不願干涉。伊莉莎白一下認真，一下調皮，一一化解她的攻擊。她的態度千變萬化，但內心的決定不曾改變。

同一時間，柯林斯先生獨自想著剛才的事。他對自己太有自信了，無法理解堂妹為何拒絕他。雖然自尊心受了傷，但也就這樣而已，他對她的感情全是想像，再想到她可能真如她母親所說的傻，心裡便一點也不懊悔。

班家還鬧得一團亂，夏洛特．盧卡斯便來拜訪。她在前廳見到麗迪亞，麗迪亞朝她飛奔而來，壓低聲音叫著：「你來得正好！現在好好玩喔！你猜今早發生什麼事？柯林斯先生向莉西求婚，她拒絕他了。」

夏洛特來不及回答，凱蒂便衝來，說了同樣的消息。班奈特太太一人坐在早餐廳，一見她們進門，劈頭又提起這事。她向盧卡斯小姐訴苦，求她去勸好友莉西，聽聽家人的願望。「拜託你了，親愛的盧卡斯小姐，」她哀聲嘆氣說，「沒人站在我這邊，沒人幫我說話。大家都欺負我，沒人為我脆弱的神經想想。」

夏洛特才要回答，珍和伊莉莎白剛好走進門。

「唷，她來啦，」班奈特太太繼續說，「一點都不在乎我們，只顧著自己開心，好像家人都遠在約克郡一樣。但我告訴你，莉西小姐，如果像你這樣，每次有人求婚你就拒絕，你以後別想嫁出去——你父親過世之後，我真想不到誰來養你。我是辦不到——所以你自己好好打算。從今天起，我跟你一刀兩斷。你知道的，我在書房說了，我這輩子不會再跟你說話，我說到做到。我才不想跟不孝女說話，其實我也不想跟任何人說話。像我一樣神經脆弱的人，通常不喜歡說話。沒人懂我多痛苦！反正這世界就是這樣。只要不抱怨，永遠不會有人可憐你。」

幾個女兒默默聽母親大吐苦水，心知這時理論也不是，安慰也不是，多說只會讓她更生氣。於是她繼續往下說，女兒都沒敢打斷，後來柯林斯先生走進門，神色比以往更為莊嚴肅穆，班奈特太太見到他，便向女兒說：「好了，你、還有你們所有人，都別說了，讓我和柯林斯先生談一下。」

伊莉莎白靜靜走出早餐廳，珍和凱蒂跟在後頭，麗迪亞留在原地，打定主意要聽到底。柯林斯先生攔住夏洛特，仔細關心了她家人一遍，由於她心裡也有些好奇，索性順勢走到窗邊，裝作沒在聽的樣子。班奈特太太用哀怨的語氣，照預先所想開口：「噢，柯林斯先生……」

「親愛的夫人，」他回答，「我們就別多說了。對於你女兒的行為……」他的語氣滿是不悅，「我沒有一絲怨恨。苦難無可避免，我們每個人都必須接受。年輕人像我一樣少年得志、仕途順利，學會放下更為重要。我相信自己已經放下了，尤其我內心其實早在懷疑，如果有幸娶到堂妹，自己是否會真正獲得幸福。我常覺得，得不到的事物，在我們眼中漸漸失去價值時，便是徹底放下的契機。親愛的夫人，我這次擅自收回求婚，雖然還沒請你和班奈特先生作主，但我希望你知道，我對你家人絕無不敬之意。我沒先徵詢你意見，只聽你女兒的答覆便貿然下決定，這點恐怕有所冒犯，但身而為人，難免會犯錯。整件事，我都是一片好意。我只是在替自己尋找良伴的同時，考慮到你家人的幸福。如果過程中我的態度有任何冒犯之處，還請你原諒。」

"they entered the breakfast room"
班奈特太太見她們進門。

21

柯林斯先生求婚的話題已漸漸結束，伊莉莎白內心只剩下尷尬，並偶爾要聽母親拐彎酸個幾句。至於男主角，他的感覺全寫在臉上，他沒難為情和沮喪，也沒躲她，但他全身僵硬，悶不吭聲，滿腔怨恨。他甚至連一個字都不跟她說，他剛才裝出的熱情，現在全轉移到盧卡斯小姐身上，而她客客氣氣聽他傾訴，正好讓所有人鬆口氣，尤其是她好友。

隔天，班奈特太太的心情和神經都沒好轉。柯林斯先生也一樣自以為是，怒火中燒。伊莉莎白原本希望他會氣到一走了之，但他的行程絲毫不受影響。他之前說週六要走，現在仍打算週六離開。

吃完早餐，女孩一起走到梅里敦，打聽韋翰先生回來沒，同時一路哀嘆他怎麼沒來尼德斐舞會。她們一進城，韋翰便加入她們，陪著她們去找阿姨。他表達了自己的後悔和懊惱，並關心每個人的

近況。但他向伊莉莎白承認，沒出席其實是他自己的決定。

「舞會快到的時候，」他說，「我覺得自己最好不要跟達西先生見面——我去的話，要跟他待在同個空間好幾個小時，我可能會受不了，場面可能會搞得大家不愉快。」

他委屈求全，這令她無比欣賞。韋翰和另一名軍官陪著她們走回朗堡時，兩人好好聊了此事一陣，並客氣地讚美彼此，這段路上，韋翰和她特別親近。他陪她們回程有兩個好處，一方面，她充分感受到他對自己的欣賞；另一方面，她能順勢介紹他給父母親認識。

他們剛回到家，班奈特大小姐便收到一封信。信是從尼德斐莊園寄來的，珍馬上把信打開。信封內是一張小巧精緻、平整光滑的信紙，上面全是女子圓滑優雅的字跡。伊莉莎白發現姊姊讀著讀著臉色變了，還將其中幾段反覆讀了幾遍。不久珍恢復了冷靜，將信放到一旁，如常開心和大家閒聊。但伊莉莎白內心無比焦急，連韋翰都不管了。韋翰和軍官一離開，珍朝她使個眼色，兩人便一同上樓。她們來到房中，珍馬上拿出信說：「信是卡洛琳．賓利寄來的，內容嚇我一大跳。他們一行人已經離開尼德斐莊園，前往倫敦，而且不打算回來了。你聽聽看她怎麼說。」

韋翰和另一名軍官陪著她們走回朗堡。

她大聲唸出第一個句子，意思是他們決定要直接隨哥哥進城，並去格羅夫納街吃飯，賀世特先生有幢房子在那裡。信中接著寫：「離開赫福德郡，我並未感到依依不捨，但我親愛的朋友，我唯一放不下的就是你。但願未來有機會我們能再次相聚，和過去一樣談天說地，但目前我們只能暫且寄情於信，聊解相思之苦。盼能儘早收到你的回音。」聽到這些花言巧語，伊莉莎白內心麻木，一句都不信。他們突然離開，她驚訝是驚訝，卻不覺得有一絲惋惜。他們離開尼德斐莊園，不代表賓利先生不會長住於此；就算失去和他們的關係，她覺得珍在賓利先生陪伴下，一定會很快釋懷。

「真可惜。」她停頓一會兒又說：「他們去倫敦前，你竟然沒能見他們一面。不過如賓利小姐說的，未來還是有機會見面談天說地，搞不好比她預期的更早。而且說不定，你那時不只是她朋友，而是她大嫂了，這樣不是更開心嗎？賓利先生又不會因為他們，留在倫敦不走了。」

「卡洛琳話說得很死，說他們冬天不會回赫福德郡。我唸給你聽：『我哥昨日出發時，他覺得去倫敦辦事頂多三、四天，但我們認為機會不大，我們也相信查爾斯一進城，就不急於離開，因此我們決定與他回城，免得他委屈自己去住旅館。我們有許多朋友已到倫敦，打算在那裡度過冬天。我親愛的朋友，我多希望你也在其中，但我心知這份期盼多半會落空。我真心希望赫福德郡的耶誕節能如常充滿歡樂，也希望你受眾人追求，不致因為少了三個男生，讓你感到失落。』」

「信上說得很明白，」珍說完又補一句，「他今年冬天不會回來了。」

「這只是在說，賓利小姐覺得他不該回來。」

「你怎麼會這麼想？這明明是他的主意，他自己能決定。但你不知道信上全部的內容。我現在把我最受傷的一段唸給你聽，我絕不會瞞你，信上寫：『達西先生非常想去找他妹妹，老實說，我們全都想再見到她。我真的覺得喬治安娜·達西十分出眾，她美貌動人，氣質優雅，才智雙全，我和露易莎非常喜歡她，常開玩笑說多希望她是我們的姊妹，而如今我們的關係確實有望加深。我不知道有沒有和你提過此事，但在進城前，我一定要跟你說，相信你不會見怪。我哥哥非常欣賞她，他接下來時時都能見到她，兩人會親密相處。雙方親戚都樂見其成。雖是自家妹妹自誇，但我總說查爾斯最擅長抓住女人心。天時地利人和之下，眼前又沒有阻礙，親愛的珍，我內心懷抱希望，期待兩人終成眷屬，這不算過分吧？』親愛的莉西，你覺得這句話什麼意思？」珍唸完信說。「這還不清楚嗎？信上寫得明明白白，卡洛琳一點都不希望我成為她的嫂子，她很確定她哥哥對我沒意思。如果她有察覺我對他的感情，她也想——好心！——提醒我。這哪有別的可能？」

「有，當然有。我的解讀完全不同。你想聽嗎？」

「當然好。」

「我要說的就這幾句話。賓利小姐看出她哥哥愛上你，但她希望他娶達西小姐。於是她跟他回城，希望把他留在那裡，並說服你他根本不在乎你。」

珍搖搖頭。

「說真的，珍，你要相信我。只要看過你們相處，沒人會懷疑他對你的感情。我相信賓利小姐也一樣，她又不是傻瓜。要是達西先生對她有一半的愛，她早去訂結婚禮服了。問題是——我們家不夠有錢，家世不夠顯赫。她急著將達西小姐和哥哥湊成一對，是認為家族婚事有一就有二，她想讓自己的婚事更順理成章。這招確實聰明，少了狄堡小姐，我敢說她會成功。但親愛的珍，你別把她的話當真，賓利小姐說哥哥非常欣賞達西小姐，不代表他週二和你離別之後，他對你的心意有任何變化。賓利小姐也不可能說服他，要他移情別戀，去愛她朋友。」

「可惜我們對賓利小姐看法不同，」珍回答，「不然我聽到你的解釋，一定會放寬心。但我知道你對她有偏見。卡洛琳不可能騙人，所以唯一的可能是她搞錯了。」

「那就對了。你這想法也不錯，反正我沒能安慰你，不如相信她搞錯了。你對她已仁至義盡，不用再煩惱了。」

「可是親愛的妹妹，就算我再樂觀，賓利先生的姊妹和好友全希望他娶別人，我和他結婚真能幸福嗎？」

「這你自己決定，」伊莉莎白說，「如果深思熟慮後，你發現得罪兩姊妹的痛苦大過成為他妻子的快樂，那我建議你，乾脆拒絕他吧。」

「你怎麼說得出這種話？」珍的嘴角不禁微微勾起，「你一定知道，沒能得到她們認可，我會非常傷心，但我的心意絕不會動搖。」

「我就覺得你不會動搖。所以這次，我一點都不覺得你可憐。」

「但如果他今年冬天不回來，我連抉擇的機會都沒有。六個月會發生多少事。」

伊莉莎白絲毫不擔心賓利不回來。在她看來，這不過是卡洛琳的主意，並只為她自己打算。不論她大膽表明，或隱晦暗示，她一點都不覺得這能影響一個獨立自主的男人。

她盡力向姊姊表達她的看法，高興的是，姊姊聽進去了。珍天生樂觀，雖然偶爾還是會沒信心，但她漸漸萌生希望，並相信賓利會回到尼德斐莊園，實現她的夢想。

她們倆說好，只跟班奈特太太提起賓利一家人去了倫敦，不須特別提到賓利。但就連這消息都讓她憂心忡忡，她哭天喊地，說自己多命苦，他們兩家人才愈來愈親近，結果賓利姊妹就走了。但她哀嘆沒多久，馬上安慰自己，賓利先生很快就會回來，並到朗堡吃飯。一說到這個，她心裡便舒坦了，雖然當初只是邀他來順便吃個飯，但她一定會上滿兩輪的菜。

22

班奈特家這天和盧卡斯一家人用餐。這大半天，盧卡斯小姐又一次溫柔地聽著柯林斯先生高談闊論。伊莉莎白藉機感謝她。「多虧你，他心情很好，」她說，「我真不知該怎麼感謝你。」夏洛特要她別介意，犧牲一點時間很值得，也很高興能幫上忙。夏洛特雖說是體貼，但伊莉莎白絲毫沒察覺她的私心。她真正的目的可不單純，她不是要阻止柯林斯先生再去煩伊莉莎白，反而是為了讓他來找自己。這便是盧卡斯小姐的計畫，而事情十分順利，兩人晚上道別時，她幾乎覺得勝券在握，可惜就可惜在，他再過幾天便要離開赫福德郡。但她小看了柯林斯先生那顆火燙又自主的心。隔天早上，他馬上神不知、鬼不覺溜出朗堡，趕去盧卡斯宅邸，拜倒在她膝前。他內心焦慮，不想被堂妹發覺，因為他覺得她們一見他溜出門，肯定猜得到他要幹麼。這次事成之前，他不希望別人知道。他當然胸有成竹，而且不是沒有理由，夏洛特多少算有明示暗示，但因為週三求婚失敗，他的信心大不如前。不過這次對方倒是張開雙臂歡迎他的到來。盧卡斯小姐從樓上窗戶向外一望，見他走向屋子，馬上出門，假裝和他意外在小路相遇。但她沒想到，在那裡等著她的，竟然是傾洩不止的愛。

柯林斯先生話多歸話多，兩人馬上談妥了一切，彼此都心滿意足。他們進屋後，他真誠地請她選個好日子，讓他成為世上最幸福的男子。這事照理來說是要暫緩[30]，但夏洛特可不想耽擱他的幸福。柯林斯先生笨頭笨腦、不懂情調，沒有女生會想長時間受他追求，盧卡斯小姐接受他求婚，單純是因為她毫無私心，全看在財產的分上，所以她也不怕財產太早到手。

兩人馬上去見盧卡斯爵士和夫人，她父母喜出望外，欣然同意。以柯林斯先生目前的條件來看，他是女兒最理想的人選，畢竟父母能給她的不多，而柯林斯先生將來的財產十分可觀。盧卡斯夫人原本對班奈特先生漠不關心，現在卻直接計算起他還有幾年能活。盧卡斯爵士則下定決心，柯林斯先生一繼承朗堡地產，他和妻子便要去聖詹姆斯宮露面。簡而言之，全家人都歡天喜地，年輕的妹妹個個滿心期待，希望她們會比預期早

"So much love and eloquence"

在那裡等著她的，竟然是傾洩不止的愛。

一、兩年開始社交。弟弟則都鬆了口氣，他們一直怕夏洛特會孤老終生。夏洛特自己十分冷靜。她的目的已達成，現在有時間好好思考。她仔細想了一圈，其實她大致上都很滿意。當然，柯林斯先生不聰明，也不好相處，待在他身邊很無聊，他對她的愛也全是想像。但他仍能成為她的丈夫。她對男人和婚姻不抱憧憬，但結婚一直是她的目標。知書達禮的年輕女子如果家境不富裕，為求溫飽，結婚是唯一的正途，幸不幸福不一定，但最起碼能保證衣食無虞。如今她已獲得了這份保證，她已二十七歲，長相又不出眾，能嫁給他已是萬幸。唯一讓她心裡有疙瘩的是，伊莉莎白・班奈特聽到消息肯定會大吃一驚，而她是她世上最珍惜的好友。伊莉莎白一定會納悶，也可能會罵她。雖然她意志堅決，絕不會動搖，但好友反對，她內心一定會受傷。這個消息，她決定要親口告訴她。於是她叮嚀柯林斯先生，他回去朗堡吃飯時，不准向任何家人透露這件事。他當下馬上答應守口如瓶，但過程可不容易。他離開大半天，大家早已好奇起來，一進門，所有人都直接衝著他問，他費盡心思才蒙混過去，同時還得壓抑自己的心情，因為他其實巴不得公開自己的愛情開花結果。

由於他明天一大早便要出發，晚上在眾人就寢前，他正式和大家道別。班奈特太太極為有禮親切，說如果他未來再抽空來朗堡拜訪，大家一定都會很高興。

「親愛的夫人，」他回答，「感謝你盛情邀請，我不只十分感激，也感到非常榮幸。你放心，我確實有此打算，一定會盡快再來拜訪。」

一家人聽了都大吃一驚。班奈特先生一點都不希望他馬上回來，趕緊說：

「但堂姪，凱薩琳夫人不會反對嗎？親戚先放在一邊沒關係，你可別冒犯贊助人。」

30 當時的男女在求婚成功並訂婚後，通常相隔數月至一、兩年才會正式結婚。

「親愛的堂叔，」柯林斯先生回應，「感謝你好意提醒，凱薩琳夫人沒同意，我絕不會貿然行事。」

「這事非同小可，你一定要小心，絕不能得罪她。我自己是覺得滿危險的，但只要你覺得有一絲顧慮，我勸你乖乖待在家就好，別擔心，我們不會生氣。」

「相信我，堂叔，你為我如此著想，我實在感激不盡。請放心，小姪近期會盡快致信感謝，不只感謝你的用心，也感謝這段時間待在赫福德郡受到的照顧。至於我可愛的堂妹，雖然我離開的時間不會太長，這麼說有點過於慎重其事，但請容我祝福她們健康快樂，自然也包括伊莉莎白。」

好好答禮道別後，大家都各自回房。所有人聽到他想早日再訪都好驚訝。班奈特太太內心充滿期待，猜想他是來追求其他女兒，而最適合的可能是瑪麗。幾個姊妹裡，她對他評價最高，覺得他想法實在，令她印象深刻，雖然她認為他絕對沒自己聰明，但只要以她為榜樣，多多讀書，精進自己，他或許能成為一個非常合適的伴侶。但隔天早上，一切希望化為一場空。盧卡斯小姐一吃完早餐便來了，並將前一天的事，私下和伊莉莎白說了。

伊莉莎白在這一、兩天，曾懷疑柯林斯先生又一廂情願愛上她朋友，但夏洛特竟也有意思，這感覺就像說自己欲擒故縱一樣，根本不可能。她驚訝到不能自已，禮貌全忘了，大聲脫口而出：

「和柯林斯先生訂婚！親愛的夏洛特，怎麼可以！」

盧卡斯小姐述說時一臉平靜，如今聽到好友直接反對，一時間不禁慌了。但這反應也在意料之中，所以她馬上收拾好心情，冷靜回答：

「親愛的伊莉莎白，你為什麼這麼驚訝？你拒絕了柯林斯先生的求婚，所以就覺得有其他女生接受他很不可思議嗎？」

伊莉莎白此時已回過神，她用盡全力，強作鎮定向好友說，自己非常高興聽到兩人的婚事，希望她一切都幸福美滿。

「我懂你的感受，」夏洛特回答，「畢竟沒多久之前，柯林斯才想娶你，你一定很驚訝，而且是非常驚訝。但你有時間好好想一想之後，我希望你會為我的決定高興。我這人不浪漫，你知道的，我只想要一個舒服的家。步入婚姻，大家常誇口說自己從此幸福美滿，考量到柯林斯先生的人格、關係和生活狀態，我相信嫁給他也有一樣的機會。」

伊莉莎白小聲回答：「一定的。」兩人都感尷尬，一時無語，不久便下樓加入大家。夏洛特過一會兒便告辭離開，讓伊莉莎白好好消化這則消息。伊莉莎白過了許久才真心釋懷，畢竟兩人明明一點都不適合。柯林斯先生在三天內求婚兩次就夠奇怪了，但有人接受更奇怪。她一直都知道夏洛特對婚姻的看法和她不同，但她不曾想過，真的遇到時，她會犧牲感受，擁抱世俗利益。夏洛特成為柯林斯先生的妻子，這簡直太丟臉了！最痛苦的不只是看到朋友拋棄自尊，委屈受辱，她更難過的是，好友選擇這條路，哪怕是些微的幸福都得不到了。

23

伊莉莎白與母親和姊妹坐在一起，思考著剛才的消息，不知道自己能否透露，這時威廉・盧卡斯爵士出現，女兒請他來向大家公布她訂婚的消息。他將婚事說了，先向大家致上讚美，接著恭喜自己，兩家親上加親。班奈特一家人聽了不只驚訝，簡直難以置信。班奈特太太禮貌全丟一旁，嘴上不住說他一定搞錯了。麗迪亞一向口無遮攔，任性無禮，她大呼小叫道：

「天啊！盧卡斯爵士，這種謊話你怎麼編得出來？你不知道柯林斯先生想娶莉西嗎？」

面對這場面，只有在宮廷吞盡委屈的侍臣才不會生氣，但盧卡斯爵士憑著一身修養，也挺過了一切。雖然他有出聲反駁，懇請大家相信他所言屬實，但那些無禮的回答，他都寬容有禮地承受下來。

伊莉莎白眼見情況難堪，自覺必須替他解圍，於是她上前證實了消息，說自己剛才聽夏洛特親口說

"Protested he must be entirely mistaken."

班奈特太太禮貌全丟一旁，嘴上不住說他一定搞錯了。

了。她為了不讓母親和妹妹繼續吵鬧，趕緊真心恭喜盧卡斯爵士，珍也馬上連聲道喜，面面俱到，說這對新人未來多幸福多美滿，柯林斯先生人多高尚多優秀，漢斯佛教區和倫敦多近多方便。

盧卡斯爵士在場時，班奈特太太其實一肚子憋屈，擠不出幾句話。但他一離開，她的情緒便瞬間宣洩出來。她先是打死不相信這一切，後來又認定柯林斯先生一定是上當了，接著直言兩人一輩子都不可能幸福，最後她說這婚事遲早破局。但這整件事她只清楚得到兩個結論：一、這樁鳥事全是伊莉莎白害的；二、全天下的人都狠心欺負她。她來回唸這兩件事一整天，一口氣吞不下，怎麼安慰都安慰不了。她到第二天都還在氣，見一次罵一次伊莉莎白，罵了整整一週。一個月過去，她才能好好和盧卡斯爵士和夫人說話。又過好幾個月，她才終於原諒他們的女兒。

班奈特先生情緒上冷靜多了，嘴上也說自己十分滿意。他說他怎能不高興，原本以為夏洛特・盧卡斯有點腦子，沒想到她和他妻子半斤八兩，也比自家二女兒笨！

珍坦白說對婚事有點意外，但她不糾結於此，只真心希望兩人幸福。無論伊莉莎白再怎麼不看好這門婚事，珍仍一本初衷。凱蒂和麗迪亞不羨慕盧卡斯小姐，因為柯林斯先生不過是個牧師。她們只覺得身上多了條消息，能去梅里墩傳一傳。

盧卡斯夫人這次女兒嫁人，可說是反敗為勝，她當然不會放過機會報復班奈特太太。她比平常更常來朗堡，一直說自己有多開心，但班奈特太太臭著一張臉，嘴裡吐不出半句好話，要說多掃興就多掃興。

伊莉莎白和夏洛特彼此相敬如賓，避而不談婚事。伊莉莎白深信兩人再也無法真正信任彼此。她對夏洛特無比失望，所以她現在一顆心全在姊姊身上，珍為人正直謹慎，絕不會讓她失望，但隨著日子一天天過去，伊莉莎白愈來愈為姊姊的幸福焦急，賓利離開一週了，卻沒聽說他何時要回來。

珍很早便回信給卡洛琳，並算著日子，期待能再次收到消息。柯林斯先生說好的感謝信週二到了，信上鄭重其事感謝她們的父親，好像他來住了一年一樣。他感謝到心安理得之後，歡天喜地說起自己擄獲了鄰居盧卡斯小姐的芳心，並解釋他爽快回應大家盛情，純粹是因為能與她相伴，同時期望能在十四日後的週一再訪朗堡。他又補充，凱薩琳夫人衷心贊成這門婚事，希望兩人早日成婚，他相信善良的夏洛特聽了夫人的吩咐，肯定只會點頭，並早日選定時間，讓他成為世上最幸福的男人。

柯林斯先生回到赫福德郡不再令班奈特太太開心了。相反的，她和丈夫一樣滿腹牢騷，覺得這人真奇怪，怎麼會來住朗堡，卻不去住盧卡斯宅邸，讓人多不方便，徒增麻煩。她身體不舒服時，最討厭招待客人，尤其情侶更讓人討厭。儘管班奈特太太對此抱怨了幾句，但她最掛心的，還是賓利先生遲遲不見人影。

珍和伊莉莎白對這話題都不大自在。時間一天天過去，他們仍沒接到賓利的消息，只是梅里墩很快有傳言，說他整個冬天都不會回尼德斐莊園。班奈特太太非常生氣，一聽便痛罵別人胡亂造謠。

甚至連伊莉莎白都感到心慌，倒不是怕賓利先生無情，而是怕賓利姊妹成功讓他待在倫敦。這樣一來，珍的幸福會被破壞，賓利的感情會被動搖，雖然她不願承認，但這想法卻一次次浮現在腦中。賓利姊妹沒心沒肺，好友達西態度強勢，再加上達西小姐優點無數，倫敦生活多彩多姿，她就怕這一切令賓利招架不住，就此變心。

至於珍，一切懸在半空，心焦如焚的她當然比伊莉莎白更痛苦，但她將感受全藏在心底，所以她不曾向伊莉莎白提起此事。然而她的母親心思沒這麼細膩，她每分每秒都提起賓利先生，並抱怨他遲遲不來，讓她急死了，甚至要珍去告訴賓利，如果他不回來，她會覺得自己不受尊重。珍拿出一輩子的修為，勉強維持鎮定，承受母親的攻擊。

兩週後，柯林斯先生再次準時到訪，他這次來朗堡，已不如初次一樣受歡迎。但他太開心了，根本不須人理，也幸好這次他忙著談情說愛，她們不須長時間和他相處。大多時候，他都在盧卡斯宅邸，有時回到朗堡，只來得及道歉，一家子便要睡覺了。

班奈特太太真是可憐死了。一聽到這婚事的任何事，她便一肚子火，而且她不管去哪都躲不掉這話題。她看到夏洛特便討厭。一想到夏洛特要接管這棟房子，對她便充滿嫉妒和怨恨。每次夏洛特來拜訪，她都覺得她是來數日子的。每次夏洛特和柯林斯先生低聲說話，她都覺得他們在商量朗堡的事，打定主意等班奈特先生一過世，便把她和女兒全趕走。她向丈夫抱怨這一切。

「說真的，班奈特先生，」她說，「很難想像夏洛特．盧卡斯未來要成為這棟房子的女主人，我有生之年竟然要把房子讓給她，眼睜睜看她取代我！」

「親愛的，別這麼悲觀。我們要懷抱希望。搞不好活得比較久的是我。」

這句話一點都沒安慰到班奈特太太。於是她不答腔，繼續抱怨。

「我真受不了我們家的地產要落到他們手中。要不是因為限定繼承權，我根本不在乎。」

「不在乎什麼？」

「什麼都不在乎。」

「那真要謝天謝地，幸好有這繼承權，不然你對一切都漠不關心。」

「班奈特先生，這哪有什麼好謝的。我真搞不懂，哪個沒良心的地產不給自家女兒，會給別人繼承。而且全歸柯林斯先生！天底下人那麼多，憑什麼是他？」

「這留給你自己去想吧。」班奈特先生說。

"Whenever she spoke in a low voice"
夏洛特和柯林斯先生低聲說話。

24

賓利小姐的信到了，事情再無懸念。第一句便表明，他們今年冬天一定會待在倫敦，並說她哥哥很後悔離開時，沒機會和赫福德郡的朋友道別。

希望破滅了，一切徹底絕望。等珍整理好心情，繼續讀信時，除了賓利小姐表面上的親切，她找不到一絲安慰。信裡大半都在稱讚達西小姐，也再次提到她的許多優點。卡洛琳得意地表示，兩人愈來愈親密，並信誓旦旦地說，她上一封信的願望即將實現。她同時開心寫道，哥哥已住進達西先生家，接著歡天喜地說，達西先生都打算添購新家具了。

珍不久便大致告訴伊莉莎白這一切，伊莉莎白聽了不禁生起悶氣。她懷著兩種心情，一方面擔心姊姊，一方面厭恨所有人。卡洛琳說賓利喜歡達西小姐，伊莉莎白才不相信。賓利最喜歡的是珍，這點她至今不曾懷疑。雖然她一直都很喜歡賓利，但一想到他優柔寡斷的個性就有氣，甚至瞧不起他；他就是少了決心，才淪為他陰險朋友的奴隸，任憑朋友擺布，犧牲自己的幸福。若只是他的幸福，他要怎麼樣都無所謂，但這也關乎姊姊的幸福，這點他一定清楚。總之，即使毫無意義，這種事總會害人想很久。她腦中全是這件事，但無論賓利的感情真的淡了，或只是受朋友影響；無論他有察覺珍的心意，或渾然不覺；

無論真相如何，改變的只有伊莉莎白對賓利的看法，姊姊的處境終究不會改變，也終究要傷心。

過了一、兩天，珍終於鼓起勇氣向伊莉莎白述說她的心情。這天，班奈特太太抱怨了尼德斐莊園和賓利先生老半天，總算留她們兩人獨處，珍忍不住開口：

「喔，要是母親能冷靜點多好。她都不知道一直提到他，我心裡多痛苦。但我不要發牢騷了。難過一下就會過去。我們會忘了他，繼續過日子。」

伊莉莎白望向她姊姊，臉上擔心，內心懷疑，但她不發一語。

「你不信喔，」珍大聲說，臉微微一紅，「幹麼不相信我。他會留在回憶中，成為我所認識過最迷人的男生，但就這樣吧。我不必懷抱希望，不必再害怕，也不會責怪他。感謝老天，幸好我不用受那種折磨。所以只要給我一點時間——我一定會努力跨越……」

她馬上換上更堅強的語氣說：「我馬上就想到一個安慰。幸好這一切全是我自作多情，所以除了自己，我沒傷到別人。」

「親愛的珍，」伊莉莎白大喊，「你真的太過善良了。你溫柔體貼，又處處替人著想，真的是天使，我真不知道該說什麼。我感覺自己過去都不了解你，以前應該再多愛你一點。」

班奈特大小姐聽了趕緊否認，回說妹妹對她如此關愛，才叫善良體貼。

「哪有，」伊莉莎白說，「這不公平。你希望全世界都是好人，我說任何人壞話，你都會難過。但我只是稱讚你完美，你就不承認。你別擔心我言過其實，也別擔心我打擊你世界大同的信念。你放心，我真心愛的人不多，覺得善良的人更少。這世界我真是愈看愈不滿意。我愈來愈覺得人心難以捉摸，表面上的優點和才智一點都不可靠。我最近身邊才出現兩個例子，一個就別說了，另一個是夏洛特結婚的事。這我真的想不通！不管從哪個角度，我都不懂！」

「親愛的莉西，別鑽牛角尖。你愈想只會愈不開心。你要記得，每個人的處境和個性都不同。想想柯林斯先生的身分地位，再想想夏洛特務實穩重的個性。還有別忘了，夏洛特有不少兄弟姊妹，以財力而言，這是最理想的對象了。為了大家好，你也別不信，她最起碼一定敬愛著我們家堂兄。」

「為了你，我什麼都會試著相信，但這對任何人都沒好處。我如果覺得夏洛特對他有真感情，我只會更看不起她的智商。親愛的珍，柯林斯先生這人自以為是，小肚雞腸，又無比愚蠢，這你我都知道，所以你一定跟我一樣，覺得女人嫁給他腦袋一定有問題。就算是夏洛特．盧卡斯，你也不用替她說話。你不須為一個人，改變對原則和道德的看法，也別試圖說服我和自己，明明是自私，卻說是務實穩重，明明對危險視若無睹，卻說是幸福有了保障。」

「我還是要說，你話別說得那麼重，」珍回答，「我希望你看到他們幸福美滿時，能相信我說的。但別聊這件事了，你剛才說有另一件事。你說有兩個例子。你的意思我懂，但我求求你，親愛的莉西，別怪那個人，也別說你看錯人了，這樣會讓我很傷心。我們不能一直覺得別人是故意傷害自己。他是年輕男生，個性活潑開朗，我們不能期待他時時顧慮別人的心情。其實這種事，往往都是我們的虛榮心作祟。別人明明只是欣賞，我們卻自己多想。」

「男生最愛亂撩人。」

「如果是故意的，那當然沒藉口。但我和一些人不一樣，我無法想像這世上充滿算計。」

「我當然不是說賓利先生的行為全是算計，」伊莉莎白說，「但就算沒有心懷不軌，沒有想傷人，人仍可能犯錯，也可能為別人帶來痛苦，像做事不經大腦、不顧他人感受和優柔寡斷，都會害死人。」

「所以你覺得這事是其中一點害的？」

「沒錯，就是優柔寡斷。但要是我再說下去，會罵到你朋友，恐怕會讓你不高興。所以別再讓我說了。」

「所以說，你認為是他姊妹的影響。」

「沒錯，而且還與他那好朋友聯手。」

「我不相信。她們為什麼會想改變他的心意？她們應該一心希望他幸福才對。如果他愛我，那別的女人就不可能得到他的心。」

「你開頭就想錯了。她們可不只希望他幸福，她們還希望他變得更有錢有勢，也希望娶進門的嫂子在財產、關係和地位各方面都具備。」

「毫無疑問，她們確實希望他選擇達西小姐，」珍回答，「但動機可能沒像你說得那麼壞。和我比起來，她們認識她更久，也難怪更愛她。但不論她們怎麼想，怎麼可能不顧及賓利的心意。除非真心看不下去，不然哪個姊妹會一意孤行？如果她們真心認為他愛我，她們不會拆散我們；如果他真心愛我，她們不會成功。你認為他對我有感情，就說所有人在刻意作怪，這樣叫我情何以堪。這樣想只會讓我難過。我不會因為自作多情羞愧——即使有，也只有一點點，但要是我把這事怪到他或他姊妹頭上，我才會為自己感到羞愧。讓我用正面的角度去看待和理解這件事吧。」

伊莉莎白不會違背姊姊的希望。在這之後，兩人幾乎不再提起賓利先生的名字了。

班奈特太太繼續納悶和抱怨他不回來的事。縱使伊莉莎白天天解釋，班奈特太太的困惑卻不曾少過一點。雖然伊莉莎白自己打從心底不信，但她努力說服母親，賓利先生對珍只是普通的喜歡，這份感情十分短暫，他見不到她之後，熱情便消失了。母親當下都承認有可能，但她每天都非得再聽一次。

班奈特太太最大的安慰是期盼賓利先生明年夏天回來。

班奈特先生對這事態度截然不同。「所以莉西，」他有天說，「我發現你姊失戀了。恭喜她。除了結婚，女生最愛時不時失戀一下。這能讓她們找點東西思考，在朋友間也能顯得特別一點。什麼時候輪到你？你肯定受不了珍出風頭太久。現在你的機會來了。梅里墩軍官這麼多，夠讓鄉下每個年輕小姐都失戀一輪。韋翰可以是你的人選。他這人不錯，被甩了你也有面子。」

「謝謝你，爸，但我的對象差一點也行。我們可不指望像珍那麼好運。」

「確實，」班奈特先生說，「但想一想滿安慰的，因為不管你找的是誰，愛你的母親一定都會小題大作。」

朗堡一家人最近諸事不順，一片愁雲慘霧，幸好有韋翰先生相伴，才一掃陰霾。他們經常見到他，之前對他印象便不錯，現在更覺得他為人磊落，毫無隱瞞。伊莉莎白之前知道的，關於達西先生的事，關於他害韋翰吃多少苦頭，現在已眾所周知，在鎮上傳得沸沸揚揚。大家十分得意，因為他們本來就討厭這人，聽到消息之後，便覺得自己果然有先見之明。

唯獨班奈特大小姐覺得事情另有隱情，或許情有可原，只是赫福德郡的大家還不知情而已。珍生性溫柔，公平正直，總覺得事情並非絕對，相信一定是哪裡有了誤會。但其他人仍把達西視為世上最糟糕的人。

25

一週時間過去，柯林斯先生一直在談情說愛，籌畫好事，週六一到，他不得不和心愛的夏洛特告別。但他這次回去是要準備迎娶新娘，離別之苦被沖淡不少，並希望下次回到赫福德郡，便能敲定日期，讓他成為世上最幸福的男子。他一如過往，莊嚴肅穆地和朗堡親戚道別，再次祝福堂妹身體健康、事事順心，並向她們父親承諾會再寄一封感謝信。

下週一，班奈特太太的弟弟和弟媳照例來朗堡過耶誕節，她開心接待兩人。葛汀納先生知書達禮，一身紳士風範，不論是先天氣質或後天教養都遠勝姊姊。他雖然是生意人，住家和店鋪相鄰，但他彬彬有禮，和善親切，尼德斐莊園的姊妹見了肯定難以置信。葛汀納太太比班奈特太太和菲利普太太年輕許多，她聰明有禮，氣質優雅，朗堡五姊妹都非常喜歡她，尤其兩個大姊和她特別親近，她們經常去倫敦找她。

葛汀納太太一到便開始發禮物，說起倫敦最新的流行。說完之後，便靜靜坐到一旁，換她聽人說話。班奈特太太有一肚子苦水，還有一大堆事好抱怨。自從上次見面之後，他們一家子都受人欺負，兩個女兒原本都快嫁人，結果希望卻都落空。

「我不怪珍，」她繼續說，「珍差點就抓住賓利先生的心了。但莉西！喔，弟媳啊！這我一想到就難過，要不是她鬧脾氣，她現在早嫁給柯林斯先生了。他就在這

裡向她求婚，她卻拒絕他。結果現在盧卡斯夫人比我更早把女兒嫁人，朗堡終究要落入別人手裡。盧卡斯一家人真的非常狡猾，弟媳。他們為求利益，不擇手段。我真是不想說他們壞話，但事實就是如此。我連在自己家都不順心，鄰居又自私自利，不顧別人，害我神經衰弱，全身都不舒服。但你來得正好，讓我心情好多了，聽你說長袖子又流行了，我真高興。」

葛汀納太太之前和珍與伊莉莎白通信時，對情況已略知一二，所以她只稍微敷衍幾句，並顧及她們心情，趕緊換了話題。

後來她和伊莉莎白獨處，才多聊了這件事。「感覺對珍來說是個好對象，」她說，「可惜沒成功。但這種事很常見！就像你說的，賓利先生這種年輕男生常會隨便愛上漂亮的女生，幾週後兩人意外分隔兩地，他回頭就把她忘了，這種事天天都在發生。」

「這聽了確實讓人安慰，」伊莉莎白說，「但我們情況不一樣。我們的情況不是意外。一個獨立自主的男生，前幾天還瘋狂地愛著她，卻因為親友干預，便把她忘了，這可不常見。」

「可是『瘋狂地愛著她』感覺好老套、好模糊、好籠統，我真的想像不出來。這通常是形容才認識對象半小時，一時意亂情迷，而不是真實強烈的愛。你說說看，賓利先生的愛到底多瘋狂？」

「我從來沒看過有誰如此深情，他對周圍的人都視若無睹，一顆心全在她身上。他們每次見面都更讓人確定他的愛非比尋常。他在自家的舞會上，還因為忘了邀兩、三個女生跳舞，得罪了她們。我和他說過兩次話，他理都不理我。愛成這樣還不明顯嗎？禮貌都不管了，這不正是愛情的核心嗎？」

「沒錯！那我想他是真的心動了。可憐的珍！真為她難過，因為依她個性，她不可能馬上放下。發生在你身上就還好，莉西，你笑一笑就過去了。但你覺得她會想跟我們回倫敦嗎？換個環境可能有幫助——離開家透透氣總是不錯。」

伊莉莎白對這提議十分贊同，相信姊姊一定不會反對。

「但願如此，」葛汀納太太說，「就怕她顧慮那年輕男生。我們住倫敦不同區域，朋友圈截然不同，你知道的，我們很少出門，他們碰面的機會微乎其微，除非他真跑來找她。」

「那根本不可能。他現在被關在朋友家，達西先生絕不會讓他去倫敦那一帶找珍！親愛的舅母，你怎麼會擔心？慈恩教堂街[31]這地方，達西先生也許聽人說過，但他一定覺得那裡非常骯髒，去一趟，他洗一個月都洗不乾淨。說真的，少了他，賓利先生哪都不會去。」

「那太好了。我希望他們完全不要見面。但珍不是有跟他妹妹通信嗎？她一定會來找珍吧。」

「她巴不得跟珍斷得乾乾淨淨。」

伊莉莎白表面上話說得很死，同時打趣

Offended two or three "young ladies"

「他忘了邀兩、三個女生跳舞，得罪了她們。」

說大家絕不會讓賓利見珍，但她心裡仍有點擔心。仔細想了想，她發覺自己還沒死心。她不只覺得珍有機會，有時更覺得賓利極有可能舊情復燃，並相信珍能靠自身魅力，自然而然，克服他親朋好友的阻礙。

班奈特大小姐開心接受舅母的邀約。她倒沒顧慮賓利一家人的事，只希望卡洛琳和哥哥不住一起，這樣她白天就能偶爾去找卡洛琳，也不用擔心遇到他。

葛汀納夫婦在朗堡待了一週，每天都有飯局，與菲利普家、盧卡斯家和軍官都見了面。班奈特太太精心替弟弟和弟媳安排不少活動，結果一家人都不曾單獨吃一頓飯。飯局辦在朗堡時，總會有幾個軍官來拜訪，其中都必定有韋翰先生。葛汀納太太之前聽伊莉莎白對他讚不絕口，心生狐疑，這幾頓飯便仔細觀察兩人互動。從她看來，兩人雖說不上在談戀愛，但彼此明顯有好感，這令她有些不安。她決定在離開赫福德郡前，明白提醒伊莉莎白，這段感情不大明智。

對葛汀納太太來說，韋翰其實和她相談甚歡，倒不是因為他能言善道。十幾年前，她還沒結婚時，曾在德貝郡住了好一陣子，那正好是韋翰的故鄉，所以兩人有許多共同朋友。雖然達西的父親五年前過世後，韋翰便很少回去，但比起她所知，他向她分享了更多關於老朋友的新消息。

葛汀納太太見過龐百利莊園，對老達西先生的為人再熟悉不過。這話題兩人自然聊都聊不完。她描述記憶中的龐百利莊園，並聽韋翰一一鉅細靡遺附和，她也緬懷著已故莊園主人，稱讚他的人品，兩人聊得十分開心。她聽到年輕的達西先生欺負他的事，試著回想他小時候的名聲，是否和現在相符。最後她確定自己曾聽人說過，費茲威廉・達西這孩子個性高傲，脾氣不好。

31 Gracechurch Street，位於倫敦商業區附近，不屬於高級社區，倫敦最古老的利德賀市場（Leadenhall Market）也位於此街區。

26

葛汀納太太在兩人獨處時，馬上把握機會，好心警告伊莉莎白。她坦白說出想法後，繼續說：

「你很懂事，莉西，不會因為長輩反對，就故意去愛一個人，所以我不怕跟你明說。認真說，你一定要小心。不要愛上他，也不要讓他愛上你，因為他沒有錢，所以這段感情非常不明智。其實他，我沒什麼好挑的，他這年輕人非常有趣，如果他獲得他應得的財產，我會說他是你最好的人選。但照現在來看，你別讓愛沖昏頭。你的頭腦很聰明，我們全都希望你好好考慮。我相信你父親對你的行為和決定很有信心。別讓他失望。」

「親愛的舅母，這話題真的很認真吔。」

「對，我希望你也認真一點。」

「好啦，那你不用緊張。我會好好照顧自己和韋翰先生。他應該不會愛上我啦，但我不敢保證。」

「你願意來看我嗎？」

「伊莉莎白，你現在又不認真了。」

「不好意思，我重說一次。我目前沒有愛上韋翰先生。對，真的沒有。不過不得不說，他是我見過最可愛的男生，如果他真愛上我——好吧，我想最好不要，我知道要為未來打算——喔，要不是那可恨的達西先生！我很感謝父親對我的信任，讓他失望的話，我會非常難過。不過我父親也特別喜歡韋翰先生。簡單來說，親愛的舅母，要是我讓你們不開心，我自己也會非常難受。但我們天天都聽說，年輕人一旦有了愛，就算沒錢，也常和彼此私定終生。如果我真動了心，我怎麼能保證自己比其他女生更聰明？我怎麼知道拒絕才是明智之舉？所以我唯一能保證的是，我不會操之過急。我不會自作多情覺得自己是他的首選。和他在一起時，我不會暗自期待。總之，我盡力而為。」

「你也不要讓他那麼常來家裡。至少不要提醒母親邀請他來。」

「就像我前幾天那樣，」伊莉莎白心虛地笑了笑，「確實，我不該提醒。但別以為他平時也那麼常來。他這週來得這麼頻繁，其實是為了你。你懂我母親，她會一直想找人來替你們解悶。但說真的，我發誓我會盡力做出最明智的決定，希望你滿意我的答案。」

她舅母要她放心，她十分滿意。伊莉莎白感謝她好心提醒之後，兩人便道別了。在感情上出意見，卻不讓人厭惡，這堪稱典範。

葛汀納夫婦和珍出發不久，柯林斯先生便回到赫福德郡，但他這次住到了盧卡斯家，沒給班奈特太太添麻煩。他的婚事在即，班奈特太太掙扎許久，終於接受現實，雖然口氣不好，但她甚至重複說著：「祝他們幸福啊。」婚禮訂在週四，盧卡斯小姐週三來向大家告別。伊莉莎白既為母親不情願又失禮的祝福羞愧，又真心為夏洛特感動，夏洛特起身離開時，她陪好友走出來。兩人一起下樓時，夏洛特說：

「你會常寫信給我吧，伊莉莎白。」

「那當然。」

「我還有另一件事想拜託你。你願意來看我嗎？」

「我們一定要常見面啊，但我希望是在赫福德郡。」

「我恐怕要待在肯特郡一陣子。答應我，來漢斯佛公館找我吧。」

伊莉莎白無法拒絕，但她內心對這趟旅程不期不待。

「父親和瑪萊亞三月要來找我，」夏洛特又說，「我希望你也一起來。我說真的，伊莉莎白，你對我來說跟家人一樣。」

婚禮如期舉行，新郎和新娘從教堂門口出發，前往肯特郡，對於這樁婚事，大家當然七嘴八舌聊了好一陣子。沒多久，伊莉莎白收到夏洛特的信，兩人通信規律頻繁，一如過往，但內容要和過去一樣毫無保留，已經不可能了。伊莉莎白每次和她聯絡都覺得兩人有所隔閡，雖然她已下定決心，不要疏於聯絡，但那是看在過去的情誼，而非現在的關係。其實收到夏洛特第一封信，她內心非常期待，因為說穿了，她心裡滿滿都是好奇，她想知道她怎麼形容新家，怎麼看待凱薩琳夫人，並會說自己多幸福。伊莉莎白讀完信，發現一切不出她預料。夏洛特信裡語氣愉快，生活感覺十分舒適，沒有一句不是讚美。房子、家具、鄰居、道路她樣樣滿意，凱薩琳夫人也待她友善親切。在她筆下，柯林斯口中誇張的漢斯佛公館和若馨莊園總算理性正常起來，伊莉莎白心想，剩下的要等她自己去一趟才能知道了。

珍寫了封短信給妹妹，說他們平安到達倫敦。伊莉莎白希望她下封信能說點賓利家的事。她內心焦急，等不及收到第二封信，但心裡愈焦急，通常愈會失望。珍到倫敦一週都沒見到卡洛琳，也沒收到她的來信，但她認為可能是她從朗堡寄給朋友的信寄丟了。

「舅母明天要去那附近，」她信中繼續寫道，「我會順便去格羅夫納街[32]拜訪。」

她去了之後，又寫了封信，這次她見到卡洛琳了。「我覺得卡洛琳心情不好，」她寫道，「但她很高興見到我，並怪我來倫敦沒聯絡她。所以我猜對了，她沒收到我寄給她的信。當然，我問了她哥哥的事。他一切都好，但平常都跟達西先生在一起，所以她們幾乎沒見到他。我發現達西小姐要來晚餐，也很希望能見到她，但我這趟坐一下就走了，卡洛琳和賀世特太太有事要出門。我想她們不久會來舅母家回訪。」

伊莉莎白讀著這封信，不禁搖頭。她覺得除非奇蹟發生，不然賓利先生絕不會知道她姊姊身在倫敦。

四週過去，珍連賓利的影子都沒看到。她努力說服自己一點都不難過。但她不得不接受，卡洛琳確實對她很冷淡。整整兩週，她白天都待在家中等卡洛琳來訪，晚上再替她找新的藉口。最後她終於來了。但她不只待沒多久，態度也不如以往，讓珍無法再自欺欺人。描述這次來訪的信中，她向妹妹傾訴了她的感受。

親愛的莉西，我承認我完全看錯賓利小姐了，我相信你聽了不會幸災樂禍，得意自己判斷正確。妹妹啊，雖然你是對的，但希望你別覺得我固執，因為我還是覺得，端看她當時的行為，我的信任和你的懷疑都很合理。我真心一點都不懂，她當初幹麼要和我親近。要是我再遇到同樣的情況，

32 Grosvenor Street，此地是倫敦較為富裕、頗受上流階級青睞的街區。

我相信我還是會被騙。卡洛琳一直到昨天才回訪，這段時間我連封信、連句話都沒收到。她來之後都板著一張臉。她先敷衍道個歉，說自己該早點來，卻都沒說想再見到我。她在各方面都和從前判若兩人，她離開時我已下定決心和她斷絕往來。我很可憐她，但也不由自主怪罪她。她根本不該和我交朋友，憑良心說，我和她交情會變深，每一步都是她主動的。但我真的可憐她，因為她交錯朋友，想必也在為哥哥的未來擔憂。這我想不須多說，但**我們**都知道她白擔心了，也難怪她對我是這態度。妹妹為好哥哥擔憂是人之常情。但我納悶她為何害怕，如果賓利真心在乎我，他老早就來找我了。從她話中聽來，我很確定他知道我在倫敦。但她說話的樣子好像在說服自己，賓利是真心喜歡達西小姐。這下我真的不懂了。要不是我怕說重話，我真想說，她感覺滿口謊言。但我要努力拋開痛苦的念頭，專注在快樂的事上，想想我們的感情，想想親愛的舅父母對我不變的關愛。我希望能早日收到你的回信。卡洛琳提到賓利再也不會回到尼德斐莊園，並打算把那裡退了，但事情還沒確定。我們最好先別跟人提起。聽你說夏洛特和堂兄在漢斯佛公館過得很好，我真的非常高興。你快和盧卡斯爵士和瑪莉亞一起去看他們。我相信你會玩得愉快。

姊

伊莉莎白讀這封信時，心裡有些難過，但一轉念又高興起來，因為這代表珍不會再被騙了，至少不會被賓利小姐騙。對於賓利先生，她已不抱一絲期待，甚至不希望他回心轉意。她愈想愈覺得這人真爛。為了懲罰他，也為了珍好，她真心希望他快點娶達西先生的妹妹為妻，因為照韋翰所說，婚後他一定會天天後悔自己放棄珍。

就在這時候，葛汀納太太正巧來了封信，提起她之前的提醒，並問伊莉莎白現在事情如何。伊莉莎白回了信，內容舅母讀了一定滿意，自己則有點失落。韋翰之前的熱情已消逝，往日照顧不再，看來移情別戀了。伊莉莎白心思細膩，將一點一滴全看進眼裡。雖說她親眼看明白了，也提筆寫清楚了，內心其實沒多難過。她的心只微微受他觸動，虛榮心仍得到滿足，她相信自己財產夠多的話，他的選擇一定是她。那新歡迷人之處是她忽然繼承了一萬英鎊，也難怪韋翰想去追求人家。但伊莉莎白這次看得恐怕不如夏洛特那次明白。她看到韋翰追求經濟穩定，非但一點都不怪他，反而覺得理所當然。她認為他放棄自己，一定歷經一番天人交戰，因此她早早接受了這結果對兩人來說合理明智，並由衷祝他幸福。

她將一切向葛汀納太太交代清楚，接著又寫道：「親愛的舅母，回頭來看，我相信自己不曾心動。因為如果真的經歷了純潔崇高的愛，我現在應該會恨死他的名字，並用各種方式詛咒他。但我不只對他沒反感，連對金恩小姐也沒一絲偏見。我完全不討厭她，也真心認為她是非常好的女生。這樣不可能有愛吧。不枉費我提防，若我愛他愛到暈頭轉向，肯定會成為大家的話題人物，但沒引起注意也好。受人注目總要付出代價。韋翰不見蹤影，凱蒂和麗迪亞比我更難過。她們涉世未深，還沒領悟到這令人難堪的道理。男生無論帥或醜，都需要錢過日子。」

27

朗堡一家接下來沒發生其他大事。天時而寒冷，地時而泥濘，大家除了偶爾去梅里墩走一走，一、二月便這麼過去了。三月，伊莉莎白去了漢斯佛公館。她起初並非認真要去，但她發現夏洛特非常期待後，心情漸漸受她感染，最終確定成行。兩人分別多時，伊莉莎白好想再見到夏洛特，也不再對柯林斯先生那麼厭惡。旅行總是新鮮，看看母親，再看看跟自己聊不來的妹妹，家怎麼待得住，還不如換個地方住住。而且她這趟還能順便去看一下珍。總之隨著出發日一天天靠近，她的心情更是一刻都不想耽擱。幸好一切順利，最後便照夏洛特一開始的想法，她與盧卡斯爵士和他二女兒一起出發，並在最後一刻安排了在倫敦住一晚，讓這次行程再完美不過了。

她唯一難過的是和父親分開，父親想當然一定

樓梯上頭有一群男孩和女孩。

會想念她。離別時，他好捨不得她，不只要她寫信給他，還差點答應會回信。

她和韋翰先生道別時，兩人皆友善有禮，尤其是韋翰。雖然他移情別戀，但他沒忘記伊莉莎白是第一個讓他動心和在意的女生，也是第一個傾聽他、同情他的人，更是他第一個欣賞的對象。他祝她旅途愉快，並再次和她提起凱薩琳·狄堡夫人，說兩人對夫人（和對所有人）的看法肯定會一模一樣。他的道別有一份掛念和真情，讓她感覺自己永遠會對他有好感。兩人告別後，她相信無論自己結婚或單身，他都會是她心目中最討人喜歡的那一個。

隔天她的旅伴只讓韋翰顯得更討喜。威廉·盧卡斯爵士的女兒瑪莱亞個性和善，但和父親一樣腦袋空空，父女兩人說話都毫無內涵，像咔啦咔啦的車輪聲一樣無趣。伊莉莎白喜歡看荒唐事，但她認識盧卡斯爵士太久了。他說來說去都是覲見國王和受勛的事，行儀舉止也都大同小異，了無新意。

這趟路不過約四十公里，他們一早出發，中午便到了慈恩教堂街。馬車駛向葛納汀先生家門口時，珍已站在客廳窗前張望，等他們走進走廊，她已站在那兒迎接他們，伊莉莎白熱切地望向她，很高興看到姊姊氣色紅潤，如常漂亮。樓梯上頭有一群男孩和女孩，他們聽說表姊要來，在客廳坐不住，全跑出來，但又因為一年未見，害羞得不敢下樓。大家熱熱鬧鬧，十分歡喜。這一天快快樂樂過去，下午忙進忙出，四處採買，晚上則出門看了齣戲。

在戲院時，伊莉莎白故意坐到舅母身旁。她們首先聊起她姊姊。細問之下，她心裡與其說是驚訝，不如說是難過，因為雖說珍總是努力打起精神，但不時會陷入憂鬱之中。大家都期待她早日走出來。葛汀納太太也仔細描述賓利小姐來訪慈恩教堂街的事，又說自己和珍已重複聊這事好幾次，由此看來，珍已打從心底和她絕交了。

接下來，葛汀納太太先稍稍揶揄伊莉莎白被韋翰甩了，再稱讚她心情不受影響。

「但我親愛的伊莉莎白，」她又說，「金恩小姐是什麼樣的女孩？我真不想罵韋翰見錢眼開。」

「親愛的舅母，說到結婚的動機，什麼時候叫見錢眼開？什麼時候叫為未來打算？現實考量和貪圖對方財產的界線在哪？耶誕節時你怕他娶我，還覺得我們沒為未來著想。現在他去追求一個擁有不過一萬英鎊的女生，你就想罵他見錢眼開。」

「你只要告訴我金恩小姐是什麼樣的女孩，我就懂了嘛。」

「我覺得她是非常非常好的女生。我說不出她任何缺點。」

「但在她祖父過世，她繼承這筆錢之前，他連正眼都沒看過她？」

「廢話——他沒事看她幹麼？如果他放棄我是因為我沒錢，那他幹麼去追一個他不愛，又同樣沒錢的女生？」

「但人家祖父才剛過世，他馬上去追她，這感覺不大像話。」

「窮到活不下去了，哪有空管有的沒的禮節。反正她不反對就好，我們憑什麼反對？」

「她不反對不代表他是對的。這只代表這女生有問題——要不沒腦，要不無情。」

「好啦，」伊莉莎白大喊，「隨便你說好了。他就是見錢眼開，她就是白痴。」

「不對，莉西，我可沒那麼說。你知道的，韋翰從小是在德貝郡長大，罵他我也很難過。」

「喔，如果是這樣，反正我本來就覺得德貝郡的年輕男生都很爛。他們住在赫福德郡的好朋友也都差不多。我真受夠他們了。感謝老天！我明天就去找個一無是處的男人，要多粗魯有多粗魯，要多笨有多笨。反正只有笨男人才值得認識。」

「小心點，莉西，你這樣聽起來根本大失戀了喔。」

令人驚喜的是，表演結束，她們要分開之前，舅父母邀請她夏天一起出遊。

「我們還沒確定要去哪，」葛汀納太太說，「但可能會去湖區[33]吧。」

對伊莉莎白來說，這絕對是史上最棒的計畫，她馬上一口答應，滿心感激。「親愛的舅母，」她歡天喜地大喊，「太開心了！好幸福！你給了我全新的生命和活力。失戀再見，哀怨也再見。跟岩石和高山一比，男生算什麼？喔，我們這趟會玩得多開心啊！等我們回到家中，絕不會像其他人，什麼都說不清楚。我們一定會清楚自己去了哪裡——一定會記得所見所聞。湖是湖，山是山，河是河，絕不會在腦中混成一團，我們描述某片景色時，也不會連相對位置都吵個沒完。希望我們第一次開口聊起旅程，不會像大多數人一樣令人難以忍受。」

33 Lake District，位於英國西北部，在德貝郡北方，目前是湖區國家公園，至今仍是英國最美麗的地區之一。

28

隔天的旅程，伊莉莎白心情好，看什麼都新奇，看什麼都有趣。她已看到姊姊氣色好，不須為她擔心，再想到北方湖區之旅，心情便充滿喜悅。

馬車從大路彎進通往漢斯佛的小巷時，他們每一雙眼都在尋找牧師公館，每次馬車一轉彎，大家都引頸期盼。道路一側是若馨莊園的柵欄，伊莉莎白回想起所有關於這家人的傳聞，不禁面露微笑。

牧師公館終於出現在眼前。屋子坐落在花園裡，花園從山坡延伸到道路旁，道路旁圍著綠木柵欄和月桂樹籬，一切的一切都在述說：他們到了。馬車停在一道小柵門前，門後有一條短短的碎石道通向屋子，站在屋子門口的不是別人，正是柯林斯先生和夏洛特。大家看到彼此，紛紛點頭微笑。不久一行人下了馬車，開心和彼此相見。柯林斯太太興高采烈地迎接伊莉莎白，伊莉莎白感受到她的熱

"At the door"

站在屋子門口的不是別人，正是柯林斯先生和夏洛特。

情，愈來愈覺得自己能來真好。她馬上發現，堂哥的言行舉止沒有因為結婚改變，舉止依舊莊重正式，他攔著他們在柵門口多待好幾分鐘，非得把她全家上下全問候一遍才滿意。到了屋子門口，他只強調一下多乾淨後，馬上帶大家進門。等他們踏入客廳，他一瞬間又浮誇起來，一臉莊嚴，二度歡迎諸位光臨寒舍，妻子請客人用點心時，他也在旁一一複誦著妻子的話。

伊莉莎白早有準備會見到堂兄得意洋洋的樣子。柯林斯先生介紹屋子格局、裝潢和家具時，她都不禁覺得是故意說給她聽的，彷彿要她知道，當初拒絕他失去了什麼。可惜的是，雖然一切乾淨舒適，她卻感覺不到一絲後悔，她反而訝異地望向好友，不懂和他相伴，她怎麼還能這麼開心。柯林斯說話免不了經常讓妻子感到丟臉，每次一發生，伊莉莎白都會情不自禁望向夏洛特。有一、兩次，夏洛特臉上微微發紅，但她大多時候都很聰明，假裝沒聽見。大家坐了一段時間，從餐具櫃到壁爐圍欄，裝潢和家具都已讚賞一輪，也說完旅程和倫敦發生的事，柯林斯先生便邀請大家去花園散步。花園不小，整齊美觀，花草全由他親手種下，而他平時最高雅的消遣便是打理這座花園。夏洛特還跟著說，因為園藝有益健康，所以她常鼓勵丈夫，花園能來就來，伊莉莎白好佩服她沒偷笑出來。柯林斯先生渴望讚美，卻不容人打岔，只一股勁兒帶大家走過每一條路和岔道，繁瑣細碎一一介紹，讓景物的美感頓失。他講得出四方有多少田野，也算得出遠方的樹林有多少棵樹。但無論是他的花園、鄉野或全國，沒一處能媲美遠眺若馨莊園的景色——莊園差不多正對牧師公館，從外圍樹林的開口望去，只見一棟雄偉時髦的建築踞立在一片高地上。

看完花園，柯林斯先生原本要帶客人去他的兩塊草地晃一晃，但草地仍結有白霜，女士的鞋子不適合走，只能回頭。於是盧卡斯爵士陪柯林斯先生去了，夏洛特則帶妹妹和朋友回家。有機會獨自帶她們參觀屋內，她看來開心極了。屋子不大，但蓋得實在又方便，所有東西都一塵不染，整齊劃一，伊莉莎白將一切歸功於夏洛特。只要能把柯林斯先生忘了，屋子確實舒適溫暖，見夏洛特一臉開心，伊莉莎白覺得她一定常把他忘了。

她已聽說凱薩琳夫人仍在莊園。他們吃晚餐時再次提到此事，柯林斯先生馬上接口：

「對，伊莉莎白小姐，這禮拜日上教堂時，你將有幸見到凱薩琳．狄堡夫人，想當然，你一定會喜歡她。她為人親切，毫無架子，我相信禮拜結束後，她一定會向你打招呼。你們在此這段時間，夫人只要有幸邀我們作客，我敢說絕不會忘了你和瑪莉亞。她對我親愛的夏洛特無微不至。我們每週去若馨莊園吃兩次飯，沒有一次走路回家。夫人總會替我們備好她的馬車。但我應該說，備好她的其中一輛馬車，畢竟她馬車很多。」

「凱薩琳夫人確實值得尊敬，通情達理，」夏洛特補充，「而且是最為人著想的鄰居。」

「說得沒錯，親愛的，我正是這意思。像這樣的夫人，對她的尊敬再多都不夠。」

晚上大家大多在聊赫福德郡的消息，也把信上說過的事再聊一次。結束之後，伊莉莎白一人回到房中，不禁思考起夏洛特和丈夫的生活是否美滿，想想她如何面對丈夫，如何暗示引導、包容應對，最後她必須承認，夏洛特生活中的一切都非常完美。她也不禁期待接下來的日子會怎麼度過，多半是過過他們平靜的生活，受柯林斯先生打擾打擾，以及和若馨莊園的人開心交流吧。頭腦機靈的她，馬上想像了一圈。

隔天約莫中午時分，她在房間正準備去散個步，樓下突然傳來一陣聲音，整棟屋子都慌張起來。她聽了一會兒，聽到有人快步跑上樓，大喊她的名字。她打開門，看到瑪莉亞站在樓梯口，上氣不接下氣大喊：

「喔，親愛的伊莉莎白！你快來餐廳，你一定要來看！我不會說是什麼。快點，現在下來。」

伊莉莎白還是忍不住問了，但瑪萊亞一個字都不透露，於是她們跑下樓，進到餐廳，來看外頭巷子究竟發生什麼奇事。原來是兩位女士乘著敞篷小馬車，停在花園柵門口。

「就這樣？」伊莉莎白大喊。「我以為至少是豬衝進花園，結果只是凱薩琳夫人和她女兒！」

「不是啦！天啊，」瑪萊亞聽見她搞錯，大吃一驚，「那才不是凱薩琳夫人。那婦人是和她們住一起的詹金森太太。另一個是狄堡小姐。你看看她，真是個小不點。誰想得到她這麼瘦小！」

「她太沒禮貌了吧，讓夏洛特站在那兒吹風。她幹麼不進屋裡？」

「喔，夏洛特說她很少進來。狄堡小姐不會隨便進人家門。」

「我喜歡她的樣子，」伊莉莎白想起另一件事，「她看起來病懨懨的，脾氣不小。沒錯，她配他剛好。他們真是天生一對。」

柯林斯先生和夏洛特兩人站在柵門口和客人說話，教伊莉莎白好笑的是，盧卡斯爵士居然自己站到屋子門口，畢恭畢敬望著兩位貴客，只要狄堡小姐朝他看一眼，便急忙鞠躬行禮。

話終於說完，兩位女士駕車走了，其他人回到屋內。柯林斯先生一見到瑪萊亞和伊莉莎白，劈頭便恭喜她們，說她們好幸運，夏洛特連忙在一旁解釋，原來狄堡小姐剛才邀請大家明天去若馨莊園吃晚餐。

"In conversation with the ladies"

柯林斯先生和夏洛特兩人站在柵門口和客人說話。

29

受到邀請之後，柯林斯先生可說是志得意滿。他見大家好奇，本就希望帶他們去見識贊助人有多尊貴氣派，看夫人多禮遇他們夫妻倆，沒想到這機會來得這麼快，這又是凱薩琳夫人沒架子的鐵證，他對她真是五體投地。

「說實話，」他說，「我本來是想沒意外的話，夫人會在禮拜日邀請我們喝茶，接著我們會在若馨莊園待到晚上。夫人為人向來親切，以我對她的了解，她一定會這麼安排。但誰想得到她對我們如此照顧？你們不過才剛到，誰想得到她會邀請我們去吃晚餐——尤其還邀請所有人？」

「這點我倒不驚訝，」盧卡斯爵士回答，「這其實就是大家風範，以我的身分，我過去見識了不少。宮廷出身上流的人中，好客的不在少數。」

接下來一整天到隔天，大家聊的幾乎都是去

'Lady Catherine, said she, you have given me a treasure.'

「凱薩琳夫人，你真是給了我一塊寶。」

若馨莊園的事。柯林斯先生鉅細靡遺介紹起他們將見到的一切，像廳室多華麗、僕人有多少、晚餐多豐盛，就怕他們到時不知所措。

女士們離席打扮時，他對伊莉莎白說：

「親愛的堂妹，別擔心穿著。凱薩琳夫人絕不會要求我們穿得像她自己和女兒一樣華麗。我會建議，只要挑最好的衣服穿上就好，不用再多做打扮。你穿得樸素簡單，凱薩琳夫人絕不會介意。她喜歡大家依出身地位打扮。」

她們回房梳妝時，他又一一來到房門口，三番兩次催促說，凱薩琳夫人用晚餐非常不喜歡等待。夫人和她的生活讓人聽了膽顫心驚，瑪莉亞・盧卡斯本來就不常出門，現在嚇都嚇死了。她這趟去若馨莊園，怕得像她父親當年進宮一樣。

天氣晴朗，他們愉快地散步近一公里越過莊園。莊園中景色處處優美，伊莉莎白看得心曠神怡，但不如柯林斯先生所想的著迷。柯林斯先生細數建築前有幾面窗戶[34]，並解說最初打造時花了路易・狄堡爵士多少錢，她都不為所動。

他們走上通往大廳的樓梯，瑪莉亞每走一步心裡都更緊張，就連盧卡斯爵士也無法完全鎮定。伊莉莎白倒是毫不膽怯。她沒聽說凱薩琳夫人有多了不起，既沒有過人的才能，也沒有出眾的人品，光是家財萬貫、地位崇高，不至於讓伊莉莎白驚慌。

一進門，柯林斯先生便開始指指點點，說這比例多均勻，那裝飾多精緻，一行人跟著僕人從門廳穿過前廳，來到客廳，凱薩琳夫人、她女兒和詹金森太太已坐在裡頭。夫人放下高貴的身分，起身迎接了他們。柯林斯太太已和丈夫說好，她會負責介紹大家，因此過程順利得體，省下丈夫原本覺得必要的道歉和感謝。

盧卡斯爵士雖說去過王宮，仍被這裡的富麗堂皇嚇傻了，他只低身行個禮，不發一語坐到位子上。他女兒早嚇破了膽，椅子都不敢坐滿，也不知目光要放哪。面對這場面，伊莉莎白倒是應付得來，她冷靜地觀察了面前三位女士。凱薩琳夫人身材高大，五官深邃，年輕時可能是個美人。她給人一種咄咄逼人的感覺，迎接他們時也一樣，彷彿在提醒客人別忘記自己的身分。她確實令人害怕，但不是沉默的時候，反而是她開口的時候，因為她無論說什麼，語氣都彷彿高高在上，充滿威嚴。伊莉莎白馬上想起韋翰先生說的話，從那天的觀察，她覺得凱薩琳夫人果真和他形容得一模一樣。

她仔細端詳夫人一會兒，從她的容貌和儀態，她很快便找到和達西先生相似之處。望向女兒時，她差點像瑪萊亞一樣嚇一跳，她的身子竟如此單薄瘦小。夫人和小姐無論身形或容貌都沒有一絲相似之處。狄堡小姐臉色蒼白，滿面病容。她五官不難看，但並不起眼。除了向詹金森太太低語，她幾乎沒說話。詹金森太太長得普普通通，只一面專注聽她說話，一面為她調整好面前屏風的方向[35]。

大家坐了幾分鐘後，便移步窗前欣賞園景，柯林斯先生站在一旁指出美麗之處，而凱薩琳夫人則好心表示，夏天才值得一看。

晚餐極為盛大，僕人一字排開，桌上餐具琳瑯滿目，一切皆如柯林斯先生之前所說。一切也如他所料，他照夫人吩咐，坐到桌尾，與她相對[36]，只見他一臉神氣，感覺人生莫過於此。他興高采烈切著食物，大快朵頤，讚不絕口。每一道菜都先由他讚美一番，再換盧卡斯爵士。盧卡斯爵士總算回過

34 英國在當時會徵收窗稅，房屋開愈多窗，要繳的稅愈多，因此窗戶數量能展現出財富。
35 屏風可用來遮擋壁爐的熱氣，通常可移動且設計精美。
36 一般是男女主人會對坐在桌首和桌尾。

神來，開始不斷附和女婿，看他那模樣，伊莉莎白不知道凱薩琳夫人受不受得了。但凱薩琳夫人聽他們連聲讚美，感覺十分滿意，尤其上桌的菜他們沒吃過時，她笑得最開心。這頓飯大家沒聊什麼天。其實只要有人起頭，伊莉莎白是能聊的，但她坐在夏洛特和狄堡小姐之間，夏洛特只專注聽凱薩琳夫人說話，而狄堡小姐整頓晚餐都沒對她說半個字。詹金森太太一直認真盯著狄堡小姐吃飯，逼她試試其他菜色，只擔心她生病。瑪萊亞不敢講話，男士則忙著邊吃邊誇獎。

女士們回到客廳，除了聽凱薩琳夫人說話，什麼都不能做，她一路滔滔不絕說到咖啡送上來。她事事都發表高見，句句說得斬釘截鐵，可見平常沒人會違逆她。她問起夏洛特的家務事，問得深入又仔細，並給出一大堆持家的建議。她說像她一樣的小家庭，處處都必須有條理，並教她如何養牛餵雞。伊莉莎白發現只要能使喚別人，這位高貴的夫人再小的事都管得著。她和柯林斯太太聊到一半，不忘向瑪萊亞和伊莉莎白問各式各樣的問題，尤其是伊莉莎白，夫人不知道她的背景，只向柯林斯太太說，覺得她教養不錯，長相漂亮。夫人三番兩次問她，她有多少姊妹？姊姊幾個？妹妹幾個？有幾個要結婚了？她們漂亮嗎？她們在哪受教育？她父親有哪種馬車？她母親娘家姓什麼？伊莉莎白覺得她問得十分無禮，但都一一平心靜氣回答。凱薩琳夫人接著說：

「我記得你父親的財產會由柯林斯先生繼承，對吧？說到這點，」她轉向夏洛特，「我為你高興。但除此之外，我不懂為何要把財產給男性繼承。路易．狄堡爵士家族中，我們不認為有此必要。你會彈琴唱歌嗎，班奈特小姐？」

「會一點。」

「喔，那麼，找個時間，我們來聽你表演。我們的鋼琴很棒，可能比你……總之你有空彈彈看。你家姊妹會彈琴唱歌嗎？」

「有一個會。」

「你們姊妹怎麼不全學一學？你們應該都要學。韋伯家的小姐全都會彈琴，她們父親的收入還比你們家少。你們家學畫畫嗎？」

「不會，完全不會。」

「什麼？沒一個女兒會？」

「全都不會。」

「真是非常奇怪。但我想你們沒機會學。你母親應該每年春天帶你們進城找老師上課。」

「我母親不會反對，但我父親討厭倫敦。」

「你們家的女家教還在嗎？」

「我們不曾請過女家教。」

「沒請過女家教！怎麼可能？家裡有五個女兒，卻沒有女家教！我從沒聽過這種事。你母親光是教你們，一定忙得像奴隸一樣。」

伊莉莎白不禁微微一笑，並向她保證，絕對不是如此。

「那誰教你們？誰照顧你們？沒有女家教，不就疏於管教了。」

「和其他家庭相比，我相信我們的家教是鬆了點，但只要有人想學習，家裡都會提供資源。家裡一直鼓勵我們多讀書，該請的老師沒少請過。不想學習的人，的確可能怠惰。」

「對，確實如此，但請個女家教就能解決。要是我認識你母親，我一定會力勸她請女家教。說到教育，最重要的是指導必須穩定和規律，這只有女家教才辦得到。說來有趣，許多家庭的女家教都是我介紹的。我總是很樂意為年輕人找到適合的位置。詹金森太太的四個姪女多虧我幫忙，都順利成為了女家教。我前幾天才介紹另一名年輕人，雖然別人只是意外向我提起她，但那家人對她非常滿意。柯林斯太太，我不是跟你說，麥菲夫人昨天上門來感謝我？她覺得波普小姐是塊寶。『凱薩琳夫人，』她這麼說，『你真是給了我一塊寶。』班奈特小姐，你妹妹開始社交了嗎？」

「有，夫人，全都開始了。」

「全都開始！什麼？五個同時嗎？好奇怪！你是二姊，年輕的妹妹在姊姊結婚前就開始社交！你妹妹年紀一定非常小吧？」

「對，最小的還沒十六歲。她的話可能還太小，不適合社交。但說真的，夫人，我覺得因為姊姊沒嫁人，或不想太早嫁人，妹妹就不能出門社交娛樂很不公平。老么跟老大一樣，都有權享受青春。總不能光因為這樣就不能出去玩吧！我想這樣姊妹感情恐怕會不大好，也無法學著將心比心。」

「哇，」夫人說，「年紀輕輕就這麼有主見。你幾歲了？」

「我三個妹妹都成年了，」伊莉莎白笑吟吟回答，「夫人該不會要逼我說出年紀吧？」

凱薩琳夫人發現她沒直接回答，似乎有點驚訝。伊莉莎白猜想，面對她高高在上的無禮舉止，她應該是第一個敢開玩笑的。

「我相信你一定不到二十歲——所以不用隱瞞年齡。」

「我還沒二十一。」

男士加入了她們，茶喝完之後，牌桌便擺了出來。凱薩琳夫人、盧卡斯爵士、柯林斯夫妻坐下打四方牌。狄堡小姐想玩卡西諾[37]，兩個女生萬分榮幸，陪著詹金森太太湊出了一桌。她們這一桌沉悶無趣，打牌之外，都沒人開口說話。只有詹金森太太偶爾開口，問狄堡小姐會不會太冷或太熱，爐火會不會太亮或太暗。另一桌聊得可就多了，主要是凱薩琳夫人在說話，她不斷指出另外三人的錯誤，或述說自己的經歷。夫人說每一句話，柯林斯先生都會附和，每贏一個籌碼，他都感謝一聲，他覺得自己贏太多時還會道歉。盧卡斯爵士沒說幾句話，只忙著把趣聞和貴族的名字裝進腦袋裡。

凱薩琳夫人和女兒玩夠之後，便把牌桌散了，並問了柯林斯太太要不要坐馬車，她感激領情，夫人立即安排。接著大家聚在爐火前，聽凱薩琳夫人宣告明日的天氣，聽著聽著，僕人告知馬車來了，於是柯林斯先生連聲道謝，盧卡斯爵士連連鞠躬，眾人終於告辭。馬車一駛離門口，堂兄便問起伊莉莎白對於若馨莊園所見所聞的感想，看在夏洛特的面子上，她將想法稍加美化。雖然她已勉力稱讚，柯林斯先生卻毫不滿足，聽沒多久，他馬上又擔起歌頌夫人的重責大任。

37 Casino，一種紙牌遊戲，玩家二至四人，可以配對或相加組合的方式，以手牌換取桌牌，積分十一分者獲勝。

30

盧卡斯爵士在漢斯佛公館只待了一週，但他這趟下來十分放心，女兒生活十分舒適，有這樣的丈夫，又有這樣的鄰居，實在難能可貴。盧卡斯爵士作客期間，柯林斯先生白天會駕輕便的雙輪馬車[38]，載他出去鄉下晃晃。而盧卡斯爵士離開後，一家人回到正常作息。伊莉莎白暗自慶幸，雖然少了個人，至少她不會常見到堂兄。早餐到晚餐之間，他大多都在花園工作，或在書房讀書寫作，並從窗戶觀察馬路上的動靜。她們兩個女生相處時，都待在一間朝向屋後的客廳。伊莉莎白起初心裡納悶，明明餐廳比較寬敞，窗外景色也比較優美，夏洛特平時為何不待在餐廳。但她不久明白了好友的心思，如果她們平時都熱熱鬧鬧待在餐廳，柯林斯先生絕不會乖乖待在自己房間，這點就不得不佩服夏洛特了。

從客廳，她們看不到馬路，所以全靠柯林斯先生通知，才知道有什麼馬車經過。狄堡小姐的敞篷小馬車尤其經常出現，即使天天經過，柯林斯先生依然每見一次就通知一次。她偶爾

會停駐牧師公館，和夏洛特聊幾分鐘天，但她不曾下過車。

這幾天，柯林斯先生沒有一天不去若馨莊園，夏洛特也很少不跟去。伊莉莎白原本不懂為何要浪費時間，後來才想到，凱薩琳夫人手上可能有另一個教區職位。有時夫人會大駕光臨，來了之後，她會將屋裡的一切都看進眼裡。她會探問生活細節，檢查家務，一一給他們建議。她還會吹毛求疵，說家具擺放不對，女僕哪裡偷懶。就算她答應吃些小點心，似乎也只想檢查肉塊有沒有切太大塊，畢竟家裡人少就該省一點。

伊莉莎白不久發現，雖然夫人不是郡上的法官，但她在自己領地上處事非常積極，再小的事件她都要柯林斯先生向她稟報。無論佃農起爭執、心生不滿或家境太貧窮，她都會親自

38 gig，這種馬車的車廂無篷頂，由一匹馬拉，相當經濟實用。

"he never failed to inform them

柯林斯先生每見一次就通知一次。

出馬，來到村莊，調節紛爭，平息抱怨，罵到他們和睦相處，生活不虞匱乏。

他們一週會去若馨莊園用兩次晚餐。少了盧卡斯爵士，晚上只能擺開一張牌桌，除此之外，一切都和第一次一模一樣。他們沒有和其他人社交，因為這一帶人的生活，柯林斯家高攀不起。但這對伊莉莎白來說是好事，整體來說，她過得十分愉快。她常和夏洛特愉快地聊上半小時，而這季節天氣風和日麗，她也常開開心心出門散步。其他人去拜訪凱薩琳夫人時，她常會循著她最喜歡的路線走一走，那是一條宜人的林蔭小徑，路旁便是圍繞莊園的開闊樹林，好像只有她一人懂得這裡的好。到了這裡，她感覺很安心，因為不會再受到凱薩琳夫人打探。

她就這樣平平靜靜度過了兩週，轉眼間，復活節即將到來。節日前一週，若馨莊園多了一個客人，這在小圈子裡自然是件大事。其實伊莉莎白一到這裡，就聽說達西先生幾週內會來。她這輩子感冒的人不多，好巧不巧來的就是他，但來了也好，若馨莊園聚會至少能多個新面孔，她也能從達西先生對表妹的態度，看看賓利小姐有多白費心機，畢竟凱薩琳夫人已斷言達西先生一定會娶狄堡小姐。凱薩琳夫人提到他要來，簡直心花怒放。她對他滿口稱讚，聽到盧卡斯小姐和伊莉莎白之前常見到他，還差點生氣。

他一抵達，消息馬上傳回牧師公館，柯林斯先生為了第一時間確定，早早便在漢斯佛巷附近徘徊，目光不離農舍之間的巷口。他鞠躬目送馬車駛進莊園之後，馬上趕回家稟報這天大的消息。隔天一早，他便趕去若馨莊園致意。凱薩琳夫人接待了她兩個外甥，達西先生帶了費茲威廉上校一同前來，他是他舅父（某某伯爵）的么子。柯林斯先生回來時，大家大吃一驚，因為兩位男士隨他回來了。夏洛特從丈夫房間遠遠看到他們越過道路，馬上飛奔到另一間房中，通知大家貴客上門，又補一句說：

「我要謝謝你，伊莉莎白，這是天大的面子。若只有我，達西先生哪會這麼早來拜訪。」

伊莉莎白還來不及反駁，門鈴便已響起，宣告他們抵達，不久三個男士便進來了。最前面的是費茲威廉上校，他年約三十，雖然長得不帥，但談吐舉止優雅，是位貨真價實的紳士。達西先生和在赫福德郡時一樣，拘謹地向柯林斯太太問候了一聲。無論他對伊莉莎白抱有什麼感情，表面上都鎮定自若，不動聲色。伊莉莎白只朝他行個禮，不發一語。

費茲威廉上校教養很好，談笑風生，有說有笑，徑直和大家聊了起來。但他表弟只向柯林斯太太簡單稱讚了房子和花園後，便坐在座位上，沒和任何人說過一句話。沒過多久，他總算想起禮貌，問候了伊莉莎白的家人是否安好。她如常回答他後，停頓一會兒，又說：

「我姊姊這三個月都在倫敦。你都沒有見到她嗎？」

她很清楚他不曾見到珍。但她想看他神色間會不會透露一些訊息，讓她知道賓利一家和珍究竟發生了什麼事。達西回答可惜他沒這榮幸見到班家大小姐，不過她覺得他的表情有點疑惑。這話題就此擱著，不久，兩位男士便告辭了。

"The gentlemen accompanied him."

兩位男士隨他回來了。

31

費茲威廉上校的言行舉止，牧師公館裡所有人都讚不絕口，女生一致認為有了他，若馨莊園聚會肯定更開心。但幾天過去，他們都沒受到邀請，畢竟莊園有了客人，不再需要他們。一直到復活節，兩個男士已來了快一週，等大家要離開教堂時，他們才總算受邀晚上去作客。這一週，他們幾乎都沒見到凱薩琳夫人和她女兒。而這段時間，費茲威廉上校來過牧師公館幾次，但達西先生只出現在教堂。

當然，他們接受了邀請，並準時走進凱薩琳夫人的客廳。夫人迎接他們，態度依舊有禮，卻絕不像找不到別人作陪時熱情。她其實不大理會在場其他人，幾乎只和外甥說話，尤其是達西。

費茲威廉上校看來十分高興見到大家。在若馨莊園，任何事對他來說都是調劑。他尤其對柯林斯太太漂亮的朋友有極大的興趣。他坐到伊莉莎白身旁，輕

鬆聊起肯特郡和赫福德郡的事，聊聊旅行，說說家裡，又談到新書和音樂，伊莉莎白在這裡不曾聊得如此愉快。他們聊得熱烈又投入，不只凱薩琳夫人注意到了，達西先生也是。他的雙眼不久反覆瞄向兩人，眼中充滿好奇。過一會兒，夫人也好奇起來，她毫不遮掩，朗聲問道：

「你剛才說什麼，費茲威廉？你們在聊什麼？你跟班奈特小姐說什麼？說給我聽。」

「我們在聊音樂，姑姑。」他躲不開了，只好回答。

「音樂！那就聊大聲點。我最愛聊音樂了。你們要聊音樂，我一定要加入。我想全英國沒幾個人像我一樣真心熱愛音樂，也沒幾個人像我天生品味好。如果我去學，一定會成為厲害的演奏家。如果安妮身體健康，一定也是。我相信她的琴藝一定很出色。喬治安娜學得怎麼樣，達西？」

達西先生真心讚美妹妹彈得一手好琴。

「聽到她學得這麼好，我非常高興，」凱薩琳夫人說，「請代我跟她說，她想彈好，一定要不斷練習。」

「我向你保證，阿姨，」他回答，「她不需要你操心。她練得非常勤。」

「那就好。琴彈愈多愈好，我下次寫信給她，會囑咐她絕不要疏於練琴。我常告訴年輕女生，音樂要學好，一定要勤練。我對班奈特小姐說過好幾次，除非她多練一點，不然她永遠彈不好。雖然柯林斯太太沒有鋼琴，但我常告訴班奈特小姐，我很歡迎她每天來若馨莊園，到詹金森太太房中練琴。你知道，在房子那一側，她不會妨礙到任何人。」

達西先生看來為阿姨的冒失感到丟臉，於是並未答腔。

喝完咖啡，費茲威廉上校提醒伊莉莎白，她答應要彈琴給他聽。她立刻坐到鋼琴前。他拉張椅子，坐在她旁邊。凱薩琳夫人聽到一半，便跟剛才一樣，和達西說話去了。但後來達西先生起身，如常沉穩地走向鋼琴，站到鋼琴前方，完整欣賞著演奏者美麗的面龐。伊莉莎白看出他的舉動，便順勢收手轉向他，調皮一笑說：

「你想嚇我啊，達西先生，這樣走來聽我彈琴。雖然你妹妹彈得那麼好，但我才不怕。我這人脾氣很硬，你想嚇我，我就絕不會被你嚇到。每次有人想嚇我，我心裡便更有勇氣。」

「我不會反駁，」他回答，「因為你根本不覺得我想嚇你。我有幸認識你一段時間了，我知道你有時會因為好玩而亂說話。」

聽到他這樣說自己，伊莉莎白開懷大笑，對費茲威廉上校說：「你表弟一定會向你好好描述我這人，並要你別相信我說的任何一句話。我真倒楣，我都跑到這裡了，原本還想假裝說話有點信用，結果卻碰到有人揭穿我真面目。說真的，達西先生，你這人真差勁，居然把我在赫福德郡的本性講出來——但我不得不說，你這麼做非常不明智。因為你會逼得我不得不反擊，而我說出來的話，你的親朋好友聽了可能會嚇死。」

「我才不怕你。」他笑著說。

「拜託說出來，讓我聽聽看，」費茲威廉上校大喊，「我想知道他在陌生人面前的樣子。」

「那我來告訴你——但你得先做好心理準備。我第一次見到他是在赫福德郡，你要知道，那是一場舞會。在這舞會上，你知道他做了什麼嗎？他只跳了四支舞！對不起讓你難堪，但這是事實。男生已經很少了，但他只跳四支舞。而且就我所知，坐在一旁，沒有舞伴的年輕小姐不止一位。達西先生，這你不否認吧。」

「那天舞會上，我只認識自己的朋友，還沒榮幸認識任何女生。」

「真的，舞會上都沒人願意幫忙你介紹嘛。好啦，費茲威廉上校，我下一首要演奏什麼？我的手指在等你下令。」

「可能是吧，」達西說，「我確實應該找人替我介紹，但我沒資格認識陌生人。」

「我們要不要問你表弟原因？」伊莉莎白繼續向費茲威廉上校說。「我們要不要問他，為何一個男生頭腦聰明，受過教育，見過世面，卻說自己沒資格認識陌生人。」

「這不用問他，」費茲威廉說，「我能回答。那是因為他懶。」

「我不像某些人那麼厲害，」達西說，「能和素未謀面的人談笑風生。我是見識過，但我常不知怎麼接話，而大家在意的事，我也裝不出關心。」

「我彈琴時，」伊莉莎白說，「琴藝不像許多女生那麼厲害。我的手指力量不足，也不夠靈活，無法表現出張力。但我一直覺得是自己的錯——那是因為我自己懶得練習，而不是因為我覺得我的手指不如任何琴藝高超的小姐。」

達西微笑著說：「你說得沒錯。你很懂得利用時間。有幸聽你彈琴的人，都會覺得你彈得很完美。畢竟我們都不為陌生人表演。」

他們這時被凱薩琳夫人打斷，她出聲問他們在聊什麼。伊莉莎白馬上再次彈起鋼琴。凱薩琳夫人走來，聽了幾分鐘後對達西說：

「班奈特小姐應該要多練習才行，或請倫敦的老師指導一下。她的指法非常好，但品味不如安妮。安妮要不是身體不好，也一定彈得一手好琴。」

伊莉莎白望向達西，想看他熱情附和。但無論這一刻或任何一刻，她都沒察覺他對表妹有一絲愛意。看到他對狄堡小姐的態度，她為賓利小姐感到欣慰。可惜賓利小姐不是他表妹，不然他大概也會娶她。

凱薩琳夫人繼續評論伊莉莎白的琴藝，一下說技術，一下說品味，提出許多指點，伊莉莎白耐住性子，維持禮貌，虛心受教。而在鋼琴旁的男士請求下，她繼續演奏，直到夫人馬車備好，他們一行人才回家。

32

隔天早上，柯林斯太太和瑪莉亞有事去村裡，伊莉莎白獨自一人坐在桌前寫信給珍，突然間門鈴響起，有人來訪，害她嚇一大跳。她沒聽到馬車聲，所以搞不好是凱薩琳夫人，她將寫到一半的信收起，就怕她看到又拋出一堆無禮的問題。門打開時，她大吃一驚，進門的竟是達西先生，而且他是一人前來。

他見她單獨一人也吃了一驚，連忙為自己擅自來訪道歉，並告訴她，他以為其他女生都在。

他們坐了下來。她問候完若馨莊園的大家，感覺很快就會陷入沉默，所以一定要想些事情來聊。情急之下，她想到自己在赫福德郡最後一次見到他的事，他們那時急著離開，她好奇他會怎麼解釋，於是她開口：

「去年十一月，你們怎麼全都突然離開尼德

斐莊園，達西先生！賓利先生發現你們馬上去找他，一定非常驚喜吧。如果我沒記錯，他是前一天才出發的。你離開倫敦時，他和他姊妹都好嗎？」

「非常好，謝謝你。」

她發現他不打算回答，停頓一會兒，又說：

「我之前聽說，賓利先生不打算再回到尼德斐莊園？」

「我沒聽他說過，但他未來恐怕不會在那裡久住。他朋友不少，而在他這年紀，朋友和活動只會愈來愈多。」

「如果他不想久住尼德斐莊園，為了街坊鄰居好，他應該要退租才對，讓其他家族住進來。但賓利先生當初租下房子，不是為鄰居著想，而是為了自己，所以我想他退不退租也是如此吧。」

「如果他在別處找到適合的房子，決定退租，」達西說，「我也不會意外。」

伊莉莎白不答腔。她不敢再多聊他朋友的事，但一時又沒別的話好說，於是她心一橫，讓他自己找話題。

他察覺之後，馬上開口：「這房子感覺非常舒適。柯林斯一開始要住進漢斯佛公館時，我相信凱薩琳夫人有費心打理。」

「我也這麼想——我相信她的好意沒白費，沒人像柯林斯先生更知恩圖報。」

「柯林斯先生非常幸運，娶了個好妻子。」

「確實沒錯。他的朋友會為他感到非常高興，他難得遇到一個有腦袋的女人肯接受他。而且不只接受，還讓他開開心心的。我朋友頭腦非常聰明——我不敢說嫁給柯林斯先生是她這輩子最明智的選擇，但她看來十分快樂。何況從務實的角度來看，對她來說，他確實是非常好的對象。」

「她住得離家人和朋友那麼近，一定非常開心。」

「你說這叫近？兩地距離快八十公里。」

「道路這麼方便，八十公里算什麼？半天左右就到了。對，我覺得非常近。」

「我一點都不覺得他們結婚的好處有包括距離，」伊莉莎白大喊，「我覺得柯林斯太太住得離家人一點都不近。」

「這表示你離不開赫福德郡。我想出了朗堡，你就會覺得遠吧。」

他說這句話時，臉上略帶笑意。伊莉莎白自認讀懂了他的心思。他一定以為她心裡想的是珍和尼德斐莊園，於是她紅著臉回答：

「我不是說女生嫁得愈近愈好。遠近是相對的，要看情況。有錢出得起旅費，遠一點也沒關係。但現在的他們就不是。柯林斯夫婦收入還算可以，但不能經常旅行——就算現在距離少一半，我想夏洛特也不會說自己離家人叫近。」

達西先生將椅子挪近她說：「你不該執著於一個地方。你總不可能一輩子都待在朗堡吧。」

伊莉莎白一臉驚訝。達西心情一瞬間有所變化，他將椅子挪回原位，從桌上拿起報紙，看了幾眼，換上較冷靜的語氣說：

「你喜歡肯特郡嗎？」

兩人聊了一會兒肯特郡，語氣平淡，應答簡潔，不久夏洛特和她妹妹進門，話題便到此為止。她們散步回來，看到兩人單獨聊天都好驚訝。達西先生解釋，他會來打擾班奈特小姐，全是因自己誤會家裡有人。後來他又多坐了幾分鐘，沒聊幾句，便告辭離開。

「他這是什麼意思？」他一走夏洛特便說。「我親愛的伊莉莎白，他一定愛上你了，不然他絕不會隨隨便便跑來我們家。」

但伊莉莎白提起他剛才多不愛說話，即使夏洛特滿懷希望，聽一聽也覺得不大可能。兩人東猜西猜一陣，最後覺得他來應該是因為找不到事做，這的確說得通。這季節打獵活動都已結束。雖然他們可以看書、打撞球或和凱薩琳夫人聊天，但男生總不好一直待在家。也許是因為牧師公館距離不遠，或散步過來一路鳥語花香，或住在這裡的人好相處，這段時間，表兄弟倆幾乎天天都往這裡跑。兩人都是白天來訪，時間不一定，有時分開，有時一起，偶爾夫人也會一起來。明眼人都看得出，費茲威廉上校常來是因為他喜歡和大家相處，這點自然讓他更受歡迎。伊莉莎白和他相處十分愉快，他顯然也欣賞她，這不禁讓她想起前一任對象喬治·韋翰。相較之下，她覺得費茲威廉上校比較不溫柔多情，但她相信他的學識更為淵博。

Accompanied by their aunt"
偶爾夫人也會一起來。

但達西先生為何常來牧師公館就教人想不透。他不可能喜歡社交，因為他常沉默地坐在那裡整整十分鐘，好不容易開了口，感覺都是逼不得已，而不是真心有話想說——像是為了禮貌，委屈自己。他總是表現得十分冷淡。柯林斯太太搞不懂他。她和他不熟，但費茲威廉上校偶爾會笑他現在呆頭呆腦，可見他平常不是如此。所以她一廂情願地想，他可能是戀愛了，而對象正是她的朋友伊莉莎白，一想到這，她決定要認真確認。只要他們去若馨莊園或他來漢斯佛公館，她那雙眼都時刻盯著他，但看來看去，都看不出任何端倪。他確實常望著她的朋友，但神情難以解讀。他的目光真誠堅定，但她無法斷定其中有愛，有時只像心不在焉。

她曾暗示伊莉莎白一、兩次，說達西先生搞不好對她有好感，但伊莉莎白聽了總是一笑置之。柯林斯太太覺得不好多說，怕不小心讓她心生期待，最後害她失望。因為在她看來，毫無疑問，要是她真覺得他愛上她，開心都來不及，哪裡還會討厭他。

為伊莉莎白打算時，夏洛特有時也會考慮費茲威廉上校。他極好相處，無人能比。他的確喜歡她，身分地位也無可挑剔。但人再好也沒用，達西在教會擁有巨大影響力，相形之下，他的表哥什麼都沒有。

33

伊莉莎白在莊園散步時，和達西先生不期而遇好幾次。這裡如此偏僻，他卻偏偏出現在這，真是倒楣透頂。為了不要再那麼倒楣，她第一次還特別暗示他，這是她最喜歡來的地方。結果兩人居然遇到第二次，莫名其妙！後來他們甚至還遇到第三次。他感覺若不是存心跟她作對，就是在自我懲罰，因為這幾次，他們可不只是客套問候幾句、尷尬一下就分道揚鑣，他居然還真的掉頭陪她一起散步。他的話從來都不多，她其實也懶得開口或聽他說話。但他們第三次巧遇，她突然發覺他一直問些毫無關聯的怪問題，像是她在漢斯佛公館開不開心？喜歡一個人散步嗎？她覺得柯林斯夫婦幸不幸福？聊到若馨莊園，聽到她對房子不熟悉，他好像還希望她下次來肯特郡，也

她抬頭看到是費茲威廉上校。

能到那裡住一住。他一字一句彷彿都藏有暗示。他是在替費茲威廉上校著想嗎？她心想，如果他話中有話，一定是在暗示這件事。她有點心煩意亂，幸好已走到了牧師公館對面的柵欄口。

有一天，她一邊散步，一邊細讀珍的來信，咀嚼著幾個段落中流露的憂鬱。她看得正認真，又被人嚇一跳，但這次不是達西先生，她抬頭看到是費茲威廉上校，馬上將信收到一邊，擠出笑容說：

「沒想到你也會來這散步。」

「我一直在莊園四處走走看看，」他回答，「每年都這樣，我原本想在繞完之後，去一趟牧師公館。你要再往前走一段嗎？」

「不用，我要回去了。」

說完她轉身，他們一起走向牧師公館。

「你確定週六要離開肯特郡了嗎？」她說。

「對——看達西有沒有再次延後。我其實都看他，他可以照自己的意思安排。」

「即使最後安排得不滿意，他至少有權選擇。我認識的人中，沒人比達西先生更享受為所欲為的感覺。」

「他確實喜歡事事都按照自己意思，」費茲威廉上校說，「但我們也一樣。只是他比多數人有辦法，畢竟別人沒錢，他很有錢。這點我深有體悟。你知道，做老么的經濟都得依靠別人，生活要處處節制。」

「在我看來，伯爵的么子哪裡會懂。說真的，你懂什麼叫依靠別人、生活節制嗎？你有因為缺錢，想去的地方去不了嗎？或想買東西買不了嗎？」

「一針見血——這種苦我是沒嚐過。但在更重要的事情上，我確實缺錢。么子不能自由地和別人結婚。」

「除非他們喜歡上有錢的女人，我想這非常常見。」
「我們過慣好日子了，所以只能依靠別人。像我這種身分地位的，很少人結婚不提錢。」
「這……」伊莉莎白心想，「是說給我聽的嗎？」她一想到此，臉頰不禁發紅，但她馬上鎮定下來，語氣輕鬆地說：「你倒說說看，伯爵的小兒子身價值多少錢？除非長子奄奄一息，不然你嫁妝再怎麼討也不可能超過五萬英鎊吧。」
他也打哈哈過去，話題到此為止。她怕沉默太久，讓他以為她放不下，於是不久便說：
「我想你表弟帶你來，就是為了找個人讓他擺布。我不懂他幹麼不結婚，這樣他一輩子就有人給他使喚了啊。但他可能目前有妹妹就夠了，反正他一人負責照顧她，想怎麼做就怎麼做。」
「不是的，」費茲威廉上校說，「這件好事他可不能獨占。我和他都是達西小姐的監護人。」
「真的？那跟我說，你監護人當得如何？達西小姐有讓你很頭痛嗎？年輕女生在這年紀有時很難管，如果她有達西家的脾氣，一定很任性。」
伊莉莎白說這段話時，他專注地望著她。她一說完，他馬上問她為何覺得達西小姐會給他們添麻煩，從他的反應，她相信自己猜得八九不離十。於是她直接回答：
「你放心。我沒聽過任何關於她的壞話，我敢說她是世上最聽話的人。我認識的幾個女生都非常喜歡她，像賀世特太太和賓利小姐。我記得你說你認識她們。」
「我和她們不熟。但她們的兄弟賓利先生親切友善，十分紳士。他是達西的好朋友。」
「喔，沒錯，」伊莉莎白冷冷地說，「達西先生對賓利先生好得不得了，對他的照顧可說是無微不至。」
「照顧！是啦，賓利需要幫助時，我相信達西一定會伸出援手。在這趟路上，從他跟我說的來看，我相信賓利欠他一次人情。但我要先道歉，因為我不確定那人是不是賓利。全是我自己瞎猜的。」

「什麼意思？」

「這事達西當然不希望大家知道，要是話傳回對方小姐家裡就不好了。」

「你放心，我絕不會說出去。」

「你也要記得，我說是賓利只是瞎猜，沒半點證據。達西只跟我說，他慶幸自己最近救了個朋友，女方家境不好，朋友卻差點跟她結婚，但達西沒提到名字和細節。我只是猜他那朋友就是賓利，因為我覺得依他那個性，肯定會惹上這類麻煩，而且他們整個夏天都混在一起。」

「達西先生有告訴你，他為何插手嗎？」

「就我所知，反對的理由都站得住腳。」

「他用什麼伎倆拆散他們？」

「這他沒說，」費茲威廉笑著說，「他說的我剛才全告訴你了。」

伊莉莎白不答腔，繼續向前走，內心滿是憤怒。費茲威廉觀察她一會兒，問她為何心事重重。

「我在想你剛才告訴我的事，」她說，「我不認同你表弟的做法。他憑什麼干涉？」

「你覺得他多管閒事嗎？」

「我不懂達西先生憑什麼左右朋友的感情，為什麼光憑他個人判斷，便決定朋友怎樣才幸福，」她說到這裡，冷靜下來繼續說，「但話說回來，我們不知道細節，這樣罵他不公平。這段關係他朋友可能也沒放多少感情吧。」

「這樣想倒也合理，」費茲威廉說，「但這樣一想，我表弟根本沒那麼偉大嘛。」

這句話本是玩笑話，但聽在她耳裡，完美詮釋了達西先生自以為是的模樣，她怕自己說出不好聽的話，於是硬換個話題，聊些無關緊要的事，兩人最後走到了牧師公館。等客人離開，她總算回到房間，關上房門，好好思考剛才聽到的一切。他說的一定是珍和賓利，絕不可能是別人。任憑達西先生左右的，世上絕對沒有第二個人。賓利先生和珍的事，她從不懷疑達西先生曾插上一手，但她一直以為主謀是賓利小姐。如果達西所言不假，那珍徹底心碎，難過至今，一切全是他害的，一切全是他的驕傲和任性害的。珍有著世上最溫柔真摯的一顆心，他卻一度毀了她對幸福的一切指望，而他造成的傷多久會痊癒，沒人知道。

「反對的理由都站得住腳。」費茲威廉上校是這麼說的。理由不外乎她姨丈是鄉下律師，舅父是倫敦的生意人。

「至於珍本身，」她忍不住大喊，「誰會反對啊——她又可愛，又善良！她頭腦聰明，見識豐富，舉止迷人。我父親也沒什麼好挑剔的，他雖然個性古怪，但論能力，達西先生應該不得不認可，論品德，他這輩子都望塵莫及。」想到母親，確實，她的信心稍微動搖。但她不信達西先生真會在乎這些理由。她相信，驕傲的他最無法忍受的不是他們沒見識，而是好友和普通人成親。最後她下了結論，達西這麼做一半是因為他驕傲，一半是因為他想把賓利先生留給妹妹。

她氣得大哭，頭也痛起來。到了晚上，她的頭更是痛到不行，再加上她不想見到達西先生，於是決定不和堂兄去若馨莊園喝晚茶。柯林斯太太見她真的不舒服，便不勉強她，並盡可能不讓丈夫逼她。但柯林斯先生掩飾不住內心擔憂，就怕凱薩琳夫人因此生氣。

34

他們出門後，伊莉莎白彷彿想讓自己更恨達西先生似的，把珍寄來肯特郡的信都重讀一遍。信中沒有半句抱怨，沒有提及往事，也沒說到此刻的難過。珍的個性寧靜自得，待人和善，因此筆調一向輕快，幾乎不曾蒙上一絲陰鬱，但現在每一封信，一字一句都不復以往歡笑。伊莉莎白第一次只大略讀過，但這次仔細閱讀，發現她句句都流露著不安。達西先生把自己造成的傷害得意洋洋掛在嘴上，讓她更能深刻感受姊姊的痛苦。幸好他後天便要離開若馨莊園，更好的是，她再兩週便會與珍再次相聚，她一定要全心支持，幫助她打起精神。

Reading Jane's Letters. Chap 34.

她把珍寄來肯特郡的信都重讀一遍。

想到達西要離開肯特郡，她不免也會想到他的表哥。但費茲威廉上校已說明白，他對她完全沒意思，雖然他很討人喜歡，但她不會為他難過。

才想到這裡，她突然聽到門鈴聲。她心跳稍微加快，以為費茲威廉上校來了，他上次也是稍晚才拜訪，這次搞不好是特地來找她。但她不久便期待落空，心情急轉直下，因為讓她吃驚的是，進門的竟是達西先生。他動作匆忙，一進來馬上問她是否安好，說自己是來探望她頭痛有沒有好些。她維持禮貌，淡淡敷衍幾句。他坐下來一會兒，又起身在房裡踱步。伊莉莎白內心詫異，但不發一語。兩人沉默數分鐘後，他激動地走向她開口：

「我再掙扎也沒用。我受不了了，我壓抑不住內心的情感。請讓我告訴你，我有多麼欣賞你，多麼愛你。」

伊莉莎白震驚得難以言喻。她先瞪大眼睛，雙頰羞紅，接著內心懷疑，沉默不語。他見她不說話，只當是默許，於是向她坦白了他對她長久的情感。他口才流利，但他除了真心，也提到內心的掙扎，他想表達一片深情，反而暴露出驕傲。他提到她出身低微，兩家地位懸殊，再加上種種對她家人的顧慮，他照理來說不可能娶她。這段話他語氣激動，但似乎是出自自尊心受傷，絲毫無法幫求婚加分。

先不說她對他深惡痛絕，能被這樣的人求婚，她知道是莫大的榮幸。但她的心意一刻都不曾動搖。起初想到他要面對失戀的痛苦，她仍為他感到抱歉，不過她後來愈聽愈氣，內心的同情全被怒火淹沒。她逼自己鎮定，耐著性子等他說完。最後的最後，他表示自己再也克制不了強烈的感情、希望她能接受他時，她一眼就看出，他認為她絕不會拒絕。他嘴巴上說自己擔憂焦慮，臉上神情卻是十拿九穩，這讓她更加惱火，他話一停，她馬上漲紅臉開口：

「面對他人告白，無論能否答覆對方心意，按照慣例，我相信都該表達感謝。有人示好自然會心生感激，如果我有這種感覺，現在當然會謝謝你，但我感覺不到——我不曾奢望你的喜歡，而你喜歡我，聽來也確實無比委屈。我很抱歉對任何人造成痛苦，但這完全是無心之過，我只希望盡快結束。你剛才說自己許久都無法承認對我的感情，聽我解釋完後，我相信這份感情一下便能消化掉吧。」

達西先生靠著壁爐台，雙眼盯著她的臉，聽她一字字答覆，內心的憤怒不亞於驚訝。他氣得臉色蒼白，內心混亂全寫在臉上。他強作鎮定，雙唇緊抿，想等自己心情平靜再開口。這段沉默讓伊莉莎白感到害怕。不久，他逼自己用冷靜的口吻說：

「所以我得到的回答就這樣！請容我請教，為什麼連一點禮貌都不裝了，就這樣拒絕我？但其實這也不重要了。」

「我也要問，」她回答，「你喜歡我就算了，為什麼還要故意得罪我、羞辱我，非得說這非你所願、不合道理，甚至違背你本性？我那樣叫失禮，你這樣難道就不叫失禮嗎？但我還氣其他事，你心裡有數。就算我不討厭你、毫不在意你，甚至喜歡

你，我最愛的姊姊的幸福也被你親手毀了，也許一輩子都毀了，你覺得我還會接受你嗎？」

她說出這段話時，達西先生臉色一變。但他的情緒來得十分短暫，沒有試圖打斷她，只聽她繼續說：

「我討厭你的理由十分充足。不論動機為何，你的所作所為差勁又不公平。你不敢、也無法否認，你就算不是罪魁禍首，至少也是幫凶。你拆散他們，害兩人深陷痛苦之中，讓大家罵男方花心任性，笑女方痴心妄想。」

她頓了頓，見他毫不動搖，臉上全無悔意，內心無比氣憤。他的臉上甚至似笑非笑，擺出一副難以置信的樣子看著她。

「你敢說你沒插手？」她再問一次。

他盡力鎮定回答：「我完全不否認自己曾盡我所能拆散了好友和你姊姊；我也不否認，我慶幸自己成功了。我對他比對自己好多了。」

他認真反思，伊莉莎白只裝作沒看到，但他的意思十分明白，更無法平息她的怒火。

「但我討厭你不光是這件事，」她繼續說，「在這之前，我便確定了自己對你的看法。好幾個月前，韋翰先生早就告訴我你的為人。這件事，你有什麼話好說？你又要狡辯，說自己是為了朋友嗎？還是要扭曲事實來騙人？」

「你倒是特別關心那位先生的事啊。」達西稍微動了點氣，臉色發紅。

「聽說他不幸的遭遇，誰不會多關心他一些？」

「他不幸的遭遇！」達西重複，語氣不屑。「是啊，他的遭遇真是太慘了。」

「還不是你害的，」伊莉莎白用力大喊，「你害他那麼窮——當然不是說窮困潦倒。但明知道是他應得的，你卻不給他。他當時正值青春年華，於情於法都該過上衣食無虞的生活，一切卻被你奪走。全都是你害的！結果現在提到他的不幸，你還要不屑，還要嘲笑。」

「這就是你對我的看法！」達西大喊，快步走過客廳。「原來你覺得我是這樣的人！感謝你完整的解釋。根據你說的，我確實罪大惡極！但會不會……」他停下腳步，轉身面對她。「這一切你根本不在意，只是在我解釋因為種種顧慮遲遲不表白時，傷到你的自尊心，所以你才狠下心來罵我。我應該要圓滑一點，隱藏內心的掙扎，花言巧語讓你相信，我向你求婚是懷抱著天真無私、純潔無瑕的愛；或說是本著理智，是經過思考，是出於一切種種。但我生平最厭惡的就是矯飾。對於剛才提到自身感受，我絲毫不以為恥。我的顧慮很自然，也合情合理。難道你期望我欣然接受你沒水準的親戚？慶幸自己多了一群社會地位遠不及自己的家人？」

伊莉莎白感覺自己每分每秒都更加憤怒，但她用盡全力、心平氣和地說：

「你搞錯了，達西先生，你告白的方式不會改變我的答案。唯一的差別是，如果你更紳士一點，我會比較過意不去而已。」

她見他吃了一驚，但沒答腔，於是她繼續說：

「你無論用什麼方式求婚，我都不會接受。」

又一次，他的驚愕全寫在臉上。他難以置信地看著她，感覺自己丟盡了臉。她繼續說：

「打從一開始，可說從我們認識的那一刻起，你的行為舉止都讓我覺得你傲慢自大、自以為是，又瞧不起別人。第一印象便很差了，接下來許許多多的事，更讓我打定主意討厭你。我認識你不到一個月，就覺得世上男生就算死光了，我也絕不會嫁給你。」

「夠了，小姐。我完全明白你的感受了，我現在只對自己誤會感到羞愧。原諒我浪費你這麼多時間，希望你身體健康，一切快樂。」

他說完快步走出客廳，過一會兒，伊莉莎白聽見他推開前門，走了。她內心亂成一團，腦中一片混亂。她全身發軟，彷彿支撐不住自己，於是她坐下來，哭了半小時。她回想剛才發生的事，心裡愈想愈震驚。達西先生竟然向她求婚！他竟然愛她愛了好幾個月！他當初反對好友娶她姊姊，提出無數理由，現在換成自己，明明情況一樣，卻愛她愛到想娶她為妻，這太不可思議了！無意中有人愛她這麼深，她心裡自然十分開心。但他的驕傲，他那可惡的驕傲，他竟敢厚顏無恥承認他對珍做的事，明明找不出理由，卻一副理直氣壯的樣子，不可原諒。還有他提到韋翰先生時竟那麼無情，他毫不否認自己對他多殘酷。想到他對自己的感情，她一度心生同情，但沒多久便被怒火淹沒。

她左思右想，內心千迴百轉，後來聽到凱薩琳夫人的馬車聲，她怕夏洛特看出她心神不寧，便趕緊回房。

35

隔天早上，伊莉莎白一睜眼，前一天閉眼前的想法和思緒再次浮現。她還沒從震驚中恢復，腦中不可能想別的事，也完全無心做事，於是決定吃完早餐獨自去走一走，透透氣。她直覺走向她最喜歡的小徑時，才想到達西先生有時會來，便決定不進莊園了。她轉身走上小巷，離公路愈來愈遠。小巷一側仍是莊園的柵欄，走著走著，不久便經過了一道柵門。

她沿著小巷這頭來回走了兩、三次，見早晨景致如此美好，她不由得停在柵門口，望向莊園。如今她在肯特郡待了五週，鄉間風景已煥然一新，早春的樹枝每天都更添綠意。她本打算繼續向前，卻瞥見莊園邊緣的一片樹林間有道男士身影，正朝她的方向走來。她怕是達西先生，馬上掉頭。但那人走近時已看見她，便大步追來，喊著她的名字。她本來已轉身，聽到叫喚，雖然確定是達西先生，也只好回頭走向柵門。兩人剛好在柵門口碰面，他遞來一封信，她沒多想便接下，接著他神色高傲地說：「我在林子裡走一會兒了，正

她聽到叫喚。"Hearing herself called"

是希望能見到你。能請你讀過這封信嗎？」說完他微微行個禮，再次轉身，不久便消失在樹林間。

伊莉莎白雖然對於信中內容不期不待，但內心充滿好奇，便打開信封。讓她訝異的是，裡面是兩張信紙，密密麻麻寫滿字，而信封本身也寫滿了[39]。她一面沿著小巷向前，一面開始讀信。信是早上八點在若馨莊園寫的，信裡寫著：

小姐，收到這封信請別擔心，我想昨晚的事只讓你作嘔，所以我無意重述心境，或重新求婚。我寫這封信不是放不下，也不是想讓你受苦，或想來道歉。為了彼此好，昨晚的事我們最好早日忘記。若非事關名譽，我其實不須提筆，你也不須展讀此信。所以請原諒我不得不打擾，我知道你其實不願再聽我多說，但我希望你能公平看待一切。

昨天晚上，你控訴了兩件事，而兩者的內容非常不同，輕重不等。第一件事，是我不顧兩人的情感，拆散了賓利先生和你姊姊。另一件事，是我無視眾人意見，不顧榮譽和人性，奪走韋翰先生手上的財富，毀了他的大好前程。韋翰先生是我年少好友，眾所周知，他也是先父的寵兒。他無依無靠，從小到大全仰仗我的家族照顧，我竟無情無義，蓄意棄他於不顧，可說是喪盡天良。這件事非同小可，和拆散感情不過幾週的戀人不能相提並論。對於這兩件事，昨晚你對我嚴詞苛責，我希望解釋完我的行為和動機之後，未來能得到諒解。信中我勢必會表達自己的感受，若讓你不愉快，我只能先說對不起。既是情非得已，後面就不再道歉，以免顯得可笑。

我到赫福德郡不久，便和其他人一樣，看出賓利在郡內所有年輕女生中最喜歡你姊姊。我過去見

39 達西用了三張信紙，其中一張信紙摺為信封，而三張信紙都寫滿了字。

他談過不少戀愛，但到了尼德斐莊園舞會那晚，我才發覺他這次是認真的。舞會上有幸與你跳舞時，我從威廉・盧卡斯爵士口中意外得知，賓利喜歡你姊姊的事已傳得沸沸揚揚，大家都以為兩人即將論及婚嫁。當時他說得像婚事已定，一切只是時間問題。從那時起，我便仔細觀察賓利言行，我發現他對班家大小姐用情之深，果真不同以往。我也觀察了你姊姊。她的表情和行為落落大方，時時歡笑，可愛迷人，卻不見特別用情。我仔細觀察了一整晚，相信她雖然欣然接受賓利追求，卻不是兩情相悅。如果**你**所言不假，那一定是**我**弄錯了，畢竟你肯定比較了解姊姊。如果我因此造成她的痛苦，你恨我也情有可原。但恕我直言，無論你姊姊態度再親切，無論他人觀察再敏銳，見到她平靜的神情和氣息，都會以為她的內心難以觸動。我確實私心希望她沒動心，但我必須說，我的希望和恐懼都不會影響我的判斷。我覺得她沒動心不是出於私心，一切是持平而論，合情合理。

我昨晚曾提到，我被感情沖昏了頭，才會不顧社會地位向你告白，而與我相比，我的好友其實不在乎此事，但我反對兩人婚事，還有別的原因。這事說來令人厭惡，問題也依舊存在，無論我或他都要面對，但我之前盡量不去想，畢竟問題不在眼前。且容我在此簡短著墨：你母親的家族地位是不高，但最讓人無法忍受的，是你家人的言行一再出格，而且不光是你母親，還有你三個妹妹，有時甚至你父親也是——不好意思——讓你難堪，我心裡也不好受。至親丟臉，你一定很在意，內心也會感到不平，但反觀你和你姊姊舉止不俗，無可挑剔，不只人人讚賞，更體現了你們的見識和涵養，希望這能給你一點安慰。此事我不會再多說，總之經過那天晚上，我更加確定我對各方的看法，愈想愈覺得這段婚姻肯定不會幸福，一定要阻止朋友誤入歧途。我相信你記得，他隔天便去了倫敦，原本打算快去快回。

接下來，我會解釋我所做的事情。原來賓利姊妹和我一樣不安，沒多久，我們彼此便發覺此事。

一聊之下，我們一致認為必須立即斬斷這份感情，於是馬上決定去倫敦找他。抵達之後，我毫不遲疑地向朋友指出這段婚姻的壞處。我認真解釋，極力勸阻，不過他情意堅定，我說得再多，都只能讓他的內心產生些許動搖和猶豫。我原以為自己無法阻止他，但後來我向他果斷保證，你姊姊根本沒把他放在心上，他才終於放棄。他過去一直相信，她雖不如他深情，應該也是一片真心。但賓利善於自省，並且非常信任我的判斷，因此要說服他在自欺欺人其實不難。在這之後，要叫他不要返回赫福德郡，自然輕而易舉。對此我問心無愧，整件事我只有一處耿耿於懷——我竟不擇手段，向他隱瞞你姊姊到倫敦的事。這事我知道，賓利小姐也知道，但她哥哥至今仍不知情。兩人見面也許無妨，但我覺得他尚未死心，見到她難保不會有變數。我遮遮掩掩隱瞞此事，確實低劣，但一切已成事實，也是為了顧全大局。關於此事，我言盡於此，也不會再道歉。如果我傷害了你姊姊，實是無心之過。雖然我的動機在你眼中自然站不住腳，但我至今都覺得對得起自己——至於另一件更嚴重的指控，說我傷害韋翰先生一事，我只能將我的家族和他之間的糾葛攤在你面前。他對我**具體的**指控，我一無所知，但我接下來說的事一切屬實，不止一人能作證。

韋翰先生的父親為人正派，盡忠職守，長年負責管理龐百利莊園，我父親自然願意照顧他的兒子，而他也是喬治·韋翰的教父，對他無比寵愛。韋翰的母親生活揮霍，他父親原本無法供他上大學，而我父親對他最大的恩情，便是資助他讀書，更讓他去劍橋深造。韋翰待人彬彬有禮，我父親不只喜歡這年輕人作伴，也對他讚譽有加，希望他有朝一日能從事神職工作，並打算為他安排職位。但早在多年前，我對這人的印象已截然不同。他本性惡劣，毫無原則。在忘年之交面前，他都掩飾得很好，但和他同年的我，將他的真面目全看在眼裡。說到這裡，恐怕又要讓你難受了——至於多難受，只有你心裡知道，但我一定要揭發他真正的為人。因為無論你對韋翰有何感情，我都會懷疑他背後的用意，真要說，我甚至更有理由揭發他了。

我父親在五年前過世，在這之前，他和韋翰先生的關係都很穩定，並在遺囑中特別向我吩咐，無論他的工作為何，都要盡力提拔；如果他領受聖職，牧師職位一有空缺，便由他替補。此外還留了一千英鎊遺產給他。韋翰的父親不久也不幸過世，半年之後，韋翰先生寫信給我，表示自己終於下定決心放棄聖職。既然放棄了神職和俸祿，他希望我覺得不為過的話，能給他一筆資金作為補償。他又說，他打算攻讀法律，而我一定知道單憑一千英鎊的利息，不足以支持生活。與其說我相信他，不如說我真心希望他沒說謊，但無論如何，我欣然答應他的請託。我心知韋翰先生不適合成為牧師，於是這事馬上談妥。未來他就算有機會領受聖職，家族也不會再提供幫助，而作為回報，他會得到三千英鎊。我們之間的關係似乎到此結束。我對他沒半點好感，不曾邀請他回龐百利莊園，在倫敦也不和他來往。我相信他主要住在倫敦，但他當初說要攻讀法律，卻只是空談。他當時生活得無拘無束，無所事事，放蕩揮霍。大約三年過去，我不曾聽聞他的消息，但現任牧師蒙主恩召，原本要授予他的職位空出時，他再次寫信要我引薦。他的處境我不難想像，他已窮困潦倒。他說發現讀法律難以為生，現在下定決心投入聖職，希望我能委任他——他相信一切手到擒來，因為他很確定我沒有別人需要照顧，也絕不會忘記先父的遺願。至此你大概不會怪我了，我當然拒絕了他的請求，他每央求一次，我便回絕一次。後來他的處境愈來愈困難，怨恨也愈來愈深——可想而知，無論背後或當面，他罵我都一樣狠毒。自此之後，我倆形同陌路。他生活得如何，我一概不知。但去年夏天，他再次闖入我的生活，令我痛苦萬分。

接下來要說的這件事，我此生都不願再想起，除非情非得已，我絕不想向任何人透露。說到這裡，我相信你一定能守口如瓶。我妹妹小我十歲，由我表兄和我共同監護。約一年前，她從學校回來後，便在倫敦長住。去年夏天，她和女家教去蘭斯蓋鎮[40]玩時，巧遇了韋翰先生，這當然是他事先預謀的。原來他和女家教楊格太太是舊識，我們卻不幸誤信於人。在她的默許和幫助下，他熱情地追求喬治安娜，她天生溫柔，小時候只記得他待她很好，因此自以為愛上了他，並答應和他私奔。但我必須為她說一句，她當時不過十五歲。她確實少不更事，但令我欣慰的是，這事她終究親口告訴我了。私奔一、兩天前，我剛好去找她們。喬治安娜一向視我如父，不忍心隱瞞我，讓我傷心，於是向我坦承一切。你能想像我的心情和反應。為了顧及妹妹的名聲和感受，我並未將此事公諸於世，我寫信給韋翰，他馬上不見蹤影，我當然也解雇了楊格太太。韋翰先生覬覦的自然是我妹妹三萬英鎊的財產，但我不禁猜想，他也渴望藉機向我報仇。若他得逞，他的復仇將徹底實現。

小姐，韋翰和我之間的所有關係，我已如實陳述，如果你覺得我所言非假，希望日後不要再覺得我對韋翰先生無情。他用什麼方法和謊言騙你，我不知道，但能取信於你，恐怕也不令人意外，畢竟你對我們過去的糾葛一無所知。他所說的話你無從考證，多疑也不是你的天性。

你可能會納悶，昨晚為何不告訴你這一切。但我當時情緒激動，不能自已，不知哪些事能說，哪些事該說。我信中說的都能請費茲威廉上校作證，他和我長久往來，關係親近，更與我一起執行先父遺囑，因此事情的來龍去脈，他都十分熟悉。如果你鄙視我的為人，認為我的說法不足採信，你至少相信我表兄，不妨向他求證，所以我今早才找機會將此信交給你。我話說到此，願神保佑你。

費茲威廉・達西

40 Ramsgate，英吉利海峽旁的海濱度假城鎮。

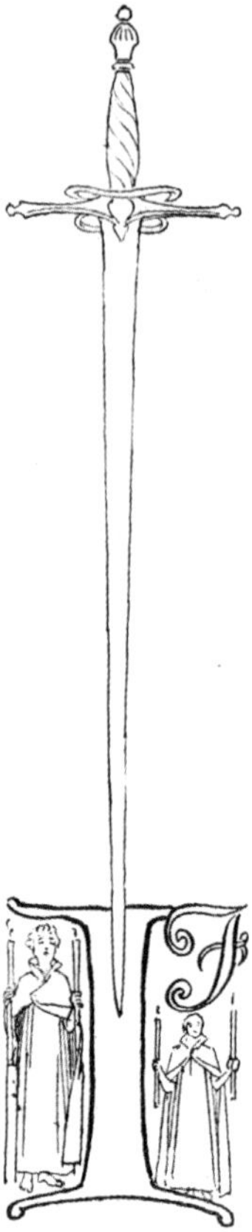

36

伊莉莎白收到達西先生的信時，信中若非重提婚事，她再想不到其他內容。現在不難想像她這封信看得多急，心情多矛盾。讀信當下，她的內心五味雜陳。起初她感到不可思議，他竟還有臉來道歉。後來她愈讀愈覺得，他根本沒什麼好解釋，每句話都只讓自己丟臉。她對他的一言一語都抱持極大的偏見，並繼續讀起在尼德斐莊園發生的事。她信讀得很急，內容根本沒讀懂，眼前句子才理解一半，就急著去看下一句。他覺得她姊姊態度冷淡，她馬上認為他大錯特錯。他提到反對結婚的真正原因，她便氣到不想再看。他對自己所作所為毫無悔意，這正合她意。他的態度非但不卑微，反而高高在上，整封信都驕傲自大，厚顏無恥。

但說到韋翰先生時，她的頭腦比剛才清醒不少。一件件事讀過去，兩人說的竟有不少雷同之處，她發現如果信中所言屬實，將推翻她過去對韋翰的一切好感。她心痛萬分，心情更是五味雜陳。震驚、不安，甚至恐懼，全都湧上心頭，她對信上內容打死不信，重複喊著：「騙人！這不可能！一定是他撒謊！」最後一、兩段，她也不知道自己看了什麼，只匆匆讀完，便趕緊將信收一收，說自己絕不會把信放在心上，也絕不會再拿起來讀。

她心亂如麻，思緒無法平靜，只管埋頭向前走，但她實在忍不住。不到半分鐘，她又將信打開。她盡力保持鎮定，再次讀起關於韋翰令人痛心的段落，並強迫自己細讀每句話的意思。關於韋翰和龐百利莊園家族的淵源，信中內容和他親口所述並無出入。雖然她不知老達西先生待韋翰多好，但關於老達西先生，信裡和他所說大致相符。到此為止，雙方說法都能互相印證，但讀到遺囑的事時，兩人說詞變得天差地遠。韋翰當時提到牧師職位的那些話，她仍記得一清二楚。她回想著他說的每一句話，心想這之中肯定有人在說謊。一時間，她充滿信心，覺得自己原先想的絕對沒錯。但信中緊接著寫到韋翰放棄神職，並獲得三千英鎊巨額補償，她認真把那段讀了又讀，內心不由得動搖起來。她放下信，想公平判斷情況，並仔細推敲每句話的真實性，結果卻辦不到。目前雙方都只是自說自話。她又繼續往下讀。她本以為，再怎麼詭辯，達西先生的行為無疑是卑鄙無恥，沒想到事情換個說法，一句句讀下去，竟清楚證明了整件事他一點錯都沒有。

達西毫不猶豫指責韋翰先生揮霍無度，奢侈浪費，她看了無比震驚。更讓她震驚的是，她找不到證據反駁。韋翰加入民兵團之前，伊莉莎白和他素昧平生，他當初加入民兵團，只是因為在倫敦遇到有人介紹，而那人也只是點頭之交。韋翰之前的人生，除了從他口中得知，赫福德郡無人知曉。他真正的為人，即使能找人打聽，她也不曾想去了解。他的外表、他的聲音、他的舉止，都讓人以為他品德兼備。她試圖回想，想找出一件實例，或一絲明確的跡象，來反駁達西先生，證明韋翰正直善良，品格端正，樂善好施。或至少找出一件善行，讓她能一笑置之，說達西先生說的，只是多年積習，只是無心之過。但她卻怎麼都想不到。她能想像他站在眼前，風度翩翩，談吐迷人，但除了在郡裡贏得眾人讚許，在民兵團用交際手腕贏得敬重，她想不到他任何具體的善舉。她想了好一會兒，又繼續讀信。可是，唉！信中提到韋翰對達西小姐圖謀不軌的事，其實她昨天向費茲威廉上校提起達西小姐時，他的反應多少能印證。信末達西先生請她一一和費茲威廉上校求證——她之前就聽上校說過，他熟悉表弟的一切，而他的為人，她自然毫不懷疑。她一度決定去問，但又怕尷尬。後來她打消念頭，達西先生敢這麼說，一定有十足把握表哥能替他作證。

她和韋翰在菲利普先生家初次見面，當晚的對話，她記得一清二楚。他的措辭用語，她都記憶猶新。她現在才驚覺，他對陌生人說話有多不得體，並納悶自己之前怎麼都沒發覺。他當時態度輕率，盡說自己好話，後來也言行不一。她記得他曾吹噓自己不怕見到達西先生——要走也是達西先生走，他絕不會退讓，但下週尼德斐莊園辦舞會，他卻避不出席。她也想起，尼德斐莊園

"Meeting accidentally in Town"

他當初加入民兵團，只是因為在倫敦遇到有人介紹，而那人也只是點頭之交。

一行人離開前，知道他身世的還只有她，但他們去一趟倫敦，事情便傳遍大街小巷，他當時毫不猶豫、毫不保留詆毀了達西先生，但他明明向她保證，念及老達西先生的情分，他絕不會揭發他兒子的行徑。

關於他的事，前後都不一樣了！他追求金恩小姐，現在看來只是因為他為人卑鄙，見錢眼開。她錢財不多，不代表他不貪心，反而代表他飢不擇食。他親近伊莉莎白恐怕也別有居心，不是誤會她財產不少，就是她不小心透露出好感，他察覺之後，便拿她來滿足虛榮心。對於韋翰，她內心每一絲掙扎都漸漸散去。何況她不得不承認，珍去問賓利先生那時，其實早已證實了達西的清白。她和達西先生這幾天尤其經常見面，漸漸熟悉他待人處世的方式，從認識到現在，雖然他的態度高傲又討人厭，她不曾見過他做出不道德或不公正的事，也不曾聽說他違背教義、違反道德，倒是在親友間，他備受尊敬和重視。連韋翰都說他是個好哥哥。她常聽達西談起妹妹，語氣往往溫柔多情，看來他確實有親切的一面。如果他真如韋翰所說，如此傷天害理，世人不可能一無所知。再怎麼想，賓利先生這麼好的人，絕不可能和為非作歹之徒成為好友。

她愈想愈覺得無地自容。無論想到達西或韋翰，她都覺得自己盲目、偏頗、充滿成見、荒唐至極。

「我真可恥！」她大喊，「虧我還說我多會看人！還說自己多厲害！老是笑姊姊天真，結果自己無緣無故猜忌別人，還沾沾自喜。真是丟人現眼！但這全是我活該！我就算是談戀愛，都不可能這麼盲目。但這次不是愛，這次是虛榮害的。一人喜歡我，我便高興，另一人冷淡我，我便生氣，從我們相識之初，我就心存偏見，愚昧無知，只要碰到這兩人的事，就把理智丟到一旁。此刻，我終於看清了自己。」

她從自己想到珍，再從珍想到賓利，順著思路，她想到達西先生對這件事的解釋似乎不夠完整，於是她又拿起信，重讀一遍。這次的感覺和上次截然不同。韋翰的事，她不得不接受了，在另一件事上，她又怎能質疑呢？他說自己完全看不出她姊姊動了真情，讓她想起夏洛特長久以來的看法。她不得不承認，他對珍的形容其實沒錯。她感覺珍雖然內心澎湃，但絲毫沒有表現出來，舉手投足總是平靜自若，很少流露出感情。

她讀到信中提到家人那段，他用詞傷人，但句句有理，令她感到無比羞愧。他一針見血的批評，她根本無從反駁。他特別指出，尼德斐莊園舞會上的種種情狀是他反對婚事的主要原因，其實別說是他了，她自己更是歷歷在目。

他對她和姊姊的稱讚，她已收在心裡。雖然令人安慰，但無法平撫家人出醜的羞辱。她想到珍這次失戀，其實是至親造成，又想到家人出格的行為，連累了姊姊和自己的名譽，她不由得陷入前所未有的悲傷。

伊莉莎白思緒萬千，在小巷徘徊兩個小時，重新思考每件事，判斷各種可能。事情突如其來，事關重大，她只能盡力接受。最後她感到一陣疲倦，想起自己出門已久，該回家了。她踏進門時，決定將滿腹心事藏起，堆起像平時一樣的笑容，好跟大家聊天。

一進門，大家馬上告訴她，她出門時，若馨莊園兩位男士都曾來訪。達西先生只來幾分鐘便離開了，但費茲威廉上校和他們聊了至少一小時，希望能等到她回來，他甚至還想出門去找她。伊莉莎白裝出惋惜的樣子，其實暗自慶幸。她心裡早已沒有費茲威廉上校，只剩那封信。

37

隔天早上，兩位紳士告別了若馨莊園，柯林斯先生等在農舍附近，鞠躬目送馬車離去，接著回家開心稟報，兩位在感傷離別後，看來身體健康，精神也還過得去。他接著趕去若馨莊園安慰凱薩琳夫人和她的女兒，並得意洋洋地回來，告知夫人要他帶回口信，她覺得心情沉悶，非常希望大家去和她吃晚餐。

伊莉莎白見到凱薩琳夫人，心裡不禁想到，她前幾天要是答應達西，現在已是她未過門的甥媳婦了。一想到夫人會有多氣，她就忍俊不禁。「她會說什麼？她會有何反應？」她在腦中自問自答，自得其樂。

他們第一個話題就是若馨莊園的客人走了。「相信我，我感觸真的很深，」凱薩琳夫人說，「說到離別的感受，世上沒人比我更懂。但我特別喜歡這兩個年輕人，還知道他們也非常喜歡我！他們這次要離開非常難過！但他們總是如此。我當上校的姪兒，臨行前才終於打起精神。最難過的感覺是達西——我覺得他比去年還難過，他對若馨莊園的感情

柯林斯先生鞠躬目送馬車離去。"His parting obeisance"

確實一年比一年深。」

柯林斯先生聽了先一陣討好奉承，再暗示好事將近，母女兩人聽了欣然微笑。

晚餐後，凱薩琳夫人發現班奈特小姐情緒低落。一說完，她馬上自行推斷，伊莉莎白一定是不想那麼快回家，於是又說：

「不想回家的話，你就寫信給母親，請她讓你待久一點。我相信柯林斯太太很樂意讓你留下來。」

「感謝夫人熱情挽留，」伊莉莎白回答，「但真的不行。我下週六必須去倫敦了。」

「哎呀，你才待在這六週而已。我原本想說你會待兩個月。你來之前，我就跟柯林斯太太說了。根本不用急著走。再留兩週，你母親絕對會答應。」

「但我父親可不答應。他上週才寫信來，要我快點回家。」

「喔，你母親都答應了，父親當然沒差。父親哪會在意什麼女兒。你再待一個月，你們其中

道森先生

一個就能跟我去倫敦，我六月初要去那裡一週。道森不介意坐四輪敞篷馬車的馬車夫旁[41]，後頭還能再坐一個人——說真的，如果天氣涼爽，你們兩個都來也行，反正你們都那麼瘦。」

「你人太好了，夫人。但我覺得還是照原本的規畫吧。」

凱薩琳夫人看來接受了。

「柯林斯太太，你一定要請僕人護送她們。你知道我一向有話直說，我不放心讓兩個年輕女生自己坐車[42]。我看不慣這種事，年輕女生就是要好好保護和照顧，不過當然是看身分地位。我外甥女喬治安娜去年夏天去蘭斯蓋鎮，我特別叮嚀，派了兩個男僕護送。達西小姐是龐百利莊園的千金，也是達西先生和安妮夫人的女兒，要是身邊沒人，簡直不合體統。柯林斯太太，你派約翰陪兩位小姐去。幸好我有想到，你要是讓她們自己坐車，我看面子真都丟光了。」

「我舅父會派僕人來。」

「喔！你舅父！他有男僕啊？真高興你身邊有人注意這種事。你們會在哪換馬？喔，當然是布榮利鎮。你們在貝爾驛站報我名字，馬上會有人招呼你們。」

聊到她們的旅程，凱薩琳夫人還有一大堆問題，她不會一直自問自答，所以一定要時時搭理，伊莉莎白覺得這樣也好，不然她心事重重，可能會恍神。心事就等獨處時再想。只要單獨一人，她便會想個痛快。她沒有一天不獨自去散步，因為只有這時，她才能盡情沉浸在痛苦的回憶中。

達西先生的信她快背起來了。她句句細讀，對他的感覺每次都不同。想起他的口吻，她還是滿腔

41 Barouche，一種昂貴豪華的四輪敞篷馬車，車體沉重穩固，是十九世紀時髦的大馬車。前頭車夫駕駛座能坐兩人，後頭車廂有兩排對坐座位，能乘坐四人，車廂上配有拉篷能遮風擋雨。

42 此指搭乘郵車，當時的郵車上有座位可供人搭乘，中途會在驛站換馬。

怒火。但一想到自己冤枉和責怪他，她的怒火又轉回自己身上。他的失戀令人同情，感情令人感激，人格令人尊敬，但她還是不喜歡他。她不後悔自己拒絕，也不會想再見他一面。但想到自己過去一言一行，她仍感到氣惱和懊悔，家人的種種不足讓她無比哀傷。這事已無藥可救。她父親只愛在一旁取笑，絕不會挺身而出，管教幾個妹妹放肆輕浮的行為。至於她母親本身行為就已出格，根本看不出她們的毛病。伊莉莎白和珍雖然時常約束凱蒂和麗迪亞，但在母親縱容之下，她們又怎麼能改進？凱蒂意志薄弱，個性焦躁，只聽麗迪亞的話，姊姊講個兩句，她總要生氣。麗迪亞我行我素，任性妄為，根本不聽姊姊的話。她們倆無知懶惰，愛慕虛榮，只要梅里墩來了個軍官，馬上跑去勾搭人家，梅里墩離朗堡本來就不遠，兩人自然一天到晚往那裡跑。

除此之外，她也替珍煩惱。聽完達西先生解釋，扭轉了賓利在她心中的印象，她才更明白珍失去了多少。他對她一往情深，所作所為都無可指責，真要挑毛病，只能說他對朋友太過信任。想一想就痛心，珍的感情原本順順利利、勢如破竹，幸福勝券在握，卻因為家人行為愚蠢，舉止失禮，將一切全毀了！

回憶一切，再加上看破韋翰人格，可想而知，即使她向來樂觀，少見消沉，但受到這次打擊，她連強顏歡笑都辦不到了。

最後一週和剛來時一樣，他們仍頻繁受邀至若馨莊園。她最後一天晚上也是在那裡度過，夫人再次鉅細靡遺問起旅途細節，教她們怎麼打包最好，並叮嚀禮服要收好只有一種方式。瑪莉亞覺得回去後，自己必須把白天整理好的行李全拿出來，重新收拾一遍。

她們道別時，凱薩琳夫人放下高貴的身分，祝福她們旅途順利，並邀請兩人明年再來漢斯佛教區作客。狄堡小姐甚至還不辭辛勞行了個屈膝禮，伸手和兩位握手道別。

38

週六早上，其他人還沒來時，伊莉莎白和柯林斯先生在早餐桌上相遇。他連忙藉機鄭重向她告別，畢竟他覺得該有的禮數絕不能省。

「伊莉莎白小姐，」他說，「我不知道內人是否向你表達過感激，但我相信她臨行前一定會好好謝謝你。說實話，你這次來訪，我們夫妻內心十分感動。我們深知寒舍簡陋，難以好好招待。我們生活儉樸，房間狹小，家僕無幾，再加上我們沒什麼見識，對像你這樣的年輕小姐來說，漢斯佛教區肯定無聊至極。但我希望你明白，你這次來訪，我們感激萬分，並已盡力招待，盼你度過一段愉快的時光。」

伊莉莎白連聲道謝，表示這次十分盡興。她這六週過得相當開心，有夏洛特作伴，又受到盛情款待，她內心自然充滿感謝。柯林斯先生十分滿意，他露出笑容，鄭重回答：

The elevation of his feelings.

柯林斯先生的心情無比雀躍。

「聽到你這段時間沒有不開心，我十分高興。我們確實已盡力招待，最幸運的是，我們能介紹最上流的人士給你認識，憑我們和若馨莊園的交情，讓你能常走出寒舍，見一見世面，我想是盡了地主之誼，讓你這趟來訪不至於感到無趣。世上很少人像我們一樣與凱薩琳夫人有如此關係，這確實是一大優勢和好處。你看到我們兩家的關係了，也看到我們一直受邀作客。老實說，我不得不說牧師公館儘管差強人意，我倒不覺得住在這裡可憐，畢竟能共享若馨莊園的盛情。」

柯林斯先生的心情無比雀躍，千言萬語都不足以形容。他壓抑不住內心激動，來回踱步，而伊莉莎白則在簡短幾句話中，努力平衡真誠和禮貌。

「親愛的堂妹，其實回到赫福德郡，你或許能說一下這裡多好。這點小事，我相信不會太麻煩你。凱薩琳夫人對內人的照顧無微不至，這你天天都見到了。整體而言，我相信你的朋友沒選錯——事到如今，我想這點不用說了。我只想向你保證，親愛的伊莉莎白小姐，我衷心希望你未來結婚，也能和我們一樣幸福。夏洛特和我心意相通，思想處處契合。我們之間的一切，無論個性或想法都一模一樣。我們兩人簡直天造地設。」

伊莉莎白說得出口的是，這聽起來十分幸福美滿，還能同樣真心補上一句，她覺得他家十分舒適，為他感到高興。其實這都是夏洛特說過的，伊莉莎白正打算一一借來用時，夏洛特正好進門，替她省下了麻煩。可憐的夏洛特！留下她跟這種人一起生活，她好傷心！但夏洛特不是閉著眼睛選的。夏洛特雖然難過客人要走了，但似乎無須替她擔心。她對生活依然充滿熱情，天天持家整理，養雞養鴨，處理教區事務。

不久馬車到了，大行李綁上車頂，小行李放入車廂，一切準備就緒。她與朋友熱烈道別之後，柯林斯先生送伊莉莎白上馬車，兩人走過花園時，他託她向全家人問候，並感謝去年冬天在朗堡所受的款待，還請她向葛汀納夫婦問好，明明他們根本不認識。他扶她上馬車，瑪萊亞跟在後頭，車門快關上時，他突然驚慌提醒，她們沒給若馨莊園的夫人和小姐留話。

「不過，」他又補一句，「你們自然希望有人替你們致意，感謝她們這段時間的款待。」

伊莉莎白不反對，接著車門關上，馬車駛離。

「我的老天啊！」沉默了幾分鐘，瑪萊亞大喊，「感覺我們好像才來一、兩天！但發生好多事！」

「確實發生不少事。」伊莉莎白嘆口氣說。

「我們在若馨莊園吃了九次飯，還在那喝了兩次茶！我能分享好多事！」

伊莉莎白心裡暗想：「我要隱瞞好多事。」

兩人一路上沒多說話，相安無事，從漢斯佛教區出發，四小時內便到了葛汀納先生家，她們會在這裡住幾天。

珍氣色很好，但舅母好心為她們安排了各種活動，所以伊莉莎白沒機會仔細觀察她的心情。但珍會跟她一起回家，到了朗堡，她便有空好好觀察。

這段時間，她內心也迫不及待想回朗堡，把達西先生求婚的事告訴姊姊。這消息肯定能讓珍嚇一大跳，同時能滿足她以理智壓抑不住的虛榮，一想到此，她就恨不得趕快說一說，但她心裡仍在猶豫，不知自己該透露多少。就怕這一說，話題不小心重提賓利，反倒讓姊姊更傷心。

"They had forgotten to leave any message."
她們沒給若馨莊園的夫人和小姐留話。

39

五月第二週，三個女生從慈恩教堂街出發，前往赫福德郡某鎮。她們要前往驛車旅館，轉乘班奈特先生派來的馬車。馬車駛近旅館時，她們一抬頭，就看到凱蒂和麗迪亞站在二樓餐廳窗前探頭探腦，看來班家馬車已準時抵達。兩個女孩到此已經一小時，她們開心逛了對面的女帽店，看完站崗的哨兵，還拌好了小黃瓜沙拉。

兩人迎接姊姊，得意地秀出一桌冷盤，全是些旅館常見的食物。她們開心大喊：「是不是很棒？很驚喜對不對？」

「我們原本是想請客的，」麗迪亞接口說，「但你要借我們錢，因為我們剛才在那間店把錢花掉了。」她說完拿出剛買的東西。「你看，我買了這頂帽子。我覺得它沒有非常漂亮，可是我想乾脆買一買。等回家就把它拆開，看重新縫一縫會

「我們擠進來剛剛好！」

不會好看點。」

姊姊們說帽子醜時，她又滿不在乎地說：「喔，店裡還有兩、三頂更醜的，等我買一些顏色漂亮的緞帶重新裝飾，我覺得就戴得出門了。而且今年夏天穿什麼根本沒差，民兵團馬上要離開梅里墩了，他們只會再待兩週。」

「真的假的？」伊莉莎白大喊，心裡無比高興。

「他們要駐紮到布萊頓[43]一帶，真想叫爸爸夏天帶我們全家去那裡玩！那樣多棒啊，而且我敢說花不了多少錢。更何況，媽媽也想去！要是不去，今年夏天多無聊！」

「是啊，」伊莉莎白心想，「那多棒啊，真的，完全解決我們的問題了呢。我的老天！布萊頓和整營的士兵！光一個小小的民兵團，每月在梅里墩辦幾次舞會，我們就快被煩死了！」

「好，我跟你們說個消息，」麗迪亞說，「你們猜猜看？超好的消息，重大新聞，而且是關於某個我們全都喜歡的人。」

珍和伊莉莎白面面相覷，並先開口請服務生離開。麗迪亞見了大笑說：

「對，你們就是這樣，規規矩矩的，防東防西，好怕服務生聽到，好像他想聽咧！我敢說他平常聽到的更糟糕，我要說的根本沒什麼！但他長好醜！他走了也好。我這輩子沒見過那麼長的下巴。好，我說了喔，其實就是我們親愛的韋翰啦。服務生不能聽，是吧？韋翰不會娶瑪麗．金恩了——就是這樣！她去找住在利物浦的叔叔，不回來了。韋翰安全了。」

「瑪麗．金恩安全了！」伊莉莎白接著說。「好險沒人財兩失。」

「如果她喜歡他幹麼要走，真是大傻瓜。」

「但願雙方感情都不深。」珍說。

「他沒放感情，我很確定。我拍胸脯保證，他沒把她放心上。誰會喜歡那討人厭的雀斑女？」

伊莉莎白大吃一驚，心想自己雖說不出那麼糟糕的話，內心卻曾有過同樣糟糕的心情，還自以為思想開明！

大家吃飽喝足，姊姊付完帳，便請人備好馬車。忙了一陣之後，一行人再加上大小行李、針線包和凱蒂及麗迪亞讓人頭疼的新行頭，全上了馬車。

「我們擠進來剛剛好！」麗迪亞大喊，「幸好我買了帽子，就算只是為了帽盒也好玩！讓我們舒舒服服靠在一起，一路說說笑笑回家。首先，你們離開也一陣子了，先來聽聽你們的事。你們有遇到好男人嗎？有跟人家曖昧嗎？我好希望你們其中一個回來前找到老公。我覺得珍都快變老處女了，她都要二十三歲了！天啊！我二十三歲還沒嫁人會覺得好丟臉！你們都不知道，菲利普阿姨多希望你們找到老公。她說莉西當初應該要嫁給柯林斯先生，但我覺得那樣會很無聊。天啊！好想比你們早結婚喔！到時候，我就能陪你們出席所有舞會。對了！我們那天在福斯特上校家好好玩！凱蒂跟我那天去玩，福斯特太太晚上辦了個小舞會——對了對了，我跟福斯特太太真的很要好！——所以她邀請了哈林頓姊妹。但海莉生病了，所以潘恩只能自己一人來。後來你們猜我們怎麼辦？我們讓錢伯倫穿女裝，假裝他是小姐——光想就好玩！這事沒人知道，除了上校、福斯特太太、凱蒂和我，還有就是阿姨，因為我們跟她借了禮服。你們絕對想不到他多美！等丹尼、韋翰、普萊特和兩、三個軍官來了，他們完全沒認出他來。天啊！我真的狂笑！福斯特太太也是。我以為我會笑死。我笑成那樣，大家才開始起疑，後來就發現了。」

43 Brighton，位於英國東南方，是著名海濱度假景點。

麗迪亞聊著舞會上的事，開開玩笑，再加上凱蒂在旁東插一句、西插一句，在前往朗堡的一路上逗樂大家。伊莉莎白裝作沒聽到，但她們仍不斷提到韋翰的名字。

到了朗堡，家人熱情地歡迎她們。班奈特太太好高興珍一如往常美麗，晚餐時班奈特先生情不自禁，不止一次對伊莉莎白說：

「真高興你回來了，莉西。」

餐廳裡擠了好多人，盧卡斯家幾乎全家大小都來迎接瑪萊亞，順便打聽各種消息。每個人聊的話題都不一樣。盧卡斯夫人隔桌問瑪萊亞，夏洛特生活過得如何，雞鴨養得好不好。班奈特太太一心二用，一面聽坐在下首的珍說最近的流行，一面把話全轉述給盧卡斯家的幾位年輕小姐。麗迪亞聲音比其他人都大，她將白天各種趣事一一說出，讓想聽的人去聽。

「喔，瑪麗，」她說，「我真希望你跟我們一起來，我們玩得好開心！過去的時候，凱蒂和我把車窗全拉上，假裝馬車裡沒人。要不是凱蒂想吐，不然我們一路都會這樣做。到了喬治驛車旅館後，我覺得我們表現得非常好，因為我們請三位姊姊吃了全世界最美味的冷盤，如果你也有來，我們會連你一起請。後來回家路上更好玩！我以為馬車裝不下我們，差點要笑死。後來一路上都好開心！我們大聲聊天大笑，十五公里外都聽得到！」

瑪麗聽了，正經八百回答：「親愛的妹妹，我不是要說這不有趣，平常女生一定覺得有趣，但我不得不說，這一點都不吸引我。我寧可多看本書。」

但麗迪亞一個字都沒聽到。她很少聽人說話超過半分鐘，而瑪麗說話，她從來都不聽。

晚飯過後，麗迪亞央求大家一起去梅里墩看看，但伊莉莎白堅決反對。因為她們不能讓別人笑話，班奈特家幾位小姐才回到家，坐不到半天，又馬上跑去勾搭軍官。她反對還有另一個理由。她怕再次見到韋翰，決定能躲他愈久愈好。一想到民兵團即將離開，她的內心如釋重負，言語難以形容。再兩週他們便會拔營，等他們一走，她希望自己不再需要為他煩心。

她回家不過幾小時，便發覺麗迪亞在旅館提過要去布萊頓的事，父母來回聊了好幾次。伊莉莎白一眼便看出父親一點都不想去，但他的回答總是模稜兩可。她母親雖然常常灰心，但她從不死心，並相信最後能說動他。

40

伊莉莎白再也按捺不住，終於告訴珍之前發生的事。她決定省略跟姊姊有關的細節，好好嚇她一嚇，於是隔天早上，她便把她和達西先生那幕全說了。

珍起初十分震驚，但馬上覺得理所當然，畢竟妹妹這麼可愛，誰愛上都不意外。這陣驚訝一過，其他感受隨即湧上心頭。聽到達西先生表白方式適得其反，她的內心充滿惋惜；聽到妹妹拒絕，她更是難過，不知他會多傷心。

「他怎麼會這麼有把握，」她說，「想歸想，也不該表現出來，但你想一想，他愈有把握，失望就愈深。」

「真的，」伊莉莎白回答，「我由衷為他難過，不過他本來就有各種顧慮，對我的感情大概很快就淡了。我拒絕他，你不會怪我吧？」

「怪你！怎麼會！」

「那我之前幫韋翰說話，你一定會怪我吧？」

「不會啊——你替他說話哪有什麼錯。」

「你待會兒就知道了，讓我告訴你隔天發生的事。」

她提到那封信，重述所有關於喬治・韋翰的事。可憐的珍，她聽

了大受打擊！她一輩子都不相信世上有著大奸大惡，這些事還全是一人所為。達西先生證明了自己的清白，她雖然欣慰，卻無法釋懷。她一心想證明哪裡弄錯了，想為韋翰辯解，又不想委屈達西。

「算了吧，」伊莉莎白說，「你絕對沒辦法讓兩個人都當好人。只能從中二選一。他們兩人之間的好壞，帳算一算，只夠一個人當好人。而最近誰好誰壞一直在變。對我來說，我現在比較相信達西先生，但你可以有自己的選擇。」

過了許久，珍的臉上才好不容易浮現笑容。

「我這輩子沒這麼震驚過，」她說，「韋翰真是壞透了！簡直不敢相信。可憐的達西先生！親愛的莉西，你想想他多痛苦，多失落！還當面聽到你批評他！最後還不得不說出妹妹的傷心事！這一切真的太難過了。我相信你一定深有同感。」

「喔，還好啦，看你又是懊悔，又是同情，我的懊悔和同情都不見了。我知道你一定會好好為他平反，所以我覺得愈來愈事不關已，愈來愈不在意。你的同情愈氾濫，我的同情愈能省下來。你再多替他難過一點，我的心會變得像羽毛一樣輕。」

「可憐的韋翰！他的面容那麼善良親切！態度那麼坦然，又一副紳士的樣子。」

「這兩人的教育一定都有出問題。一個看不出是好人，一個只有看起來是好人。」

「我從不覺得達西先生看起來不是好人，只有你覺得。」

「但我無緣無故討厭他，其實別有用意。像這樣亂討厭人，才能激發才華，讓人說話更幽默。一直指責別人，其實說不出多公平的話；但不停取笑別人，有幾句不小心就會很好笑。」

「莉西，我相信你第一次讀信時，心情不可能像現在一樣吧。」

「是啦，當然不是。我那時有夠難受。真的非常難受，甚至痛苦萬分。而且沒人能聽我傾訴，姊姊不在身邊，不能安慰我說，我沒有自己想得那麼軟弱、那麼虛榮、那麼荒唐！喔，我好希望你在！」

「當初說到韋翰時，你罵達西罵得好難聽，結果現在看來，真的完全罵錯人了。」

「真的。說到底，都要怪我一直懷有偏見，才會罵得那麼過分。但有件事我要聽聽你的意見。你說我該不該讓大家知道韋翰的為人？」

珍沉吟一會兒，然後回答：「當然沒必要搞得那麼難看。你覺得呢？」

「還是不要好了。沒問過達西先生，不好把他說的事公開。更何況她妹妹的事，本來就該守口如瓶。如果不提證據，就想揭穿他的真面目，誰會相信我？大家對達西偏見這麼深，要是說他親切友善，梅里墩有一半的人打死都不會相信。我真的無法說服大家。韋翰不久要離開了，所以在這裡揭穿他的真面目意義不大。等事情真相大白，我們再來笑大家之前都笨到沒發現好了，但我現在不會說。」

「你說得對。將他犯下的錯公諸於世，可能會毀了他一生。也許他很後悔，正想重新做人。我們不該逼得他走投無路。」

聊過之後，伊莉莎白混亂的思緒總算平靜。這兩個祕密壓在她心上兩週，她終於找到人傾訴，未來無論想聊哪件事，她相信珍都願意傾聽。但她還有件事沒說，謹慎起見，還是不說的好。她不敢提到達西先生信中另一半的內容，也不敢告訴姊姊，賓利有多真心待她。這事不能讓任何人知道。她知道要等所有人化開誤會，才能解開心頭未解的結。「到時候，」她對自己說，「假如真有奇蹟發生，與其我說，還不如賓利自己來說更動人。等事過境遷，才輪得到我講！」

回家安頓好之後，她現在總算能觀察姊姊心情。珍不快樂。她仍對賓利念念不忘。她不曾想過自己會墜入愛河，她滿懷初戀的熾熱，又因為年紀和個性，這份感情沉著堅定，遠勝初戀許下的山盟海誓。他的身影在她心中揮之不去，心裡也沒有別人，而顧及朋友心情的她，只能用盡理智壓抑情緒，不讓自己沉溺於懊悔之中，就怕廢寢忘食，讓人擔心。

「我說莉西，」班奈特太太有天說，「珍失戀的事，你現在有什麼想法？我是想，我決定以後不再跟任何人提起。我前幾天也跟你阿姨菲利普說了。但我不知道珍在倫敦有沒有見到他。哼，他根本配不上珍——我覺得她現在不大可能嫁給他了，也沒聽說他今年夏天會回來尼德斐莊園。能問的人我都問過了。」

「我想他不會再來尼德斐莊園了。」

「喔，好啊！隨便他。誰想要他來。我只覺得他太對不起我女兒。如果我是珍，我才吞不下這口氣。哼，我唯一的欣慰是，珍一定會心碎而死，到時他肯定後悔莫及。」

伊莉莎白聽不出這有什麼好欣慰的，於是不答腔。

「所以，莉西，」她母親很快接著說，「柯林斯夫婦過得非常舒服，對吧？好的好的，只希望能一直這樣下去。他們家飯菜豐盛嗎？我敢說夏洛特很會持家。她有母親一半精明，就夠省了。我敢說，他們生活不奢侈吧。」

「對，完全不會。」

「看來是勤儉持家，這個自然。對啊對啊，他們要小心，不要入不敷出。這樣他們將來才不用為錢操心。祝他們好運！我想他們常聊起，等你父親過世，他們會接手朗堡的事吧。我敢說，他們已經聊得像是自己家一樣了。」

「他們不會在我面前提起這話題。」

「也是，他們當你面聊的話，多奇怪啊。但我相信他們私底下常聊。他們得到這不義之財，要是能心安理得，當然再好不過了。要是我有限定繼承的財產，我一定會覺得丟臉。」

"I am determined never to speak of it again"

「我決定以後不再跟任何人提起。」

41

她們回家第一週轉眼間便過去了，時間到了第二週，這是民兵團駐紮在梅里墩的最後一週，所有年輕女生都垂頭喪氣，人人無精打采。只有班家大小姐和二小姐仍吃得下飯，睡得著覺，照常生活。凱蒂和麗迪亞難過得要命，時不時就罵姊姊沒血沒淚，她們不懂家裡怎麼會有這麼狠心的人。

「救命啊！我們該怎麼辦？我們以後會怎麼樣？」她們大聲呼喊，悲痛欲絕。「你怎麼笑得出來，莉西？」深愛她們的母親感同身受，想起自己二十五年前也有過同樣的遭遇。

「米勒上校的兵團離開時，」她說，「我記得我哭了整整兩天。我覺得自己心都碎了。」

「我覺得**我的**心一定會碎。」麗迪亞說。

「要是能去布萊頓就好了！」班奈特太太說。

「就是說嘛！要是能去布萊頓多好！但爸爸好

"When Colonel Miller's regiment went away

米勒上校的兵團離開。

討厭。」

「只要泡一泡海水，我一輩子精神都好了。」

「菲利普阿姨也說，泡泡海水對我身體大有好處。」凱蒂附和。

她們天天咳聲嘆氣，聲音迴蕩在朗堡屋子裡。伊莉莎白試著把這事當笑話看，內心卻只感到羞恥。她再次感到達西反對婚事有理，差點要原諒他干涉賓利的感情。

但麗迪亞難過不久，馬上撥雲見日。她收到民兵團上校夫人福斯特太太的來信，邀請她一起去布萊頓。麗迪亞這位貴友年紀輕輕，才剛結婚。麗迪亞和她都愛好玩鬧，個性開朗，所以兩人一見如故，她們才認識三個月，卻已當了兩個月好友。

不消說，麗迪亞欣喜若狂，對福斯特太太讚不絕口。班奈特太太喜出望外，凱蒂則滿腹委屈。麗迪亞不顧姊姊心情，在屋裡手舞足蹈，跑來跑去四處討恭喜，又說又笑的，比平常更放肆。凱蒂就沒這麼幸運，她待在客廳怨天尤人，怪東怪西。

「我不懂為什麼福斯特太太不邀我和麗迪亞一起去，」她說，「雖然我跟她不算特別要好，但都邀她了，也應該要邀我，真要說，我還比她大兩歲。」

伊莉莎白跟麗迪亞講理她也不聽，珍勸她也勸不住。伊莉莎白看到邀請，一點都不像母親和麗迪亞那樣興奮，只覺得這一趟等於替妹妹的理智判了死刑。要是麗迪亞發現，不知會多恨她，但她仍忍不住偷偷建議父親阻止。她告訴父親，麗迪亞平時行為不斂，和福斯特太太往來對她毫無好處，跟這樣的女生去了布萊頓，那裡比家中更多誘惑，她可能會更加放縱。他用心聽完後開口：

「麗迪亞沒去外頭丟過臉，絕不會安分，現在這趟正好，又不用花家裡錢，也不會給家人造成麻煩。」

「麗迪亞的行為輕浮冒失，」伊莉莎白說，「外人看見的話，對我們所有人都會有非常嚴重的影響。不，其實早有影響。如果你知情，我相信你會重新考慮。」

「早有影響！」班奈特先生重複。「什麼！她嚇跑你的愛人嗎？可憐的莉西！但別沮喪，一個男生這麼挑剔，連一點荒謬事都受不了，想必不值得惋惜。來，告訴我，哪些臭傢伙因為麗迪亞胡鬧疏遠你。」

「你誤會了。我不是因為傷心而來一吐怨氣。我抱怨的問題不是關於我，而是關於大家。麗迪亞個性狂野，舉止輕浮，一定會影響我們在社會上的地位和名聲。不好意思——恕我直言，親愛的父親，如果你縱容她撒野，不好好教導她，警告她不能一輩子這樣，她很快會無可救藥。她的個性一旦定型，十六歲的她會變成一個花心女，讓家人和自己顏面掃地。而且變成花心女就算了，她還會是最爛、最不要臉的那種，除了年輕、長相勉強能看之外，她不會有任何魅力可言。她毫無見識，思想貧乏，再加上渴望受人崇拜，肯定會讓大家看不起。凱蒂也很危險。麗迪亞做什麼，她便跟著做。她虛榮無知，生性懶惰，任性妄為！喔，親愛的父親，你不怕她們走到哪都被人瞧不起、被人說三道四嗎？你不怕她們的姊姊連帶感到丟臉嗎？」

班奈特先生見她非常在意這件事，慈愛地牽起她的手，回答說：

「放心吧，女兒。你和珍無論到哪，一定都會受人敬重。你就是你，你在別人眼中不會少了半分，你不過就是有兩個——好吧，三個非常傻的妹妹。如果麗迪亞不去布萊頓，我們在朗堡可不得安寧。所以讓她去吧。福斯特上校是明理人，他不會讓她闖出大禍，更何況，還好家裡窮，她不會被誰盯上。到了布萊頓，她再搔首弄姿，處處調情，也不會像在這裡受人注目。軍官到時就看不上她了。所以，我們希望她在那裡會學到自己有多微不足道。總而言之，她壞也壞不到哪去，再壞的話，只能關她一輩子了。」

聽到這答案，伊莉莎白不得不接受。但她的想法還是不變，離開時，內心既失望又遺憾。但她的個性不會耿耿於懷。她相信自己盡了本分。事情已成定局，無可挽回，要她更加煩惱和焦慮，她才不要。

要是麗迪亞和母親聽到她和父親的對話，一定會大發雷霆，兩張嘴怎麼罵絕對都消不了氣。在麗迪亞想像中，這趟去布萊頓，等著她的是世上的各種幸福。她的想像力十分豐富，眼前彷彿能看見充滿歡樂的海濱度假勝地，街道上擠滿數十個陌生軍官，而她正是那萬綠叢中一點紅。接著她看到壯觀的軍營，帳篷整齊劃一鋪展開來，裡面全是朝氣蓬勃的年輕軍官，身穿耀眼的紅色軍裝。畫面中更完美的是，她置身於帳篷中，與至少六個軍官同時柔聲調情。

要是她知道姊姊想破壞她的好事，阻止她美夢成真，她會做何感想？這心情只有她母親能明白，她的感受和麗迪亞一模一樣。她天天咳聲嘆氣，覺得丈夫絕不會去布萊頓，所以麗迪亞能去，讓她無比欣慰。

不過兩人對剛才的父女對話渾然不知，她們繼續歡

與軍官柔聲調情。"Tenderly flirting"

天喜地，一路開心到麗迪亞出發那天。

伊莉莎白總算見了韋翰先生最後一面。她回家後，兩人見過不少次，焦慮是不會了，但好感也蕩然無存。她甚至發現，自己最初欣賞他的翩翩風度，現在看來其實矯揉造作、千篇一律，只讓她噁心和厭煩。除此之外，他最近的態度也讓她不大高興。他沒多久便擺明想和她重修舊好，但歷經之前冷暖，這只讓她怒火中燒。一發現他隨便又輕佻，她便一點也不在乎他了。雖然她盡量不去想，但仍暗自羞愧，因為韋翰竟然相信，無論他之前冷落她多久，無論原因為何，只要他再次關注她，她的虛榮心便會得到滿足，隨即又會動心。

民兵團在梅里墩最後一天，韋翰先生和其他軍官來朗堡吃飯。伊莉莎白一點都不想跟他好聚好散，一聽他問起她在漢斯佛教區的日子，她便提起費茲威廉上校和達西先生，說他們待在若馨莊園三週，並問他認不認識前者。

他先是顯得驚訝，接著面露不悅，神色提防。但他馬上鎮定下來，朝她一笑回答，他以前常見到費茲威廉上校，說他有紳士風範，又問了她對他的看法。她對其讚譽有加。他擺出一副滿不在乎的模樣，馬上又問：「你說他待在若馨莊園多久？」

「將近三週。」

「你常見到他嗎？」

「對，差不多天天都見面。」

「他的行為舉止和他表弟非常不同。」

「對，非常不同，但我覺得跟達西熟了就還好。」

「真的假的！」韋翰大叫，他的表情她全看在眼裡。「那我請教一下——」他及時忍住情緒，換上輕鬆的口吻繼續說：「他的說話方式進步了嗎？他終於放下架子，稍微懂得禮貌了嗎？我想都不敢想……」他壓低嗓子，用認真的語氣說：「他的本性會變好。」

「喔，沒有！」伊莉莎白說。「我相信他的本性從頭到尾都沒變過。」

她說這句話時，韋翰表情複雜，彷彿不知自己該高興，還是不信。她的神情難以捉摸，讓他害怕又焦慮，不自覺十分專注。她又說：

「我說跟他熟了就還好，不是說他內在或外在有什麼進步。而是熟悉他之後，比較能了解他的個性。」

韋翰漲紅了臉，神色慌亂，內心驚恐全寫在臉上。他沉默好幾分鐘，後來才放下尷尬，再次轉向她，語氣再溫柔不過：

「你知道我對達西的看法，一定了解我多為他高興，雖然只是表面，但看來他變聰明了，終於懂得裝裝樣子。看來他的驕傲也有點用，對他是沒好處，但對別人有，至少他不會再像欺負我一樣去欺負別人。我猜你剛才是指他收斂不少，但我怕那只是因為在阿姨家，他十分重視她的認可和評價。我很清楚，阿姨在時，他總是畏畏縮縮。主要是因為他想娶狄堡小姐，我相信這願望他一直放在心裡。」

伊莉莎白聽了忍不住露出微笑，但只微微點頭。她看出韋翰又想回頭去提自己的委屈，但她根本沒心情理會。當晚接下來的時光，倒換他變得很表面，他一如往常說說笑笑，卻不再討好伊莉莎白。兩人最後客客氣氣告別，彼此大概都希望未來不要相見。

眾人各自離去，麗迪亞要和福斯特太太回梅里墩，隔天一早便會出發前往布萊頓。她和家人分別，與其說感傷，不如說吵吵鬧鬧。凱蒂是唯一流淚的，但是因為嫉妒氣哭的。班奈特太太說個沒完，一直祝福女兒幸福快樂，並鄭重叮嚀她別放過任何機會，及時行樂——這點女兒想必會遵照母親吩咐。麗迪亞開心地大喊大叫，向大家道別，而姊姊幾句輕聲的珍重，她一個字也沒聽到。

42

若單憑自己家中的印象，伊莉莎白恐怕無法領會何謂婚姻幸福和家庭和睦。女生只要青春美麗，表面上都個性可愛，當年她父親貪圖青春美貌，結果娶了一個見識淺薄、思想狹隘的女生，結婚沒多久，他便不再真心愛她。夫妻間的尊重、欣賞和信任都蕩然無存，他對家庭幸福的憧憬也徹底破滅。但依班奈特先生個性，畢竟是自己輕率，失落歸失落，倒不會像一些人幹了傻事或壞事，就沉溺於聲色犬馬，尋求安慰。他喜歡鄉野，熱愛閱讀，這是他人生最大的樂趣。而妻子的無知愚昧為他的生活帶來不少趣味，但也僅此而已。照理來說，妻子應該為丈夫帶來別種快樂。但因為別無選擇，真正的智者只好隨遇而安，自得其樂。

The arrival of the Gardiners

葛汀納夫婦帶著四個孩子抵達了朗堡。

但自己的父親丈夫當得多糟，伊莉莎白也不是沒發現。她看在眼裡，總是十分痛心。她佩服他的才能，感激他對她的疼愛，但多年來，他不顧夫妻情面和規矩，讓小孩瞧不起母親，實在缺德至極。對此她無法視而不見，只能努力不去多想。但直到這一刻，她才深刻體會到，夫妻之間不適合，對小孩影響有多深；才能用錯方向，會造成多大的傷害。他若好好運用才能，就算無法拓展妻子眼界，至少能保住女兒的聲譽。

伊莉莎白雖然高興韋翰離開，但少了民兵團，其實沒什麼好處。現在出門聚會，見的人都大同小異；待在家裡，母親和凱蒂則不斷抱怨生活無聊，把屋子弄得烏煙瘴氣。但凱蒂不久應該會恢復正常，畢竟煩她的妹妹麗迪亞走了。要擔心的是麗迪亞，她容易被人帶壞，這趟去了海濱度假勝地和軍營，雙重危險之下，她恐怕會蠢上加蠢，變得更加自以為是。總而言之，伊莉莎白之前便發現，她引頸期盼的事，發生之後往往不如預期。因此她必須找出下一件事，作為幸福真正的起點。她會寄託自己的心願和希望，再次充滿期待，努力熬過當下，並為下一次失落做準備。她此時內心最期待的是湖區之旅。母親和凱蒂成天咳聲嘆氣，讓她度日如年，這趟旅行便是她最大的安慰。可惜珍沒能一起去，不然一切就太完美了。

「但幸好我有心願未了，」她心想，「如果一切完美，我最後一定會大失所望。我只要一直感嘆姊姊不能來，其他期待大概都會實現。規畫得十全十美，現實絕對無法實現，但過程有些小煩惱的話，結局一般來說不會太讓人失望。」

麗迪亞離開時，答應會常寫信給母親和凱蒂，鉅細靡遺交代自己的生活。但她每封信都讓家裡盼好久，收到了又常只有寥寥幾行。她給母親的信上總說她們剛從租書店回來，陪著她們的是哪個和哪個軍官，那裡賣的飾品多美又多美，差點讓她瘋掉。再不就說她買了新禮服或新陽傘，她想好好說一說，但福斯特太太在催了，她們趕著去軍營玩。至於她寫給凱蒂的信，交代的內容又更少了，雖然信比較長，但大多是姊妹間的悄悄話，不方便跟大家說。

麗迪亞離開兩、三週後，朗堡漸漸恢復朝氣，大家的身心也逐漸開朗，屋子再次充滿歡笑。一切都煥然一新。去倫敦過冬的家庭紛紛回來，大家換上夏日新裝，相約聚會玩耍。班奈特太太又如常發起牢騷，可見她心情恢復了平靜。到了六月中旬，凱蒂去梅里墩總算不會哭了。伊莉莎白見了十分高興，希望到了耶誕節，凱蒂能稍微懂事，一天頂多提起一位軍官就好，就怕英國陸軍部狠心搗亂，又派駐另一支民兵團到梅里墩。

轉眼間，再過兩週便是原訂北遊的日子，這時葛汀納太太寄來一封信，表示出發日要順延，行程也必須縮短。葛汀納先生因為工作關係，出發日要延後兩週，七月中才能出發，而啟程之後，一個月內要回到倫敦。時間太短，不適合遠遊，也無法去那麼多景點。為了旅途悠閒舒適，他們只好放棄湖區，換上更短的行程。照現在的計畫，最北只能到德貝郡。光是此郡，其實就夠他們好好玩上三週，對葛汀納太太來說，那裡特別令人懷念。她曾在郡裡一座城鎮生活幾年，他們這次也會去那兒住幾天。舊地重遊，她對那地方的好奇，可能不亞於馬特洛克、查茲沃思、鴿谷或峰區等著名景點。

伊莉莎白非常失望。她好想去看湖區的美景，也覺得時間明明足夠。但她本該知足——再加上她生性快樂，沒一會兒就釋懷了。

提到德貝郡，她腦中冒出許多想法。聽到這地名，不可能不想到龐百利莊園和莊園主人。「話說回來，」她說，「我當然能大大方方踏進他的故鄉，撿幾顆螢石[44]回家，反正他不會發現吧。」

期盼的時間又長了一倍。要再過四週，舅父母才會來。但時間終究過去了，葛汀納夫婦帶著四個

44 此指德貝郡（Derbyshire）特產的「藍約翰螢石」（Blue John），晶體呈帶狀黃色與藍紫色相間。

孩子抵達了朗堡。孩子是兩男兩女，兩個女兒一個六歲，一個八歲，兩個年幼的弟弟則特別交給表姊珍照顧，他們都很喜歡珍，畢竟珍性情穩重，溫和親切，照顧無微不至，她不但能教能玩，也疼愛著他們。

葛汀納夫婦只會在朗堡住一夜，隔天早上便會和伊莉莎白出發，展開這場新鮮有趣的冒險。這趟旅程別的不說，有件事一定是高興的：三人非常適合當旅伴。他們三人身體健康，性情穩定，都能忍受舟車勞頓；而且個性都十分開朗，每一件趣事都能變得更好玩；除此之外，他們感情特別深厚，頭腦又聰明，即使面對失望，都能自得其樂。

本書無意描述德貝郡和他們沿途經過的名勝，像是牛津、布倫海姆、華威、凱尼沃斯、伯明翰等等，這些地方早已家喻戶曉。德貝郡之旅重點在一座名叫蘭頓的小鎮，葛汀納太太曾在此生活，她最近聽說幾個熟人仍住在那裡，想在探訪重要景點之後，繞去鎮上看一看。舅母告訴伊莉莎白，龐百利莊園距離小鎮只有八公里。雖然不在原定路線上，但中途多繞去一趟，也不過多兩、三公里路程而已。前一天晚上，他們在聊行程時，葛納汀太太表示想再去莊園看一看。葛汀納先生也有此意，於是便問伊莉莎白的意思。

「親愛的，你常聽到這莊園，難道不想親眼看看嗎？」她舅母說。「這地方和那麼多你認識的人有關。韋翰在那裡長大的，你也知道。」

伊莉莎白感到很為難。她覺得自己不該去龐百利莊園，只好假裝不感興趣，推說自己大房子看膩了，去了那麼多古堡莊園，現在對華美地毯、綢緞窗簾真的沒興趣。

葛汀納太太罵她傻。「如果只是裝潢富麗堂皇，」她說，「我自己都不想去，但他們的綠地非常漂亮。那裡有全郡最美的樹林。」

伊莉莎白不再多說，但心裡實在不願意。她馬上想到，要是看著看著，遇到達西先生怎麼辦。太可怕了吧！想到這，她已羞紅了臉，心想還是不要冒險，乾脆向舅母攤牌算了。但想想也不妥，最後決定，她要先私下問達西先生人在不在莊園，如果他在，萬不得已之下，再向舅母坦白。

於是晚上休息時，她向女僕打聽，龐百利莊園是不是很豪華？莊園的家族姓什麼？接著她不安地問，他們一家人夏天回來莊園了嗎？最後一個問題的答案簡直求之不得：沒有。她不用提心吊膽了，心情一放鬆，她不禁對莊園充滿好奇，想親自一探究竟。隔天早上舅父母又提起這件事，詢問她時，她擺出滿不在乎的樣子，毫不猶豫回答，她其實不反對。

於是龐百利莊園之旅，就此成行。

43

馬車駛近，伊莉莎白看到龐百利莊園的樹林映入眼簾，內心有些七上八下。等他們終於來到門口，拐彎進入莊園，她的心情更是忐忑。

莊園綠地幅員廣闊，地形變化多樣。他們從莊園最低處進入，在一座延綿遼闊的美麗樹林間行駛了良久。

伊莉莎白滿懷心事，無法放鬆聊天，但見到每一處景點和美景，她都讚嘆不已。他們緩緩爬坡快一公里，不知不覺來到山頂高處，一穿出樹林，眼前豁然開朗，馬上見到龐百利莊園別墅矗立在山谷對面，面前有一條蜿蜒曲折的道路通向山谷。那是一棟巨大壯觀的石砌建築，屹立在山坡上，後方的山丘鬱鬱蔥蔥，前方有條豐沛的天然溪流，氣勢磅礴，沒有一絲人為鑿斧的痕跡。兩岸景觀毫不制式呆板，也不造作。伊莉莎白無

"Conjecturing as to the date"

舅父在推算房子的年代。

比開心。她從未見過這麼得天獨厚的地方，也沒有因為個人品味破壞了自然美景。三人對一切讚不絕口。那一刻，她覺得當龐百利莊園的女主人好像不錯！

馬車下了山坡，過了橋，駛向大門。近距離看到大宅，她又開始害怕會遇到達西先生，就怕昨晚女僕搞錯了。他們上門請求參觀[45]，便被請入了大廳。等待管家來時，伊莉莎白在這得空的當下，才訝異自己竟真的來到了這裡。

管家來了。她是個可敬的年長婦人，但比伊莉莎白想像中打扮更樸素，舉止更有禮。他們隨她走進餐廳。裡頭空間寬敞，格局方正，布置高貴典雅。伊莉莎白大略看了看，便走到窗邊欣賞美景。剛才馬車駛下的那座山丘十分壯麗，山頂林木茂密，從遠處看去更顯陡峭。舉目所及，每一處都美不勝收。她滿心喜悅眺望全景，河川緩緩流動，樹木散落在河岸上，曲折山谷延伸到視線之外。他們進到其他房間時，窗外的萬物都換了位置，但每扇窗的景致各有各的美。莊園一間間房間皆高大雅致，家具也襯托著主人的地位，但品味出眾之外，伊莉莎白還發現家具毫不俗氣，也不會過分奢華——比起若馨莊園，這裡稱不上華麗，卻更顯高雅。

「而且這地方，」她心想，「差一點要屬於我了！想想這時候，這些房間我搞不好都熟悉了！我本來不用當個陌生的客人，這一切可以為我所有，還能歡迎舅父母來作客。可是不對……」她又想起了。「這絕不可能。嫁給他，我恐怕就不能和舅父母往來，更不可能邀請他們來了。」

幸虧她想起這點——不然她差一點要後悔了。

她好想問管家，主人是否真的不在，但又沒有勇氣。不過後來，舅父倒是問了。她慌張地別開臉，女管家雷諾太太回答他不在，並補了一句：「但他明天就回來了，還會帶一群朋友來。」伊莉莎白聽了，

45 十八世紀漸漸流行起參觀莊園的行程，旅行書中會列出莊園別墅和庭園綠地，在特定時間供鄉紳階級付費參觀。

很慶幸他們的旅途一天都沒有耽擱到！

舅母這時喚她去看一幅畫。她走過去，看到壁爐架上方許多小畫像之間，掛著一幅貌似韋翰的畫像。她舅母笑著問她覺得好不好看。管家走上前，告訴他們這位年輕紳士是老主人管家的兒子，老主人親自栽培他長大。「他現在從軍了，」她補了一句，「但恐怕變得非常不像話。」

葛汀納太太望著外甥女一笑，但伊莉莎白笑不出來。

「那一幅，」雷諾太太指著另一幅小畫像說，「是現在的莊園主人。畫得還真像。跟另一幅是同一時間畫的，大概是八年前的事。」

「我聽說莊園主人一表人才，」葛汀納看著畫說，「他的五官真英俊。莉西，你可以跟我們說這畫得像不像。」

聽到伊莉莎白認識主人，雷諾太太對她頓生敬意。

「小姐認識達西先生？」

伊莉莎白臉一紅說：「見過面而已。」

「你不覺得他長得非常英俊嗎，小姐？」

「是的，非常英俊。」

「要說誰有那麼英俊，我敢說我沒見過。但在樓上畫廊，你們會看到一幅更大的肖像畫。這裡是老主人最喜歡的房間，小畫像的擺設和過去一樣。他非常喜歡這些畫。」

伊莉莎白聽了才明白韋翰先生的畫像在其中的原因。

雷諾太太接著指向達西小姐的畫像，畫像中的她才八歲。

「達西小姐長得跟哥哥一樣好看嗎？」葛汀納先生說。

「當然啊。她是我見過最美的小姐了，而且才華洋溢！她天天都在彈琴唱歌。隔壁房間剛搬來一架新鋼琴，正是要給她的。那是主人送的禮物，她明天會和他一起回來。」

葛汀納先生隨和親切，他和雷諾太太有問有答，逗得她不自覺愈說愈多。雷諾太太不知道是驕傲，還是感情深，聊起主人和他妹妹，感覺十分高興。

「你的主人待在龐百利莊園的日子多嗎？」

「我是希望能再多待一點，先生，但我會說他一年至少會在這裡待半年。達西小姐夏天總會來避暑。」

伊莉莎白心想，除了她去蘭斯蓋鎮的時候。

「如果你的主人結婚，你可能會更常看到他。」

「是的，先生，但我不知道那要等到什麼時候。我不知道誰配得上他。」

葛汀納夫婦面露微笑。伊莉莎白忍不住說：「你這麼想，我相信是對他最大的讚美。」

「我說的只是實話，認識他的每個人都這麼說。」她回答。伊莉莎白愈聽愈訝異，覺得這太誇張了，只聽管家又說：「我這輩子沒聽他對我說過一句氣話，而我從他四歲便看著他長大了。」

所有稱讚中，這點最出乎意料，和她的印象完全相反。達西脾氣不好，她不曾懷疑過。這激起她心中的好奇，想聽她多說一些，幸好舅父這時又說：

「能讓人這樣稱讚，世上少有。你有這樣的主人真幸運。」

「沒錯，先生，確實是這樣。走遍天下都找不到更好的主人。但我總是說，小時候個性好，長大個性也會好。他一直是脾氣最好、心地最善良的孩子。」

伊莉莎白幾乎是瞪著她看。「她說的是達西先生？」她心想。

「他父親也很了不起。」葛汀納太太說。

「是的，女士，他確實很了不起。他兒子跟他一模一樣——對窮人都樂善好施。」

伊莉莎白在一旁聽了，內心驚奇又懷疑，迫不及待想聽她說更多。雷諾太太說別的，她都沒興趣。無論是畫像中的人物、房間的空間、家具的價格，她都不在乎。雷諾太太對莊園主人讚不絕口，無非因為是自家人，葛汀納先生聽了覺得好玩，沒多久又把話題帶到這上面。他們一起走上巨大的樓梯時，她又熱情說起主人的優點。

「他是史上最好的地主，也是最好的莊園主人，」她說，「不像現在亂七八糟的年輕人，只為自己著想。他的佃農和僕人，沒有一個不說他好話。有人說他驕傲，但我從不覺得。依我看，這只是因為他話少，他不像外頭的年輕人會耍嘴皮子。」

「說得他人見人愛了！」伊莉莎白心想。

「描述好正面，」他們一邊走，舅母一邊說，「跟他欺負我們可憐朋友的形象不大相符。」

「也許我們被騙了。」

「不大可能，我們是聽本人親口說的。」

到了寬敞的二樓大廳，管家帶大家進到一間非常漂亮的起居室。這裡才新布置好，比起樓下的房間，更為雅致和明亮。她告訴大家，這間房剛為達西小姐收拾好，去年來龐百利莊園，她十分喜歡這房間。

「他絕對是個好哥哥。」伊莉莎白說著走到窗前。

雷諾太太猜達西小姐踏進房間時一定會很高興。「主人總是如此，」她補充，「只要能讓妹妹高興，他一定馬上派人去做。為了妹妹，他做什麼都願意。」

接下來要參觀的只剩畫廊和兩、三間主臥室。畫廊中掛了許多精美的畫作，但伊莉莎白對繪畫一竅不通，只見畫作和樓下的差不多，她寧可去看達西小姐的蠟筆畫，她畫的東西比較有趣，也比較看得懂。

畫廊中有許多家族畫像，但看在陌生人眼中沒什麼意思。伊莉莎白找尋著那張她唯一認識的臉龐。最後她找到了——她望著畫中達西先生栩栩如生的臉，他臉上帶著偶爾望向她時會浮現的笑意。她站在畫前好幾分鐘，認真沉思，他們走出畫廊前，她又回去看了一眼。雷諾太太告訴他們，那幅畫是他父親在世時畫的。

就在此時，伊莉莎白內心對他湧起一陣暖意，他們頻繁往來時，她也不曾有此感受。雷諾太太對他的稱讚並非微不足道。有什麼讚美比得過一個聰明管家的讚美？她心想，身為哥哥、地主和莊園主人，有多少人的幸福掌握在他手中！他能左右多少人的快樂和痛苦！他能做多少好事和壞事！管家說的每一句話都證明了他的為人。她站在他的畫像前，畫中主角的雙眼凝視著她，她想起他的目光，心中湧起前所未有的深厚感激。她記得他眼神中的溫暖，而他失不失禮似乎已不那麼重要了。

房子能供外人參觀之處都參觀完了，他們回到一樓，和管家告別後，園丁在大門口接手。

他們越過草坪，走向河邊，伊莉莎白回頭再看一眼房子，她的舅父母也停下腳步。舅父還在推算房子的年代，莊園主人達西先生突然從房子後方通往馬廄的路繞出來。

兩人距離彼此不到二十公尺，他忽然出現，躲都躲不掉。他們瞬間目光相交，兩人都滿臉通紅。達西大吃一驚，一時間愣在原地，但他隨即回過神來，走向一行人，並向伊莉莎白問候，雖然不算鎮定，但至少彬彬有禮。

她直覺轉身要走，但見他靠近，只好留在原地，接受了他的問候，內心尷尬到恨不得挖個洞鑽進去。舅父母見到本人前，也端詳過畫像，就算一時之間認不出他，一看到園丁驚訝的表情，也隨即會意。達西和外甥女說話時，他們稍稍保持了距離。伊莉莎白驚慌失措，幾乎不敢抬頭看他，他有禮地問候她的家人時，她連答了什麼都不知道。她感到不可思議，他的態度和上次判若兩人，每一句話都讓她更為尷尬。她腦中只想著自己不請自來有多失禮，兩人交談不過幾分鐘，卻是她這輩子最難熬的時光。其實他也稱不上從容，語氣不若平時沉穩。他反覆問她何時離開朗堡，又問她來德貝郡多久，問來問去不出這幾句，句句倉卒，腦中顯然一片混亂。

最後他找不到話說，站在原地沉默一會兒，突然回過神，就此告辭。

舅父母走到伊莉莎白身旁，紛紛讚美起達西儀表堂堂，但她一個字都沒聽到，只默默跟著他們，心裡五味雜陳。她心中滿是羞恥和氣惱。她來這裡根本大錯特錯，這是史上最大誤判！他這麼虛榮的人，一定覺得很奇怪！她這樣有多丟臉啊！好像她又故意跑到他面前！噢！她幹麼來啊？他幹麼提早一天回來？他顯然才剛下馬或下馬車，他們只要早到十分鐘，應該就已走遠，他也認不出來了。一想到這次見面有多莫名其妙，她一張臉紅了又紅。但他這次態度簡直換了個人——什麼意思啊？他光是主動來找她說話就好不可思議！態度還客客氣氣的，甚至問候了她的家人！她這輩子不曾見過他如此平易近人，也不曾聽過他說話如此溫柔，尤其兩人是意外碰面。他在若馨莊園把信交給她時，態度簡直天差地別！她不知該做何感想，也不知該如何解釋。

他們沿著溪岸走上一條美麗的小徑，每往前一步，景致都更加壯麗，樹林都更加優美，但伊莉莎白走了好一會兒才發覺。舅父母一路叫她看這看那，她都隨口敷衍，目光看似投向他們手指的地方，其實景色都沒看進眼裡。她一顆心仍留在龐百利莊園，達西先生在哪，她就想著哪。她好想知道在那一刻，他在想什麼，他怎麼看待她，還有事到如今，她在他心中是否還占有一席之地。也許他客氣有禮，只是因為他很自在，但他聲音有點什麼，聽來不像。他見到她是痛苦還是高興，她看不出來，但他絕不鎮定。

後來舅父母見她心不在焉，說了幾句，她才趕緊回過神來。

他們進到樹林中，爬往高處，暫別溪流一會兒。有幾處樹林開了口，讓大家一飽眼福，山谷起伏，對面的山丘鬱鬱蔥蔥，溪流也時隱時現。葛汀納先生提議繞莊園一圈，但擔心路程太長。園丁得意地告訴他們，繞一圈大約十六公里。於是他們打消了念頭，決定照平常巡迴的路線。不久一行人再次穿梭樹林，來到溪流最狹窄處。他們跨過一座和景物融為一體的簡陋木橋，這裡比他們之前參觀的任何地方都更未經雕琢。廣闊的山谷至此化為一座狹谷，只容得下溪流和一條狹窄的步道，參差的矮林夾道生長。伊莉莎白好想循著蜿蜒的步道向前，但他們過了橋，發現龐百利大宅已在遠處，葛汀納太太不大能走，因此不願再往前了，只想盡快回到馬車上。她的外甥女不得不放棄。他們從溪的另一邊抄近路往大宅走，但走得十分緩慢，因為葛汀納先生非常喜歡釣魚，卻很少有機會盡興。溪水不時出現鱒魚時，他不只看得目不轉睛，還和一旁的園丁聊起魚來，哪裡還顧著走。一行人還在走走停停時，又是一陣驚訝，因為達西先生竟從不遠處再次朝他們走來，伊莉莎白的震驚不亞於上一次。步道這一側樹林不像彼岸茂密，他們遠遠便看到他。伊莉莎白驚訝歸驚訝，但這次至少比較有心理準備，如果他真是來找他們，她決定要努力保持鎮定，好好和他交談。其實她一度以為他會轉去別條步道。他們隨步道轉彎時，一時間看不到他的人影，結果拐過彎，他便突然出現在他們面前。她馬上發覺，他的態度依然客氣有禮。於是她有樣學樣，一開口便讚美這地方，但她才正說到「風景宜人」和「賞心悅目」，心裡閃過幾段不湊巧的回憶，就怕自己稱讚龐百利莊園會被曲解，她臉一紅，便不再說話了。

葛汀納太太正站在後頭不遠處。伊莉莎白一停頓，達西便問她，他是否有榮幸認識她的朋友。禮貌到這個程度，她完全沒預料到。她忍不住要笑，因為他求婚時自視甚高，不屑與她的親戚為伍，現在卻想認識他們。「發現他們的身分時，」她心想，「他會多驚訝啊！他以為他們是上流人士了。」

但她還是當場介紹他們認識。她說出他們和自己的關係時，偷瞄了達西一眼，看他有何反應，並期待他內心嫌棄，拔腿就跑。他一聽是親戚，顯然十分驚訝，但他堅持留下，不只沒離開，反而陪他們一起返程，並和葛汀納先生聊起天來。伊莉莎白不禁感到既滿意又得意。讓他知道她有幾個不讓人臉紅的親戚，她感到十分欣慰。她豎耳聽著兩人的對話，舅父句句反映出他的智慧、品味和修養，令她無比自豪。

兩人不久聊起了釣魚，她聽到達西先生客氣地說，只要自己還在莊園這一帶，歡迎葛汀納先生常來釣魚，他也願意提供釣具，還指出溪裡魚最多的地方。葛汀納太太和伊莉莎白挽著手走，不可思議地望了她一眼。伊莉莎白不發一語，但內心充滿感激。他做這一切自然是看在她的面子上。但她無比震驚，腦中反覆繞著同個念頭：「他為什麼變這麼多？到底是什麼原因？不可能是為了我吧，他的行為舉止變得溫柔，不可能是因為我。我在漢斯佛教區教訓他一頓，不可能讓他改頭換面。他更不可能還愛著我。」

太太小姐在前，兩位紳士在後，四人這樣走了一會兒。後來他們下河岸邊觀賞完奇特的水生植物，正要回到原本的順序時，隊伍出現了變化。葛汀納太太白天走累了，嫌伊莉莎白手臂沒力，想去挽著丈夫。於是達西先生便來到她的外甥女身旁，兩人一起走。沉默一會兒，伊莉莎白率先開口了。她希望他知道，她來這裡之前曾確認過他不在，於是她開口便說，他的出現完全出乎意料之外。「你的管家，」她補充，「之前告訴我們，你明天才會回家。真的，我們離開貝克韋爾鎮前，聽說你不在郡裡。」他坦承確實如此，說因為他有事要找管家，所以比同行幾位早了幾小時回來。「他們明早會到，」他繼續說，「其中幾位你也認識——賓利先生和他的姊妹。」

伊莉莎白聽了只微微點頭。她馬上想起兩人上次提到賓利先生那一刻，從他表情來看，他大概想著同樣的事。

「還有另一個人，」他頓了頓說，「她特別希望能認識你。會太冒昧嗎？但你在蘭頓這段時間，我能介紹我妹妹給你認識嗎？」

他這個請求讓她萬分吃驚，連該怎麼答應都不知道。她馬上覺得，無論達西小姐多想認識她，這肯定是她哥哥的主意。她一時也沒深究，心裡只覺得高興。他雖然氣她，但幸好沒真的討厭她。

兩人沉默地向前，各自沉浸在思緒之中。伊莉莎白內心忐忑不安，難以置信，但也受寵若驚，無比高興。他希望介紹妹妹給她認識，是對她最大的禮遇。兩人不久便將葛汀納夫婦遠遠拋在後頭，他們到馬車旁時，葛汀納夫婦還在兩百公尺外。

達西這時問她要不要進家裡坐一會兒——但她說自己不累，他們便一起站在草坪上。這時候，明明有不少事能聊，兩人卻沉默無語，氣氛尷尬不已。她想開口，卻感覺每個話題都不能聊。最後她想起近日的旅行，兩人便一股勁兒繞著馬特洛克和鴿谷聊。但時間過得好慢，舅母也走得好慢——她的耐心和話題都快用完時，獨處的時光總算結束。葛汀納夫婦來了之後，達西先生邀請他們進屋裡用點心，但他們謝絕了，主客禮貌萬分，彼此道別。達西先生扶小姐太太上馬車，馬車駛離時，伊莉莎白看著他緩步走向大宅。

舅父母馬上聊起他來，兩人都說他為人處事出乎意料得好。「他教養好，進退得宜，謙恭有禮。」她舅父說。

「他是有一點點難以親近，這是當然，」她舅母附和，「但那只是他流露的氣質，說不上是無禮。

我現在同意管家的話了，雖然有人說他驕傲，但我不覺得。」

「我最驚訝的是他對我們的態度。不只是禮貌了，真的是處處周到，他其實不需要這樣。他和伊莉莎白根本不熟。」

「說真的，莉西，」她舅母說，「他不像韋翰那麼帥。或這麼說吧，他長得也好看，卻不如韋翰討喜。但你為什麼要把他說得那麼討厭？」

伊莉莎白找了各種理由，說她在肯特郡時對他的印象已比之前好多了，也說她沒見過他像今天這麼親切。

「也許他這次好客，是心血來潮，」她舅父回答，「大人物常會如此，所以我就不要把他邀我釣魚的事當真了，他隔天可能會改變主意，把我趕出莊園。」

伊莉莎白覺得他們完全誤會他了，但沒說話。

「在我看來，」葛汀納太太繼續說，「真難想像他這麼殘酷，會欺負可憐的韋翰。他看來心地不壞，一開口反而很討人喜歡。他一臉正派，感覺不會做壞事。但當然，帶我們參觀房子的女管家，確實把他誇上天了！我有時差點大笑。但我想他一定很慷慨，這在僕人眼中便是集美德於一身了。」

聽到這裡，伊莉莎白覺得在韋翰的事情上，她必須為達西辯護幾句。她說得含蓄小心，只說她在肯特郡時，聽達西先生的親戚說，他會那樣對待韋翰其實另有隱情。達西的為人絕不像赫福德郡謠傳的糟糕，韋翰也沒大家說的善良友好。為了證明，她說出了兩人之間的金錢往來，但沒提是誰講的，只說是個信得過的人。

葛汀納太太十分驚訝，內心擔憂。但馬車這時已駛近蘭頓，處處是她青春的場景，她沉醉在回憶中，忙著將附近有趣的、好玩的指給丈夫看，無心去想別的事了。她白天雖然走累了，但他們吃完飯，她又去拜訪她的老友，久別重逢，大家開心聊了一整晚。

白天的事太耐人尋味，伊莉莎白根本無心認識新朋友。她想了一遍又一遍，愈想愈不懂達西先生為何那麼有禮，尤其為何要介紹妹妹給她認識。

44

伊莉莎白原以為達西先生的妹妹抵達龐百利莊園後，他會隔一天再帶她來拜訪，於是她在心裡默默決定，當天一整天都要待在旅館附近。但她想錯了，他們抵達蘭頓的隔天，兄妹倆就來了。他們才和新朋友從鎮上散步回來，正準備更衣和對方吃晚餐，這時外頭傳來馬車聲，他們到窗前一看，看到一男一女坐著雙輪敞篷馬車[46]從街上駛來。伊莉莎白一眼認出馬車夫的制服，知道是怎麼回事，趕緊通知舅父母貴客來訪，他們聽了大吃一驚。舅父母對這一切感到不可思議，但看到她難為情的模樣，再把眼前和昨天的情景想一想，總算恍然大悟。雖然他們之前都蒙在鼓裡，但以達西先生的身分地位，對外甥女如此禮遇，毫無疑問是對她有好感。他們還在消化時，伊莉莎白內心每分每秒都更加慌張。她也不明白自己為何擔心東、擔心西的，但她好怕達西出於愛慕，把她捧得太高。她比平時更想留下好印象，自然覺得做什麼都不討喜。

她怕被看到，於是從窗前退開，在房中來回踱步，努力鎮定下來，但見舅父母一臉驚奇和好奇，她心裡又更慌了。

達西小姐和哥哥出現，令人害怕的介紹開始了。伊莉莎白驚訝地發現，她的新朋友竟和她一樣不知所措。自從來到蘭頓，她便聽說達西小姐非常驕傲，但觀察幾分鐘，馬上確定她只是非常害羞。問她什麼，她都嗯嗯啊啊，吐不出半個字。

達西小姐身材高䠷，身形比伊莉莎白大一號，雖然才剛滿十六歲，已是亭亭玉立，一身婀娜多姿，優雅端莊。她的外表不如哥哥出眾，但看來頭腦聰明，個性溫柔，舉止態度謙和文雅。伊莉莎白原以為她和達西先生一樣精明犀利、鎮定內斂，如今見她氣質截然不同，鬆了口氣。

他們相見不久，達西便告訴她，賓利也會來訪。她還來不及表達喜悅，準備迎接，便聽到賓利快步爬上樓，沒一會兒便走進房中。伊莉莎白對他的怒火早已煙消雲散，就算她還有點生氣，看到他重逢時真誠喜悅的樣子，她也沒理由生氣了。他友善地問候了她的家人，雖然沒深問，但看來如以往一樣，神態自然，語氣輕鬆。

默默觀察賓利先生的其實不只伊莉莎白，葛汀納夫婦也是。他們早就想見他一面。其實眼前這群人，讓他們看得津津有味。他們才剛懷疑達西先生和外甥女的關係，現在更卯起勁來，小心翼翼刺探。他們不久便確定，至少一人已在品嘗戀愛的滋味。女生的感覺，他們還有點不確定；但男生的話，無庸置疑，愛慕之情溢於言表。

對伊莉莎白來說，她有好多事要做。她想顧及每個客人的心情，還要保持鎮定，並讓所有人對她留下好印象。但她最擔心的一點，其實最不用擔心，因為她努力招待的客人，個個都對她懷有好感。賓利本來就和她友好，喬治安娜想和她要好，而達西對她更是一意討好。

46 curricle，設有拉篷、由兩匹馬拉的輕便馬車，可容納兩名乘客，車夫則坐在車尾或平台上。

見到賓利，她的心思自然飛到姊姊身上。噢！她好想知道，他是不是也想到她姊姊了。有時她會覺得他的話比之前少。有一、兩次，她一廂情願覺得，他看她的神情，是想從她身上找尋姊姊的影子。雖然可能是她的想像，但有件事錯不了，那就是賓利對達西小姐的態度。先前說她是珍的情敵，但雙方看來沒特別的情感。從兩人互動，她看不出賓利小姐為何有所期望。所以這一點她不久便放心了。他們告別之前，在伊莉莎白的心情投射之下，賓利似乎有兩、三次透露一絲柔情，表達出他對珍的思念，彷彿他想多聊一點，順勢提起她的名字，卻一直不敢。當時其他人在一旁聊天，他走來找她，語氣滿是遺憾，對她說，上次見到她已是好久以前的事。她還來不及回答，他又接著說，有八個多月了，他們從十一月二十六日，大家在尼德斐莊園跳完舞之後，就沒再見過面。

"To make herself agreeable to all"
她想讓所有人對她留下好印象。

聽他記得如此仔細，伊莉莎白十分高興，後來他又趁聊天空檔問她，她的姊妹是不是全都在朗堡。問題僅此而已，前面也沒多說什麼，但他的神情舉止帶有言外之音。

她雖然無法一直觀察達西先生，但每瞄一眼，她都更覺得他平易近人、彬彬有禮，而他說的每一句話，她都不覺得傲慢或瞧不起人。也許只是暫時而已，但自昨天之後，他至少又多禮貌了一天。她見他主動和舅父母聊天，幾個月前他會不齒和他們往來，現在卻努力留下好印象。他不只對她客氣，就連他直言嫌棄的親戚，也以禮相待。回想漢斯佛公館求婚那一幕，對照之下，他的差別與變化如此之大，她的內心衝擊之強烈，讓她差點藏不住臉上的訝異。就算是在尼德斐莊園和好友相處，或在若馨莊園和高貴的親戚交談時，她也不曾見過他如此積極與人交流，不再自我中心，也不再執意疏遠他人。尤其他此時和善待人，對他並無好處，就算結識了她的舅父母，也只會引來尼德斐莊園和若馨莊園的訕笑和批評。

客人和他們聊了半個多小時。他們起身要走時，達西先生請妹妹一起邀請葛汀納夫婦和班奈特小姐在離開蘭頓之前，到龐百里莊園吃飯。達西小姐雖然不常邀請人，一臉羞怯，但仍聽話開口了。葛汀納太太看向外甥女，這邀請的主要對象顯然是她，就看她想不想答應，但伊莉莎白已別開了頭。葛汀納太太心想，她故意避而不答比較像一時尷尬，不是不願意，而她丈夫一向喜歡社交，絕對願意出席，於是她大膽答應下來，時間訂在後天。

過幾天又會見到伊莉莎白，賓利非常高興，說他還有好多話想對她說，也想問問所有赫福德郡朋友的近況。伊莉莎白聽在耳裡，覺得他一定是想打聽姊姊的消息，內心暗自竊喜。除此之外，客人離開之後，她回顧剛才半小時發生的種種，雖然當下一點都不享受，但現在多少感到滿足。她想一人獨處，也怕舅父母追問和暗示，所以她聽他們稱讚完賓利，便匆匆回房更衣去了。

但她不須擔心，葛汀納夫婦好奇歸好奇，也不想逼她多聊。她和達西先生的關係顯然比他們之前所想來得深。明眼人一看，就知道他已深深愛上她。他們其實沒什麼好多問，只感到興味盎然。

他們覺得達西先生好到不能再好。以他們對他的認識，他真是一點缺點都沒有。他禮貌相待，令他們十分感激。不提他人看法，他們要是憑自身感受和僕從描述來形容這人，赫福德郡的人絕對聽不出是達西先生。不過，他們現在傾向相信管家的說法。他們不久就意識到，管家從達西四歲起便認識他，本身言行又十分可敬，她的說法不容輕忽。蘭頓的朋友也一再印證了管家的說法。除了驕傲之外，鎮民對他沒什麼批評。也許他真的很驕傲吧，就算不驕傲，小市鎮居民只要沒見過這家人來鎮上，自然都會罵他驕傲。不過他為人慷慨大方，經常救濟窮人，這點大家也有目共睹。

至於韋翰的事，他們在鎮上逛一逛，馬上發現他風評不佳。他和恩人兒子的事，鎮民一知半解，但大家都知道他離開德貝郡時欠了一屁股債，後來全是達西先生幫他還了。

至於伊莉莎白，比起昨晚，她今晚一顆心更是全放在龐百利莊園上。雖然長夜漫漫，她卻遲遲無法決定自己對他的感覺。她躺在床上整整兩小時，努力釐清千頭萬緒。她當然不恨他。對，恨意早就消去了，她甚至因為討厭過他慚愧至今。她起初不願承認，但後來心情不再矛盾，她相信他品格高尚之後，心裡自然對他產生了尊敬。昨天聽到眾人稱讚他，又見到他友善的一面，尊敬之外，更加深了對他的好感。但最重要的，除了尊敬和尊重，她的好感背後，其實有種不容忽視的心情。那就是感激——不只是因為他曾一度愛過她，也是因為他仍愛著她。他原諒了她拒絕時表現出的任性和刻薄，以及所有不公正的指控。她原以為他會像遭遇仇敵一樣躲避她，但這次偶然相遇，他卻盡力維繫關係。兩人獨處時，他也沒有露骨示愛，反而中規中矩，只努力在她的朋友面前留下好印象，並一心一意介紹妹妹給她認識。這麼驕傲的男人竟改頭換面，不只教人震驚，更教人感激——這一定是因為愛，而且是熾熱的愛。面對這份愛，她內心的感覺雖然無法定義，但她並不討厭，也希望能繼續下去。她尊敬他、尊重他、感激他，也關心著他的幸福。她覺得自己仍能讓他再次求婚，但在那之前，她只是想弄清楚，自己有多希望將他的幸福掌握在手中；她也想知道，雙方到底能否幸福。

舅母和外甥女晚上商量了一陣。達西小姐十分客氣，她抵達龐百利莊園時已近中午，結果一用完早餐，便趕來拜訪，她們雖然無以回報，至少該回禮致意。事情就此敲定，兩人明天會去莊園一趟。伊莉莎白很開心，但問自己為何開心，她也答不上來。

隔天葛汀納先生吃完早餐便出門了。昨天他們聊到了釣魚的事，隨即約好了時間，大家中午前會在龐百利莊園碰頭。

45

伊莉莎白現在明白，賓利小姐不喜歡她是因為吃醋，所以她覺得自己出現在龐百利莊園，對方一定非常不高興。她也好奇再次見面，賓利小姐的禮貌不知還會剩多少。

兩人來到莊園，僕人帶她們穿過大廳，進入一間典雅的客廳。客廳面北，夏日涼爽宜人。那裡有一面面落地窗，讓人一覽房子後方樹林茂密的山丘，草坪上美麗的櫟樹和栗樹錯落，令人心曠神怡。

達西小姐在這裡接待了她們，她身旁是賀世特太太和賓利小姐，另外一位則是她在倫敦的管家。喬治安娜非常有禮，但一臉難為情。雖說是因為害羞，又怕做錯，但外人見了只怕會心生自卑，以為她

達西和莊園兩、三個男客在溪邊陪葛汀納先生釣魚。

驕傲冷淡，不過葛汀納太太和外甥女絲毫不怪她，反而心生憐愛。

賀世特太太和賓利小姐只朝她們行個屈膝禮，她們坐下之後，馬上一陣沉默，說多尷尬就多尷尬。安詩蕾太太首先打破僵局，她面容和善高雅，努力尋找話題，可見她確實比其他人更有教養。她和葛汀納太太一搭一唱，再加上伊莉莎白偶爾幫上幾句，才讓話題延續下去。達西小姐看來想加入，卻不大敢開口，偶爾沒人注意時，才敢短短說句話。

伊莉莎白不久便發現，賓利小姐一直盯著自己。她和達西小姐說的每個字，賓利小姐都豎耳細聽。伊莉莎白其實不在意，仍自在地和達西小姐聊天，可惜兩人相隔太遠，說話不大方便。但能少說點話也是好事，反正她腦袋裡有別的事要想。她一直在想，隨時可能會有一群男生走進客廳，她一方面希望裡頭有達西，另一方面又害怕有他。至於是希望多些，還是害怕多些，她也不確定。就這麼坐了十五分鐘，賓利小姐剛才一聲不吭，此時忽然冷冷問候她的家人，伊莉莎白聽到她出聲便回過神，一樣淡淡回答幾句，對方就沒再說話了。

接下來總算另有動靜，僕人端了冷盤、蛋糕和當季各色水果進門。這其實是安詩蕾太太頻頻向達西小姐使眼色、擠笑容，才讓她想起做主人的責任。大家總算有事可做了。話不是人人都會說，但吃總是人人都會的。看到成堆美味的葡萄、蜜桃和桃子，她們馬上圍到桌邊。

大家還在吃喝，達西先生便走進了門，伊莉莎白心頭一緊，總算有機會搞清楚，自己是希望達西先生回來，還是害怕達西先生回來。結果她才以為自己希望他回來，沒一會兒又開始後悔。

達西剛才和莊園兩、三個男客在溪邊陪葛汀納先生釣魚，聽說葛汀納太太和她外甥女來拜訪喬治安娜，這才返回龐百利大宅。他一出現，伊莉莎白馬上做出明智選擇，表現得一派從容，毫不尷尬。雖說她拿定主意，但要維持一點都不容易，因為所有人都懷疑兩人的關係，從他一踏進門，每一雙眼睛都盯著他的一舉一動。賓利小姐最明顯，她臉上全是好奇，不過她和兩人說話時還是笑容滿面，因為嫉妒歸嫉妒，她還不至於想撕破臉，也還沒對達西先生死心。見哥哥來了，達西小姐更加主動說話，伊莉莎白發現他很希望妹妹和她變熟，並盡可能找話題，讓兩人交談。這一切，賓利小姐也全看在眼裡。她氣到失去理智，一逮到機會，便客客氣氣嘲諷：

「對了，伊莉莎白小姐，民兵團離開梅里墩了嗎？這對你們家來說，真是一大損失。」

在達西面前，她不敢提到韋翰的名字，但伊莉莎白馬上聽懂她的言下之意，一想到關於他的各種回憶，她一時之間好難過。但面對她狠心攻擊，她也盡力還以顏色。她裝出漠不關心的態度，淡淡回答。她說到一半，不自覺望了達西一眼，他臉色發紅，認真地望著她，達西小姐則不知所措，頭都抬不起了。賓利小姐要是知道她影射那人，會讓她的摯友多痛苦，肯定就不會說了。但她相信伊莉莎白喜歡達西，所以只是想讓她失去冷靜，破壞她在達西心中的形象，另外或許還能提醒達西，她的家人和民兵團鬧出多少愚蠢和荒唐的事。達西小姐預謀私奔的事，她毫不知情。這事情已保密再保密，除了伊莉莎白，達西沒向任何人透露過。尤其是面對賓利家族，他更是守口如瓶，原因伊莉莎白早料到了，他有意讓兩家親上加親。他當然有此打算，不過他拆散賓利和珍，倒不是因為這個原因。這可能只讓他更關心朋友的幸福而已。

見伊莉莎白不動聲色，他馬上冷靜下來。賓利小姐氣惱又失望，也不敢進一步提到韋翰，於是喬治安娜也及時回神，但她餘悸猶存，一時間還無法開口。她不敢望向哥哥，殊不知提到此事時，達西的目光幾乎全在伊莉莎白身上。這段話的目的原本是要讓達西忘了伊莉莎白，現在卻只讓他更念念不忘，想她想得更心甘情願。

這一問一答之後，她們差不多要告辭了。達西先生送她們上馬車時，賓利小姐趁機發洩，批評起伊莉莎白的外表、舉止和衣服。但喬治安娜無意附和。她哥哥覺得伊莉莎白好，她就也覺得她好。達西看人絕不會錯，既然他對伊莉莎白讚不絕口，喬治安娜自然沒別的想法，一心覺得她可愛親切。達西回到客廳，賓利小姐忍不住把剛才對他妹妹說的話，再跟他說一遍。

「伊莉莎白．班奈特剛才怎麼那麼難看，達西先生，」她大喊，「不過隔一個冬天，我這輩子沒見過有人變這麼多。她變得好黑，皮膚也好粗糙！露易莎和我都在說，我們快要認不出她來了。」

無論達西先生多不喜歡這些話，他也只冷冷敷衍幾句，說他看不出她哪裡有變，不過是晒黑了——夏天旅行不意外。

「依我來看，」她反駁，「我不得不說從來不覺得她哪裡美。她的臉太瘦了，皮膚缺乏光澤，五官一點都不好看。鼻子沒個性，又扁又塌。牙齒還行，但就一般般。至於眼睛，有人會說漂亮，但我從不覺得哪裡特別了。她眼神銳利，感覺隨時想找人吵架，看了就討厭。而且她整個人都一副我行我素的樣子，沒規矩也沒格調，真讓人受不了。」

賓利小姐明知達西欣賞伊莉莎白，這樣貶低他人、抬高自己，絕不是最好的辦法。但人在氣頭上，多少會不理智。尤其看他終於如她所願，面露惱色，她心中更是得意。不過他仍堅持保持沉默。她一心一意要激他開口，於是繼續說：

「我記得第一次在赫福德郡見到她，聽說她是出了名的美女，我們全都感到不可思議。我特別記得有天晚上，他們來尼德斐莊園吃飯後，你還說：『她叫美女！我乾脆說她母親聰明好了。』但你後來好像對她改觀，我記得你有次還覺得她漂亮。」

「對。」達西回答，他已忍無可忍。「那不過是我剛認識她的印象。而這幾個月，我一直覺得我認識的女生中，她是最美的。」

他說完便離開了，留下心滿意足的賓利小姐，她終於逼他說出只會讓自己心痛的話。

葛汀納太太和伊莉莎白回去時，這趟來訪的一切都聊遍了，偏偏聊不到兩人最感興趣的事。每個人的外表打扮、行為舉止，該聊的都聊了，卻聊不到她們最放在心上的那位。她們聊了他的妹妹、他的朋友、他的房子、他的水果，什麼都聊，就是不聊他。但伊莉莎白好想知道葛汀納太太怎麼看他，葛汀納太太也好希望外甥女起個頭。

46

伊莉莎白抵達蘭頓時，沒收到珍的來信，內心十分失望。誰想到接下來，她也都沒收到信，一連失望了好幾天。但到了第三天，她總算不用再抱怨，也錯怪了姊姊，她一次收到兩封信。有一封信被誤寄到別處去了。伊莉莎白見到信也不意外，因為珍確實將地址寫得無比潦草。

收到信時，他們正準備去散步，於是舅父母自己出了門，留她一人安靜讀信。誤寄的信自然要先讀，信是在五天前寫的。開頭描述了他們參加的舞會和聚會，還說些鄉下新聞。但後半段是隔天寫的，字跡潦草，顯然焦躁不安，說了一件重要的消息。信上是這樣說的：

親愛的莉西，寫完上面的那段，意外發生了一件十分嚴重的事，但我真怕打擾到你——別擔心，家人全都安好。我要說的是麗迪亞的事。昨晚半夜十二點，我們收到一封福斯特上校寄來的快信，他通知我們，麗迪亞跟他的一名軍官跑了，到蘇格蘭去了[47]。老實說，就是跟韋翰！想想我們有多驚訝，但凱蒂好像早已略知一二。我非常、非常難過。這兩人結婚怎麼這麼亂來！但我還是寧可往好處想，希望他為人不像大家說得壞。我相信他只是一時昏頭，考慮不周，這一步不存著任何壞念頭（結婚我們都該開心吧）。至少他不是為了錢，因為父親沒多少錢能

給她，這點他一定知道。聽到此事，母親傷透了心，父親勉強還承受得住。幸好我們不曾跟父母親說，外人是怎麼說韋翰的，他的事我們也都暫且忘了吧。根據推測，他們是週六半夜十二點左右出發的，但到昨天早上八點，民兵團才發現。事情一發生，民兵團馬上寄出快信。親愛的莉西，他們北上蘇格蘭，一定會經過我們家十六公里外的那條路，福斯特上校認為他有必要趕過來看一看。麗迪亞留了幾句話給他太太，告訴她兩人的打算。我不能再寫了，要去陪母親了。這字跡我怕你看不懂，我其實也看不懂自己寫了什麼。

伊莉莎白沒空細想，也來不及感受，看完馬上抓起第二封信，急急忙忙拆開，這封信是又隔一天之後寫的，內容是這樣：

親愛的妹妹，你應該已收到我上一封草草寫下的信了。我希望這封信能寫得更清楚。不過雖然時間充裕，但我腦中好混亂，不敢保證能有條有理。親愛的莉西，我真不知該從何寫起，但我有個壞消息，而且不能再拖了。韋翰和麗迪亞的婚事雖然魯莽，但我們現在好希望他們結婚，因為有太多消息指出，他們根本沒去蘇格蘭。福斯特上校昨天來了，他前天寄出快信，幾小時後便從布萊頓動身。雖然麗迪亞寫給福斯特太太的短信上，是說他們要去格雷納格林[48]，但丹尼私下透露，他覺得韋翰從不打算去那裡，也無意娶麗迪亞為妻，這話後來傳到福斯特上校耳中，他馬上警覺起來，從布萊頓出發，一路追蹤他們。他順利追蹤他們到倫敦南邊的克萊姆，但消息到那裡就斷了，他們在此下了在艾普森雇來的馬車，換乘計程馬車。後來只知道他們進城了。我不知該怎麼想。福斯特上校在倫敦南邊一帶四處打聽完，便來到赫福德郡，沿途遇到收費關卡都焦急地詢問，但一無所獲——沒人見過這樣的男女經過。他好心來朗堡探望我們，坦承他種種擔憂，可見他真心自責。我真替他們夫妻倆難過，但這事不能怪他們。親愛的莉西，我們都非常傷心。父母親已做最壞的打算，但我不相信韋翰有那麼壞。或許多方考量之後，他們覺得與其照原計畫，不如偷偷在倫敦私定終生。雖然以麗迪亞這樣的家世背景來看不大可能，但就算他存心想欺負她，麗迪亞會愛到不顧一切嗎？不可能！但我難過的是，福斯特上校不相信他們會結婚。我把我的想法跟他說，他只搖搖頭說，恐怕韋翰不值得信任。母親氣出病了，整天待在房裡，真希望她能振作，但看來不大可能。至於父親，我這輩子沒見過他受這麼大打擊。大家氣凱蒂隱瞞兩人暗通款曲的事，但畢竟是祕密，也難怪她不說。親愛的莉西，真慶幸你不須目睹這些傷心的場面。現在最初的震驚已過去，雖然不好意思，但你能回來嗎？不過我也沒那麼自私，如果不方便，自然不勉強。我就寫到這！

我又拿起筆了，剛才才說不寫了，但情勢所逼，我不得不懇求你們盡快回來。我很了解舅父母，所以不擔心他們見怪，但我還有件事必須麻煩舅父。父親現在要和福斯特上校去倫敦，試圖搜尋麗迪亞。他打算怎麼找，我其實完全沒頭緒，但他現在心急如焚，就怕他不顧危險，四處亂找，而且福斯特上校明晚必須回布萊頓。情況緊急，急需舅父在旁建議和幫助。舅父聽了一定了解我的心情，希望他能好心幫忙。

47 一七五三年，為了保護年輕男女繼承人，哈德威克勛爵頒布《婚姻法》，規定滿二十一歲才可未經父母同意結婚。由於蘇格蘭不適用此法，所以許多不想受法律約束的年輕人會相偕到蘇格蘭結婚。

48 Gretna Green，位於英國邊境的蘇格蘭小鎮，鎮上已發展出「快速結婚」產業。

「喔！舅父？舅父在哪？」伊莉莎白大喊，她讀完信馬上從椅子起身飛奔出去，不想浪費任何寶貴的時間。但她才到門口，僕人正巧開門，讓達西先生進來。他見她臉色慘白，神情急躁，嚇一大跳，還來不及回神開口，伊莉莎白因為滿腦子都是麗迪亞的事，衝口就說：「不好意思，但我要走了。我必須去找葛汀納先生，事情緊迫，我不能浪費任何時間。」

「我的天啊！怎麼了？」他大喊，擔心之下，一時忘了禮貌，但他隨即冷靜下來。「我不會耽誤你。但讓我或僕人去找葛汀納夫婦吧。你現在心神不寧，不要自己去。」

伊莉莎白猶豫不決，但她的雙膝已不斷打顫。而且她親自去找，其實也沒多大的意義。於是她喚回僕人，卻喘到快說不出話，只叫他立刻去找

"I have not an instant to lose"
「事情緊迫，我不能浪費任何時間。」

主人和太太。

僕人走出房間，她不支坐下，神色憔悴，見她這樣，達西不可能放她一人不顧，他以溫柔同情的語氣說：「我幫你找女僕來吧？你要不要吃點什麼，我幫你拿來？還是喝點紅酒？我幫你倒一杯？你看起來非常不舒服。」

「不用，謝謝你。」她一面回答，一面努力振作。「我沒事。我很好，只是剛才收到了朗堡寄來的壞消息，心裡非常難過。」

她說著說著，大哭失聲，好幾分鐘說不出話來。達西不知發生什麼事，只能在一旁乾焦急，含糊說幾句話表示關心，並默默深情望著她。她終於又開口：「我剛才收到一封珍寄來的信，聽說一件不幸的消息，反正事情是瞞不住了。我最小的妹妹拋下所有朋友，跟人……私奔了，她自己投懷送抱，落入了……韋翰先生手裡。他們一起從布萊頓逃跑。你和他很熟，剩下的就不用說了。她沒錢、沒背景，他不會想娶她——她這一生毀了。」

達西當下怔住，震驚不已。「我一想到，」她語氣更痛苦地說，「我原本能阻止她！我知道他的真面目。要是我多解釋一點……說一些我知道的事給家人知道！要是大家知道他的為人，這根本不可能發生。但現在一切都太遲了。」

「真的太難過了，」達西大喊，「難過……又好震驚。但這是真的嗎？確定嗎？」

「確定！他們週六半夜一起逃離布萊頓，讓人一路追到倫敦才追丟。他們絕對沒去蘇格蘭。」

「後來怎麼辦？有用什麼辦法去找她嗎？」

「父親去倫敦了，珍寫信來求我舅父馬上去幫忙，我希望我們半小時內能動身。但我們其實無能為力。我知道我們無能為力。面對這種人，我們能怎麼辦？又怎麼找得到他們？我覺得希望渺茫。怎麼想都糟透了！」

達西搖頭，默默同意。

「我明明已看清他的真面目。喔！要是我早知道，我早就揭穿他了！但我怎麼知道——我還怕做得太過分。真是錯得離譜！」

達西不答腔。他感覺沒聽到她說的話，他專注思考，來回踱步，眉頭深鎖，一臉陰鬱。伊莉莎白看他的樣子，心裡瞬間明白。她的魅力跌落了谷底。她的家族蒙受恥辱，無力回天，一切勢必都毀了。她不意外，也無怨懟，但得知他不再愛她，她沒有鬆一口氣，傷痛也沒有減輕，反而讓她看清自己的心意。她第一次真心感受到自己一直愛著他，但這份愛已成枉然。

雖然稍微分了一下心，但此時盤據她內心的不只個人的事。一想到麗迪亞害全家丟臉，受盡折磨，她馬上將私事拋到腦後。伊莉莎白以手帕掩面，深陷悲傷之中，不顧一切哭了起來。過了好一會兒，聽到達西的聲音，她才回過神來。他的語氣充滿同情，同時拘謹克制。「你大概早已希望我離開，我其實也沒有理由留下，雖然沒什麼幫助，但我真的很擔心你。面對這種痛苦，我真希望自己能說些什麼、做些什麼來安慰你。但我想那都是沒有用的空話，還是別說了，不然好像在討你的感謝一樣。發生這麼遺憾的事，我想我妹妹今天無法在龐百利莊園見到你了吧。」

「唉，對。請你代我們向達西小姐道歉，說我們有急事回家。這難過的事，能瞞多久就瞞多久吧。我知道遲早會傳開。」

他答應會保密，並表示不捨見她難過，雖然目前情況不樂觀，但希望事情會順利解決。他請她代為問候家人後，只鄭重望她最後一眼，便離開了。

他走出房門後，伊莉莎白覺得，兩人未來重逢，不可能像在德貝郡見面一樣友好愉快了。她回想兩人相識的一幕幕，多少矛盾和曲折，想到自己以前巴不得和他絕交，現在卻期盼感情長久，內心無比感嘆。

如果愛是建立在感激和尊重之上，那伊莉莎白感情的轉變，情有可原，也無可厚非。但如果和一見鍾情、甚至話說不到半句的愛相比，要說這樣的愛不合理也不自然，那就沒什麼好說了。不過她其實對韋翰試過一見鍾情，也許因為不成功，所以她才會嘗試另一種比較無趣的感情。無論如何，她望著他離開，內心充滿遺憾。回頭想到麗迪亞的醜事，她內心加倍痛苦，麗迪亞要是名節不保，只怕姊妹未來都會受連累。她在讀珍的第二封信時，一點都不相信韋翰會娶麗迪亞。她心想，現在世上還會抱持希望的，恐怕只有珍了。事情走到這地步，她一點都不意外。讀完第一封信時，她驚訝不已，甚至難以置信。她不懂韋翰怎麼會娶一個沒錢的小姐，又怎麼會喜歡上麗迪亞，一切都讓她匪夷所思。但現在看來，一切合情合理。單純想發生關係，她算夠漂亮了。雖然她覺得麗迪亞會私奔，一定有意結婚，但她也毫不懷疑，不知自愛又不聰明的麗迪亞，很容易成為獵物。

民兵團駐紮在赫福德郡時，她從沒發現麗迪亞喜歡韋翰。但她相信，麗迪亞只要有人撩，她其實誰都好。她總是今天喜歡這個，明天喜歡那個，只要哪個軍官對她好，她就喜歡誰。她用情一向不專，但從不缺對象。縱容和溺愛這樣的女孩造成的惡果，唉！她現在感受好深。

她想回家想到快發瘋了。她好想和珍待在一起，一起聽，一起看，替她分憂解勞。家裡天翻地覆，父親不在，母親無法振作，隨時要人照顧，家裡的一切責任一定全落在珍的身上。麗迪亞的事，雖然她幾乎覺得回天乏術，但舅父的幫助依然至關重要，在他回來之前，她都心焦如焚。葛汀納夫婦聽僕人描述，慌慌張張趕回，以為外甥女突然生病。她先請兩人放心，接著趕緊告訴他們原因，並把信唸一唸，唸到第二封信的最後一段，她聲音哽咽，斷斷續續，好一會兒才唸完。雖然麗迪亞一直不是他們最愛的外甥女，但葛汀納夫婦聽完不禁憂心忡忡。他們不只擔心麗迪亞，也擔心這一家人。葛汀納先生最初大吃一驚，隨即答應會盡他所能幫忙。雖說伊莉莎白對舅父的為人有信心，但她仍熱淚盈眶，感激不已。三人想法一致，馬上做好出發的安排。他們必須盡快上路。「但龐百利莊園那邊怎麼辦？」葛汀納太太大聲問。「約翰說，你吩咐他來找我們時，達西先生也在，是這樣嗎？」

「對，我跟他說我們無法赴約了。事情都交代清楚了。」

「事情都交代清楚了。」葛汀納太太重複這句話，並快步進房準備。「他們關係這麼好，連這種事也能說嗎？喔，真想問是怎麼回事！」

不過願望只是願望，接下來一小時，大家忙得不可開交，葛汀納太太頂多只能把這念頭放心裡，自己想著開心。若像平常一樣閒無所事，伊莉莎白心情難受，一定會任性地說自己做不了事。但她和舅母一樣，有許多事要忙，別的不說，她還要寫短信給蘭頓所有的朋友，編個藉口解釋為何匆匆離開。不過一小時之後，一切就緒。葛汀納先生此時也結清了旅館的帳，只等動身。經過白天的折騰，伊莉莎白沒想到一眨眼間，自己已坐上馬車，開上通往朗堡的路。

47

「我又重新想了一次，伊莉莎白，」馬車駛離蘭頓時，她舅父說，「說真的，我愈想愈覺得你姊姊的說法有道理。我自己來看，年輕人再怎麼樣也不可能欺負這樣的女孩子，她又不是無依無靠，何況她人還住在他長官的家裡，我相信事情不會那麼慘。他不怕她的朋友挺身而出，找他決鬥嗎？難道他冒犯了福斯特上校，還回得了民兵團嗎？他再怎麼心癢也不值得吧。」

「你真的這麼覺得？」伊莉莎白喊道，一時高興起來。

「說實話，」葛汀納太太說，「我覺得你舅父說得有理。他這麼做，不只傷風敗俗，會害自己身敗名裂，最後又沒半點好處。我覺得韋翰沒這麼壞。莉西，你難道真覺得他沒救了，相信他做得出這種事嗎？」

「若說不顧他自己的利益，這我不相信。但其

"The first pleasing earnest of their welcome"

一到家門就見到這樣真誠的歡迎，令人無比喜悅。

他事，我相信他都不放在心上。希望真是這樣！但我不敢奢望。如果是這樣，他們為何不去蘇格蘭？」

「首先，」葛汀納先生回答，「沒證據顯示他們沒去蘇格蘭。」

「可是他們從原本的馬車換成計程馬車，很明顯吧！再說，往巴奈鎮一路上都沒人見過他們。」

「既然這樣——假設他們在倫敦。雖然他們躲藏起來，但不會有不軌的企圖。雙方金錢上應該都不充裕。他們可能想到，雖然比去蘇格蘭結婚慢，但在倫敦結婚比較省錢。」

「那幹麼躲躲藏藏？幹麼怕人發現？幹麼非得要私下結婚？唉，不對、不對，八成不是這樣。照珍所說，他最好的朋友都覺得他絕不會娶她。韋翰絕不會娶沒錢的女人。他根本養不起她。何況麗迪亞有什麼條件，她除了年輕、健康和脾氣好，哪裡值得他放棄釣富家千金的機會？至於怕私奔在軍中丟臉，所以會有所克制，這我不予置評。因為我不知道私奔的後果。但另一點恐怕站不住腳。麗迪亞沒有兄弟能為她挺身而出。他觀察我父親的行為，看他對家裡發生的事都漠不關心，懶得去管，可能也覺得這件事上，他會和任何父親一樣，毫無作為，不聞不問。」

「但你覺得麗迪亞會愛他愛到不顧一切嗎？就算不結婚，也答應要跟他一起生活？」

「說來讓人難以置信，」伊莉莎白說著說著，淚水在眼中打轉，「但這一刻，我確實在懷疑妹妹的操守和貞潔。說真的，我不知道該說什麼。也許是我誤會了她。但她非常年輕，沒人導正她的思想。過去這半年，不，這一年，她什麼都不管，只是愛慕虛榮，天天玩樂。家裡縱容她，讓她無所事事，輕浮過日子，任何觀點都全盤接受。自從兵團駐紮梅里墩，她滿腦子都是軍官，一心只想談戀愛和調情。她的腦袋天天在想，嘴巴天天在講，盡她所能讓自己……該怎麼說？讓自己更容易受感情左右。她天生就容易動情了。而我們都知道韋翰風度翩翩，能言善道，能讓女人神魂顛倒。」

「但你看珍，」她舅母說，「她不覺得韋翰那麼壞，不信他真的心懷不軌。」

「珍有覺得誰壞過嗎？就算對方有前科，她會覺得他心懷不軌嗎？除非罪證確鑿，她才會相信。但珍和我一樣知道韋翰的真面目。我們都知道他在生活各方面揮霍放蕩。他既無誠信，也無名譽可言。而且滿口謊言，虛偽狡詐。」

「這你全都知道？」葛汀納太太滿腹好奇，想知道她怎麼得知的。

「我真的知道，」伊莉莎白臉紅回答，「我那天曾跟你說過他對達西先生無恥的行為。達西先生明明寬宏大量，對他毫無虧待，上次在朗堡，你自己也聽過他是怎麼罵他的。其他的事，我不方便多說——也不值一提，但他對達西一家人簡直謊話連篇。他把達西小姐說成那樣，我還做好心理準備，想說會見到一個驕傲冷漠、難以相處的女生。他心裡有數，她和他形容得完全相反。他一定知道她如我們所見的親切友善，待人真誠。」

「但麗迪亞對此一無所知嗎？既然你和珍都很清楚，怎麼她不知道？」

「對！這、這就是最糟糕的一點。我是到了肯特郡，和達西先生及他表哥費茲威廉上校多相處，才知道真相。而我回家時，民兵團再過一、兩週便要撤出梅里墩。我把真相告訴了珍，但我們都覺得事到如今，不必對外張揚。大家對韋翰印象那麼好，現在揭穿他又有什麼好處？就連麗迪亞決定和福斯特太太旅行，我也不曾想過必須讓她認清韋翰的為人。我沒想過有人會來拐騙她。你們可以想見，我從未想過這會釀成大禍。」

「所以他們一行人去布萊頓時，你不覺得兩人喜歡彼此？」

「一點都不覺得。我記得兩人沒特別的互動，如果有一點蛛絲馬跡，你也知道我們家絕不會輕易放過。他剛加入民兵團時，她本來就對他有好感，但我們也都一樣。前兩個月，梅里墩一帶每個女孩都為他神魂顛倒。但他從未對她另眼看待。她愛得要死要活一陣子後，便對他失去興趣，換去喜歡民兵團的別人，就看誰待她特別好。」

不難想見，這件大事雖令人玩味，但來回聊了無數遍，其實已聊不出多少新意，不過是猜了又猜，盼了又盼，怕了又怕。但整趟旅程下來，大家卻不斷繞回這個話題。伊莉莎白心思一直都在這事上面。畢竟世上最痛苦的莫過於自責，她一路上都難以釋懷，片刻不得安寧。

他們加緊趕路，中途只住一晚，隔天晚餐時間便抵達朗堡。伊莉莎白心裡十分安慰，幸好沒讓珍苦苦久候。

馬車駛入外頭牧場時，葛汀納家的孩子看到馬車，全跑出來站到門階上。馬車駛到門口，他們臉上閃現驚喜，興奮得蹦蹦跳跳，手舞足蹈，一到家門就見到這樣真誠的歡迎，令人無比喜悅。

伊莉莎白跳下車，快速把大家親了一輪，隨即跑上門階，進到前廳。珍從母親房中走出，才正下樓梯，馬上遇到她。

姊妹倆淚水盈眶，伊莉莎白熱情擁抱珍時，馬上先問有沒有那兩人的消息。

「還沒有，」珍回答，「但現在舅父來了，我希望接下來一切會順利落幕。」

「父親在倫敦嗎？」

「對，就像我信上說的，他在週二過去的。」

「他常寫信回來嗎？」

「只收到他一封信。他週三寫了幾行字給我，說他平安抵達了，並告訴我他的地址，這是我特別叮嚀他要做的。他接著只說，除非有要事，不然他不會再寫信了。」

「母親呢？她還好嗎？你們都好嗎？」

「我覺得母親還可以，不過她的精神大受打擊。她在樓上，看到你們一定會非常高興。她還沒出過臥室。瑪麗和凱蒂，謝天謝地，都好好的。」

「那你呢？你好嗎？」伊莉莎白大喊。「你看起來好蒼白，你一定很辛苦！」

但她姊姊向她保證，自己一切都非常好。葛汀納夫婦和孩子團聚完，這時都走進門，姊妹倆暫時不多說了。珍跑向舅父母，臉上再次充滿笑容和淚水，對兩人又是歡迎，又是感謝。

他們全都進了客廳，伊莉莎白剛才的問題其他人當然重複了一次，他們也得知了珍沒有新的消息。不過她心地善良，依舊保持樂觀，覺得事情會皆大歡喜，每天都盼望會收到麗迪亞或父親寄來的信交代目前的進展，或許還會宣布喜訊。

大家聊了幾分鐘，便一起去班奈特太太的房間。果不其然，班奈特太太一面流淚，一面懊悔哀嘆，痛罵韋翰卑鄙無恥，抱怨自己受苦委屈。她怪罪天下所有人，卻不知是誰一味縱容，養出這樣的女兒，才讓她犯下大錯。

「要是照我說的，」她說，「全家人一起去布萊頓，這件事根本不會發生。可憐的麗迪亞，都沒人照顧她。福斯特上校怎麼沒看緊她？我相信一定是他們的管教出了問題，因為只要好好管著她，她不是會做這種事的女孩。我一直都覺得他們沒能力照顧她，但沒人聽我的話，每次都這樣。可憐的孩子啊！現在班奈特先生也走了，我知道他一遇見韋翰，一定會跟他拚命，最後被他殺死，到時候，我們一家人該怎麼辦？丈夫屍骨未寒，柯林斯一家人就會把我們趕出家門。弟弟啊，要是你不幫我們，我真不知道該怎麼辦。」

他們聽她說得可怕，全都驚呼起來。葛汀納先生再三安撫，說自己十分關心她和她的家人，隔天就會去倫敦，盡力協助班奈特先生找回麗迪亞。

「別胡思亂想，」他又說，「雖然要做最壞的打算，但事情都還沒確定。他們離開布萊頓還不到一週。再過幾天，我們一定會打聽到兩人的消息。除非我們得知他們沒結婚，也不打算結婚，不然事情都還有指望。我一進城就去找姊夫，將他接回我在慈恩教堂街的家，到時我們會一起商量出個辦法。」

「喔，親愛的弟弟，」班奈特太太回答，「這正是我最想聽到的。拜託，你去倫敦之後，無論他們在哪，都要把他們找出來。如果他們還沒結婚，逼他們結婚。至於結婚禮服，就先別管了，跟麗迪亞說等結婚之後，她要多少錢買衣服我都給她。最重要的是，不要讓班奈特先生去拚命。告訴他我現在多難受——我嚇到腦袋都傻了，全身顫抖，不停打哆嗦，腰痠頭疼，心臟都快跳出來，日夜不得安寧。還有告訴麗迪亞，見到我之前，別擅作主張買衣服，因為她不知道哪家店最好。喔，弟弟，你人真好！我就知道你有辦法。」

葛汀納先生雖然再次保證他會盡力而為，但也忍不住勸她別想得太美，也別杞人憂天。後來晚餐上了桌，大家於是留她繼續向管家發洩滿腹心酸，女兒不在時，都是管家在照顧她。

葛汀納夫婦其實覺得她不需要待在房間，但他們也不反對。因為他們知道她粗枝大葉，會在僕人面前口無遮攔，倒不如讓他們最信任的管家照顧她，她所有的恐懼和焦慮只讓一人聽見就好。

眾人到了餐廳，瑪麗和凱蒂不久也都來了，姊妹倆剛才在房中各忙各的，所以沒露面——一個在看書，一個在更衣。兩人神色都非常平靜，看不出有異，但凱蒂不知是少了最愛的妹妹，還是氣自己被罵，語氣比平時更煩躁。至於瑪麗則像個女主人一樣，待大家坐定，她神色沉重地向伊莉莎白低聲說：

「這事真是令人遺憾，恐怕會受人非議。但我們一定要站穩腳步，對抗惡意的浪潮，以姊妹之情療癒彼此受傷的心。」

她發現伊莉莎白不想回應，便接著說：「這對麗迪亞來說實在不幸，但我們能從中學到實用的教訓：女人的貞操失而不復得，一步走錯，一輩子就毀了，名譽美麗又脆弱，面對不值得的異性，一定要處處小心謹慎。」

伊莉莎白抬起頭，感到不可思議，但她心情鬱悶，無話可說。瑪麗繼續從這場悲劇尋找道德教訓，以此安慰自己。

下午，班奈特家的大女兒和二女兒終於有半小時獨處。伊莉莎白馬上趁這機會好好問了一堆問題，珍也知無不答。兩人先一起感嘆事情不大樂觀，伊莉莎白覺得已成定局，珍則覺得還不一定，後來伊莉莎白繼續往下問道：「把我之前沒聽說的事都一五一十告訴我。多說一些細節。福斯特上校到底說了什麼？私奔之前，他們沒發現任何端倪嗎？他們一定曾看到那兩人黏在一起。」

「福斯特上校確實提及，他時常懷疑兩人關係，麗迪亞尤其令人起疑，但他覺得不值得小題大作。我好為他難過。他處處替人著想，十分善解人意。為了表示重視，他本來就打算來找我們，後來他一收到兩人沒去蘇格蘭的消息，更是連忙趕來。」

「丹尼確定韋翰不想結婚嗎？他知道他們打算逃走嗎？福斯特上校有親自見到丹尼嗎？」

「有，但他問丹尼時，丹尼卻推說自己不知道他們的計畫，也不肯表達真實的想法。他沒再提到韋翰不想結婚，所以照這點來看，我希望他之前誤會了。」

「福斯特上校親自來之前，我想你們沒人料到他們會不結婚吧？」

「我們怎麼可能想得到這種事？我是有點不安——我知道他言行不算正派，所以會擔心妹妹和他結婚能否幸福。父母親完全不知情，他們只覺得這樣結婚很草率。凱蒂看我們都被蒙在鼓裡，自然相當得意，她說麗迪亞上封信就有給她心理準備。看來好幾週以前，她就知道他們在談戀愛了。」

「但在去布萊頓之前沒有？」

「對，我相信是這樣。」

「福斯特上校有譴責韋翰嗎？他知道他的真面目嗎？」

「不得不說，這次不像之前，他現在對韋翰沒半句好話。他覺得他舉止魯莽輕率，花錢毫無節制。這件憾事發生之後，他們聽說他離開梅里墩時欠了很多錢，但願這只是謠言。」

「喔，珍，要是我們不保守祕密，要是我們當初把他的事說一說，這件事根本不會發生！」

「可能是吧，」她姊姊回答，「但不顧對方感受，揭發別人過去犯下的錯，感覺不合情理。我們是出自善意。」

「福斯特上校有轉述麗迪亞寫給他太太的信嗎？」

「他把信拿來給我們看了。」

珍從筆記本中掏出信，交給伊莉莎白。信裡是這麼寫的：

親愛的海莉：

如果你知道我去了哪裡一定會大笑，想到明天你發現我不見了會多驚訝，我也忍不住要笑。我要去格雷納格林，如果你猜不到跟誰，那你一定是笨蛋，因為世上我只愛他一個人，他是我的天使。少了他，我永遠不會快樂，所以我覺得私奔就私奔吧。你懶的話就別通知朗堡了，等我寫信通知他們，他們看到署名是「麗迪亞．韋翰」，那才會嚇死。這樣多好笑！我笑到快寫不下去了。請你幫我跟普雷特道歉，我原本答應今晚要與他跳舞。告訴他，我希望他知道原因後能原諒我，下次舞會見面，我會很樂意跟他跳舞。等我到朗堡，我會派人去找你拿我的衣服。但我希望你幫我跟莎麗說，我的棉紗禮服裂了一條大縫，收拾前先幫我縫一縫。再見。代我問候福斯特上校。

希望你們會祝我們一路順風。

你的好友，麗迪亞·班奈特

「喔，亂來，太亂來了，麗迪亞！」伊莉莎白看完信大喊。「這是什麼信啊！這種時候寫成這樣！但至少這代表她很認真看待這趟旅行的目的。無論他後來怎麼說服她，她都沒打算敗壞自己的名聲。可憐的父親！他心裡會有多難過！」

「我第一次看到有人這麼震驚。他整整十分鐘，一個字都說不出口。母親馬上就生病了，家裡一片混亂！」

「喔，珍，」伊莉莎白大聲說，「該不會所有僕人都知道了？」

「我不知道，我希望沒有。但那時候顧不得那麼多了。母親歇斯底里，該安慰的我都盡我所能做了，但不得不說，我應該可以做得更好！當時一想到事情可能更糟，我也慌了手腳。」

「你這樣照顧她，一定心力交瘁。你臉色好差。喔，要是我也在就好了！居然讓你一人擔下所有焦慮，照料一切。」

「瑪麗和凱蒂心地善良，一定會願意分憂解勞，但我不想連累她們。凱蒂身體嬌弱，瑪麗十分用功，休息時間就別打擾她。父親出門後，菲利普阿姨週二過來朗堡，並留下來陪我到週四。她在家裡幫了不少忙，也給我們不少安慰。盧卡斯夫人非常好心，她週三白天曾來安慰我們，並說如果需要的話，她和女兒可以來幫忙。」

「她最好待在家裡，」伊莉莎白大喊，「她可能立意良善，但家門不幸，鄰居能少見就少見。幫忙就不用了，同情更令人難受。讓他們遠遠在一旁幸災樂禍吧。」

她接著問起父親這趟去倫敦，打算怎麼找回女兒。

「我記得他說要去艾普森，」珍回答，「那是他們雇用最後一輛馬車的地方，他想找馬車夫打聽消息。他們下了馬車後，是在克萊姆轉搭計程馬車，他主要想查出那輛計程馬車的號碼。那輛馬車是從倫敦載了客人來的。他覺得一男一女下馬車，換乘計程馬車一定很引人注目，所以他也會去克萊姆打聽看看。如果他能找到馬車夫在哪裡放下倫敦的客人，便能去問一問，希望能問出馬車所屬的租車站和號碼。我不知道他還有什麼打算，但他當時匆忙出門，心亂如麻，光這些話也是好不容易才問出來的。」

48

隔天早上，大家都在盼望班奈特先生的來信，但郵件送來，卻沒有他的消息。家人都知道說到寫信，他這人向來懶惰，拖拖拉拉。但這種時候，自然期盼他動筆。他們不得不接受他沒有好消息，但就算是這樣，大家仍希望他好歹知會一聲。葛汀納先生也一起等著信件，確認完才出發。

他離開後，她們總算比較安心，至少現在天天都會收到消息。舅父臨行前答應，他會勸班奈特先生盡快返回朗堡，這讓班奈特太太無比放心，因為她覺得這是防止丈夫在決鬥中被殺的唯一方法。

葛汀納太太打算和孩子一起留在赫福德郡幾天，多少幫外甥女一點忙。她不但一起照料班奈特太太，空閒時也給她們很大的安慰。她們的阿姨也經常來訪，她總說自己想讓大家開心，為她們打氣，但她每次來，總會提起一些韋翰奢侈和不檢點

The Post 郵件送來。

的事跡，結果她離開時，大家總是更難過。

全梅里墩似乎都在罵韋翰，三個月前，人人還當他是光明的天使[49]。大家都說他積欠鎮上所有店家錢，他原先的魅力，現在全冠上「誘騙」之名，還說他將魔爪伸入了每個商人的家庭。大家紛紛罵他是世上最邪惡的年輕男生，口口聲聲說，他們早懷疑他只是表面上善良。以上種種謠傳，伊莉莎白大半都不信，但心裡卻更加確定妹妹的名節已毀。珍雖然不相信這些，但就連她幾乎都絕望了，尤其是在現在。她之前都還抱持一點希望，相信兩人去了蘇格蘭，但如果真去了，現在也該聽到消息了。

葛汀納先生週日從朗堡出發，週二他的太太便收到了信。信上說，他到了之後馬上去找姊夫，將他接回慈恩教堂街的家裡。在他抵達之前，班奈特先生去過艾普森和克萊姆打聽，但沒有得到任何消息。因此他決定要去倫敦各大旅館詢問，班奈特先生覺得他們剛到倫敦時，照理會先住旅館，再找長住的房子。葛汀納先生不覺得有用，但見姊夫執意，他打算協助他問問看。他又說，班奈特先生現在完全拒絕離開倫敦，並答應不久會再寫信。信末也附注強調：

> 我已寫信給福斯特上校，可能的話，希望他問問韋翰在民兵團的好友，韋翰在倫敦是否有親朋好友可能知道他躲在哪一區。如果找得出這樣一個人，問出線索，肯定大有幫助。目前我們毫無頭緒。我相信福斯特上校會傾力相助。但我忽然想到，比起其他人，要知道他在倫敦是否有親朋好友，可能要問莉西。

伊莉莎白自然知道舅父為何這麼說，可惜她沒有有用的資訊。

她從沒聽說他有親戚，只知道他的雙親過世多年。但民兵團有的弟兄可能有更多線索。雖然不樂觀，仍令人懷抱一線希望。

朗堡的生活天天充滿焦慮，但最焦慮的莫過於等信。每天最重要又最等不及的就是收信。無論消息好壞，一切都會透過信件傳達，而大家天天都在期盼重大消息。

不過還沒盼到葛汀納先生的信，他們倒是收到一封寄給父親的信。信不是來自倫敦，而是柯林斯先生寄來的。父親吩咐他不在時，由珍代閱信件，於是珍馬上將信拆開。伊莉莎白知道這人的信總是怪到不行，於是湊到她身後一起看。信上寫道：

親愛的堂叔：

有鑑於我們之間的關係和我當前的職位，我自認有責向您表達最深切的慰問。昨日接到赫福德郡來信，才得知您近日蒙受痛苦。親愛的堂叔，您和家人肯定悲痛欲絕，小姪夫婦感同身受，這次大錯鑄成，一生難以洗清。面對不幸，我自當竭盡全力，加倍慰問，望能提供安慰，減輕您內心傷痛，畢竟天下最傷父母心的莫過於此。與此相比，您的女兒還不如死了算了。一如內人所說，更令人難過的是，您的女兒淫亂放蕩，恐怕是因為平時過度放任。但話說回來，容我安慰堂叔和堂嫂，她年紀輕輕便犯下大錯，想來天生性格也是十分頑劣。無論如何，您的遭遇實是太過可憐，不只內人，我告知凱薩琳夫人和千金此事時，她們也深有同感。她們的看法和我如出一轍，一個女兒犯錯，恐怕會殃及其他姊妹的幸福。誠如凱薩琳夫人金口所說，誰會想和這樣的家族扯上關係？回想起來，我深感慶幸，去年十一月，我差一點就要和您一起悲傷和受辱。所以容我建議您，

49 angel of light，此處化用《聖經．哥林多後書》第十一章十四節：這也不足為奇，就連撒旦也裝作光明的天使。

親愛的堂叔，盡可能放寬心，將不孝女逐出家門，讓她自食惡果。

威廉・柯林斯

葛汀納先生在收到福斯特上校回信前都沒再提筆，可惜收到信後也沒有好消息。沒人知道韋翰是否有任何親人，肯定的是，他的近親都已過世。他過去朋友相當多，但自從進了民兵團，他似乎疏遠了過去所有朋友。所以沒人知道哪裡能得到他的消息。他手頭拮据，除了怕被麗迪亞的家人找到之外，他還有一個躲藏的好理由，近日才傳出他其實積欠了大筆賭債。福斯特上校相信，光是他在布萊頓賒的帳，至少要一千鎊才能還清。他的確欠了鎮民不少錢，但金額遠比不上賭債。葛汀納先生毫不隱瞞，一五一十和朗堡一家人說了。珍聽到後內心無比驚恐。「賭博！」她大叫。「這完全出乎意料，我想都想不到。」

葛汀納先生在信上又說，他們隔天週六可

"To whom I have related the affair"

告知凱薩琳夫人和千金此事。

望見到父親返家。班奈特先生的努力全都失敗了，不禁心灰意冷。他總算接受小舅的懇求，回到家人身邊，並將尋找女兒的事情全權交給他處理。出乎女兒意料之外，雖然班奈特太太之前擔心丈夫喪命，但聽到消息時，她不怎麼高興。

「什麼！他沒找到麗迪亞就要回家？」她大喊。「他還沒找到人，當然不能離開倫敦。如果他走了，誰來跟韋翰決鬥，逼他娶她？」

葛汀納太太也想回家了，於是她馬上收拾行李，和小孩一起前往倫敦，他們和班奈特先生剛好一去一回。朗堡的馬車會載他們到驛站，並接主人回朗堡。

葛汀納太太從德貝郡回來到現在，都搞不懂伊莉莎白和她朋友的關係。她外甥女不曾主動提起他的名字，葛汀納太太原以為，回來朗堡時，他會寄信來，結果期待卻落了空。伊莉莎白回家後都沒收到從龐百利莊園寄來的信。

朗堡一家人愁雲慘霧，伊莉莎白情緒低落，自然合情合理，所以沒人會想到，她難過是有別的原因。但伊莉莎白此時已明白自己心意。她也知道，麗迪亞名聲敗壞雖然可怕，但要是不認識達西，她心裡會好過一些。她心想，至少會少失眠一半吧。

班奈特先生回家時，外表仍和平時一樣泰然自若，也如往常一樣話不多，沒提到任何正事，過一陣子，女兒才鼓起勇氣問他。

下午他和她們喝下午茶時，伊莉莎白終於大膽開了口，說自己為父親難過，因為他一定吃了不少苦頭，他回答：「別說了。除了我，還有誰該受罪？我是自作自受，本來就活該。」

「你別太苛責自己。」伊莉莎白說。

「你勸得有理。人類天生就愛自我檢討！但是莉西，讓我這輩子自責這麼一次。我不怕承受不了。

反正一下就過去了。」

「你覺得他們在倫敦嗎？」

「對，除了倫敦，還有哪裡能藏得這麼好？」

「而且麗迪亞以前一直很想去倫敦。」凱蒂也說。

「那看來她很開心，」她父親淡淡說，「而且可能要在那裡待一陣子。」

沉默一會兒，他繼續說：「莉西，五月時你的建議是對的，我沒怪你，回頭來看，你是有先見之明。」

珍打斷了兩人，走來端茶回去給母親。

「裝模作樣，」他大喊，「不過這有個好處，不幸之中，反而好像優雅起來！改天換我來吧。我會坐在書房，頭戴睡帽，身穿家居服，盡情找大家麻煩——我等凱蒂下次跟人跑了再說。」

「我才不會跟人跑，爸爸，」凱蒂沒好氣地說，「換我去布萊頓，一定比麗迪亞守規矩。」

「你去布萊頓！你就算只是去東堡，給我五十鎊我都不准！不，凱蒂，我這次至少學會要小心了，我一定讓你好好感受。我再也不准任何軍官來我家，連經過村莊也不行。除非是跟姊妹跳舞，不然禁止參加任何舞會。另外，在你證明自己每天有好好運用十分鐘之前，你不准踏出家門半步。」

凱蒂聽了信以為真，嚇得大哭。

「好了，好了，」他說，「別難過了。你接下來十年都乖的話，十年後我就帶你去參加閱兵典禮。」

49

班奈特先生回家兩天後，珍和伊莉莎白在房子後面的樹籬間散步，看到管家朝她們走來，以為是母親找她們，便走上前。結果她們靠近之後，她卻對珍說：「小姐，不好意思打擾，但我希望你有從鎮上聽到些好消息，所以我冒昧跑來詢問。」

「什麼意思，希爾太太？我們去鎮上怎麼沒聽說。」

「小姐，」希爾太太驚訝地說，「你不知道葛汀納先生寄了快信給主人嗎？信差已來了半小時，信已交到主人手上了。」

姊妹跑了起來，話都不說了，只想趕快回家。她們穿過前廳，衝進早餐廳，再跑到書房——父親都不在。她們正要上樓到母親那裡找他時，遇到了男總管，他說：

「如果你們在找主人，小姐，他剛才往小樹林走去了。」

她們聽到馬上又穿過前廳，越過草坪，追上父親，看見他正從容走向牧場旁的小樹林。

珍的身子並不輕盈，也不像伊莉莎白一樣習慣跑動，不久便落在後頭。伊莉莎白上氣不接下氣追上父親，迫不及待大喊：

「喔，爸爸，什麼消息？是什麼消息？你收到舅父的信了？」

「對，我收到他寄來的快信。」

「所以信上寫什麼——好消息？壞消息？」

「哪會有什麼好消息？」他說著從口袋拿出信。「但你可能想看一看。」

伊莉莎白不耐煩地將信從他手中搶來。珍這時也跟上了。

「唸出來吧，」父親說，「因為我自己都還不懂裡面說了什麼。」

慈恩教堂街

八月二日，週一

親愛的姊夫：

我終於打聽到外甥女的消息，整體來說，我希望你聽完能放心。你週六離開後，我幸運得知他們在倫敦的下落，詳情等我們見面再說。總而言

「你可能想看一看。」"But perhaps you would like to read it"

之，我找到他們了，我也見到了他們——

「所以跟我希望的一樣，」珍大喊，「他們結婚了！」

伊莉莎白繼續唸：

我也見到了他們。他們尚未結婚，也沒有結婚的打算。但我已代你提好條件，只待你點頭，婚期指日可待。首先，你和姊姊留給五個女兒的五千鎊遺產，你必須簽訂協議，確保麗迪亞會得到她的那份。另外，你還必須承諾在你有生之年，年年給她一百英鎊。考量眼前情況，上述條件我自覺有權作主，因此已毫不猶豫代你先答應下來。我這封信會寄快信，希望盡快得到你的答覆。從以上種種來看，你大概已明白，韋翰先生不像我們之前所想得身無分文。這方面，大家都誤會了，而且還有個好消息，他還清債務後，甚至還有點錢能歸給我的外甥女。我想一切都沒問題，若你願意讓我全權處理，我會馬上請哈葛史頓律師草擬協議，這樣你就不須大費周章，再次進城，並可在朗堡靜候佳音，我會盡心盡力處理。請盡快回覆，務必寫得明確一點。在出嫁之前，我們會先將外甥女接回我們家，希望你同意。她今天會過來，有其他事要決定的話，我會盡快寫信聯絡。

愛德華・葛汀納

「有可能嗎？」伊莉莎白唸完信大喊。「他真的要娶麗迪亞嗎？」

「這麼說，韋翰不像我們想得那麼壞，」珍說，「父親，恭喜你了。」

「你回信了嗎？」伊莉莎白說。

「還沒，但看來要快點。」

她懇求父親趕快寫信，別耽誤時間。

「喔，親愛的父親，」她大喊，「現在馬上回家寫信吧。事關重大，分秒必爭。」

「如果你嫌麻煩，」珍說，「我幫你寫。」

「我覺得非常麻煩，」他回答，「但一定要寫。」

說完他跟著她們轉身，走向屋子。

「我可以問個問題嗎？」伊莉莎白說。「但我想這些條件一定要答應吧。」

「當然答應啊！他要這麼少，我還嫌丟臉。」

「所以他們確定會結婚了！怎麼偏偏是他這種人。」

「對，對，他們確定會結婚。也沒別的辦法了。但有兩件事，我非常想知道：第一件，你舅父貼了多少錢才說動他；第二件，我要怎麼還他。」

「貼錢！舅父！」珍大喊。「什麼意思，爸爸？」

「我的意思是，只要有腦袋，沒有男人會為這點小錢娶麗迪亞，我在世每年才一百鎊；過世之後，每年利息也才五十鎊。」

「說的也是，」伊莉莎白說，「但我剛才沒想到。他竟然能還清債務，還有剩錢！喔，一定是舅父幫他！舅父太好心、太善良了，就怕他苦了自己。這可不是小錢。」

「對，」她父親說，「韋翰娶她要是不討個一萬英鎊，就是個傻子。我才剛要認這個女婿，就要覺得他傻，這我怎麼好意思。」

「一萬英鎊！我的天啊！就算只有一半，要怎麼還啊？」

班奈特先生不答腔，三人各自沉思，默默走回家裡。她們的父親接著進書房寫信，女兒走進早餐廳。

「他們真的要結婚了！」伊莉莎白和珍一獨處便大喊。「有夠奇怪！但這真是謝天謝地。雖然幸福的機率不大，韋翰人品又差，但他們結婚，還是讓人高興的！喔，麗迪亞！」

「我是這樣想來安慰自己，」珍回答，「如果他沒對麗迪亞動情，絕不會娶她。雖然舅父幫他還了錢是一片好心，但我相信一萬英鎊什麼的，不至於吧。他有自己的孩子要養，未來可能還會再生。就算是五千鎊，他怎麼拿得出來？」

「等我們搞清楚韋翰欠多少錢，」伊莉莎白說，「又要多少錢才結婚，我們就能確切知道葛汀納先生出了多少力，因為韋翰半毛錢都沒有。舅父母的恩情，我們永生難報。他們帶她回家，保護和支持她，不顧麻煩只為她好，這一輩子都報答不完。這一刻她已經和他們在一起了！如果人家一片好心，她還不覺得羞愧，她一生都不值得幸福！看她拿什麼臉去見舅母！」

「我們要把兩人的過去都忘了，」珍說，「我現在只一心希望他們幸福。我相信他願意娶她證明了他已改過自新。他們的感情開花結果，彼此會因此變得更加穩重，從此安靜度日，理智生活，沒多久，大家便會忘記他們年少輕狂的樣子。」

「他們言行舉止這麼誇張，」伊莉莎白回答，「別說你我了，所有人都不可能忘記。說再多也沒用。」

她們這時想起，母親可能什麼都還不知道。於是她們走進書房，問父親願不願意告訴母親。他正埋首寫信，頭也不抬，冷冷回答：

「看你們。」

「我們能拿舅父的信唸給她聽嗎？」

「愛拿什麼都好，拿了快走。」

伊莉莎白從他的書桌拿了信，和姊姊一起上樓。剛好瑪麗和凱蒂兩人也在班奈特太太房間。所以一次便能順便說完。她們稍微透露是好消息後，便將信上內容唸出來。班奈特太太簡直按捺不住興奮。珍一唸出葛汀納先生希望麗迪亞盡快結婚，她便洋溢喜悅，每句話都聽得心花怒放。她和之前一樣焦急激動，只是之前是因為煩惱擔憂，現在是因為欣喜若狂。不過知道女兒要出嫁就夠了。她絲毫不擔心她的幸福，也毫不在意她之前的過錯。

「我親愛的寶貝麗迪亞！」她大喊，「這真是太好啦！她要結婚了！我要再見到她了！她十六歲就結婚了！多虧我的好弟弟！我就知道會這樣，我就知道他會把事情全處理好。我多想見到她啊！也要見見親愛的韋翰！對了，衣服，婚禮禮服！我得馬上寫信給葛汀納太太，直接吩咐他們。莉西，親愛的，快去叫你父親，問他要給她多少錢。算了、算了，我自己去。凱蒂，幫我搖鈴叫希爾太太來。我待會兒換個衣服。親愛的寶貝麗迪亞！我們見面會有多開心！」

珍見她太過激動，於是先提醒她，家裡欠了舅父多少人情。

「事情能這麼順利，」她補充，「全靠舅父好心幫忙。我們覺得他私下資助了韋翰先生。」

「哎呀，」她母親大聲說，「正是這樣，她舅父不幫她誰來幫？要不是他自己有家庭，我和孩子遲早會繼承他的財產。除了幾樣禮物，我們這是第一次從他那裡得到好處。好啦！我好開心，不久女兒就出嫁了。韋翰太太！叫起來真好聽。她六月才滿十六歲。親愛的珍，我好激動，實在沒辦法寫信。所以我用說的，你幫我寫。我們之後再跟你父親商量錢的事，但婚禮的東西要馬上訂一訂。」

她算起細棉布、平紋布、麻紋布要多少，馬上要命人全訂下來，幸好珍費一番唇舌，勸她等父親有空時先商量一下，並說這事耽擱一天無妨。她母親太開心，也不如以往堅持，但腦中隨即有了新想法。

「我去梅里墩一趟，」她說，「只要我換好衣服，就去跟你們阿姨說這天大的好消息。我回來可以順便拜訪盧卡斯夫人和隆恩太太。凱蒂，下樓叫人去備好馬車。我覺得出門透透氣對我身子有好處。女兒啊，我要去梅里墩，有什麼要我幫忙辦的？喔！希爾太太來了。親愛的希爾太太，你聽說好消息了嗎？麗迪亞要結婚了，你們在婚禮上，可都要敬她一杯潘趣酒[50]。」

希爾太太馬上表達她的喜悅。伊莉莎白接受她的道賀之後，已受夠這場鬧劇，趕緊躲到房間，自己思考去了。

麗迪亞的處境再好也就這樣，事情沒更糟，她就該謝天謝地。而她確實這麼覺得。雖然妹妹的未來，理性上看不到幸福，世俗上也享受不到榮華富貴，但回想不到兩小時前大家的害怕，她覺得一切已是萬幸。

50 punch，十九世紀英國社交場合上常見的飲品，主要以果汁混合烈酒調配而成。

50

想當初，班奈特先生總希望自己省吃儉用，每年存下一筆錢，這樣一來，孩子未來都能不愁吃穿，即便自己過世，太太也能受到照顧。眼下他更是後悔莫及。要是當初他多省一點，無論要買麗迪亞的名節或面子，都不必欠她舅父人情。而說服全英國最無恥的男子娶麗迪亞，這令人滿足的滋味自然也輪不到別人來品嘗。

這婚事對誰都沒好處，花費卻全讓小舅買單，讓他非常過意不去。於是他下定決心全力查出他幫了多少，盡快還他人情。

班奈特先生結婚時，總覺得不用特別節省，反正他們遲早會生兒子。只要等兒子成年，他和兒子便能一起解決限定繼承權的問題[51]，讓太太和年紀更小的孩子都衣食無虞。結

'The spiteful old ladies'
梅里墩的三姑六婆

果五個女兒接連出生，兒子卻遲遲不來。生下麗迪亞多年之後，班奈特太太仍相信會再生兒子。最後他們的指望終於落空，想省吃儉用，也為時已晚。班奈特太太本身不懂節儉，幸好丈夫向來喜歡經濟自主，才避免全家花費透支。

依當年婚約，他會留給班奈特太太和孩子五千鎊。但子女要怎麼分，是由父母遺囑決定。至少給麗迪亞這份，現在要馬上決定，而班奈特先生毫不猶豫接受了小舅的提議。他先誠摯感謝小舅幫忙，但謝不到幾句，隨即白紙黑字同意目前一切安排，並表示願意履行小舅答應對方的條件。他曾想過韋翰如果要娶他女兒，對他來說恐怕會很麻煩，但沒想到如今這麼輕鬆。他每年要給他們一百鎊，算一算多花的錢還不到十鎊。因為麗迪亞的食宿和零用錢，加上母親貼給她花的錢，加一加也幾乎要一百鎊。

這事他不用出多少力，又是一大驚喜。他此刻內心最大的心願是多一事不如少一事。起初他一氣之下衝去找女兒，現在氣消了，自然又懶散起來。他馬上將信寄出，雖然他做事拖拖拉拉，但只要一動手，動作便很快。他也請小舅交代清楚，自己到底欠他多少人情，但他仍氣著麗迪亞，因此信上對她連一聲問候都沒有。

喜訊瞬間傳遍家裡，不久也傳到了鄰居耳中。鄰居聽聞此事，反應還算平靜。想當然，如果麗迪亞·班奈特小姐墮落風塵，或起碼隱居偏遠的農舍，聊起來一定更有意思。但聽說她結婚，能聊的還是不少。梅里墩那群假惺惺的三姑六婆，之前一片好心，希望她人平安幸福；現在聽聞喜訊，她們依舊祝福她平安幸福，畢竟嫁給這樣的丈夫，命運注定悲慘。

51 班奈特先生不能自行更改限定繼承權，但如果繼任人願意，兩人可以重新修改繼承條件。

班奈特太太已兩週沒下樓，但這大喜之日，她又興高采烈坐回餐桌首。她得意洋洋，臉上沒一絲羞愧。自從珍十六歲後，她人生最大的願望便是把女兒嫁出去，如今終於如願以償。她腦中想的、嘴裡說的全是結婚的事，像是婚禮、禮服、新馬車和僕人。她忙著在附近替女兒尋找適合的房子，完全不管小倆口收入多少，而她看到現在，不是嫌太小，便是嫌不起眼。

「海耶莊園算合適，」她說，「就是給顧爾丁一家住走了。斯托克那間豪宅也可以，就是客廳小了點。可是艾希沃斯莊園又太遠，離這裡十六公里遠，我怎麼捨得。至於柏維斯莊園，那閣樓太可怕了。」

僕人在場時，她丈夫都沒打斷她，讓她盡情去說。但僕人退下之後，他便對她開口：「班奈特太太，你替女兒和女婿租房子前，租一棟也好，全租也好，我們先把話說清楚。這附近任何一間房子，他們都別想住。我不認同兩人輕率的行為，他們要來朗堡，我絕不歡迎。」

說完夫妻倆便爭吵不休，但班奈特先生十分堅決。兩人吵一吵又吵到另一件事，班奈特太太驚恐萬分，她發現丈夫不肯出錢幫女兒買禮服。他說這次無論如何，絕不會給女兒半點疼愛。班奈特太太聽了完全無法理解。這種事發發脾氣就算了，他竟會恨到不肯幫她買禮服。少了禮服，結婚根本不算數，她對這一切感到難以置信。女兒的婚禮沒有新禮服，她真是愈想愈丟臉，至於女兒私奔，還沒成親就跟韋翰同居兩週，她倒是沒放在心上。

伊莉莎白現在後悔莫及，她當時難過之下，告訴了達西先生他們一家人正擔心妹妹的事。結果現在她要結婚，名正言順為私奔劃下句點。回頭看來，這不體面的開頭，他們原本也許能掩飾過去，不讓任何外人知道。

她不擔心他會將這件事說出去。說到守密，達西是她世上最信得過的人，但正是因為知道這段家醜的是他，她才感到如此難堪。倒不是害怕這對她個人有所影響，因為無論如何，她和達西之間早已隔了一道難以跨越的鴻溝。就算麗迪亞的婚事正當體面，但班家女婿可是達西此生最不齒的男子，達西對她的家族本來就有各種顧慮，如今也只是再添一筆。

有這種女婿，也難怪達西為之卻步。當時在德貝郡，她確實覺得他有意追求，但現在受此事衝擊，她沒理由期待他愛她如故。她感覺好丟臉、好傷心。她的內心好後悔，卻不知為何後悔。她害怕失去他的尊重，但他的尊重對她毫無意義。她好想聽到他的消息，卻彷彿再也無法收到他的音訊。她相信兩人在一起能幸福快樂，但如今他們卻不可能再相見了。

四個月前，她才驕傲地拒絕他的求婚；換成現在，她肯定會滿心感激，欣然答應。她常在想，要是他知道的話，會有多得意啊！她毫不懷疑，他縱使是世上最寬宏大量的男子，但終究是凡人，一定會感到沾沾自喜。

她漸漸明白，無論是性情或才能，他正是最適合她的男生。雖然他的思考和脾氣與她不同，卻剛好能和她互補。兩人結婚對彼此都大有好處，她的個性輕鬆活潑，他的心思可能會因此變得柔軟，處世更圓融。而他思考嚴謹、博學多聞，她一定會因此大大成長。

但大家是無緣見識到何謂真正幸福的婚姻了。他們家即將迎來的婚事不只未來堪憂，還斷送了另一段緣分。

今後韋翰和麗迪亞要如何維持生計，她無法想像。但一對夫妻的婚姻建立在激情，而非道德之上，幸福會多短暫，這倒不難想見。

葛汀納先生不久回信給姊夫，他簡短回覆了班奈特先生的感謝，保證他一心為家人幸福著想。最後說未來不須再贅言道謝。他這封信主要是來通知，韋翰先生已下定決心離開民兵團，他繼續說：

婚事敲定之後，我認為他應該退出民兵團。我想你也會同意，無論是為了他或外甥女，這都是明智之舉。韋翰打算加入正規軍，他過去一些朋友仍願意在軍中為他引薦。他將在某某將軍的軍團中擔任少尉，軍團目前駐紮在北方。遠赴北方對他來說未嘗不是好事。他將來仍大有可為，但願人生地疏，兩人能重新做人，未來行為更加謹慎。我已寫信給福斯特上校，告知我們目前的安排，並託他轉告韋翰在布萊頓一帶的債主，在我擔保下，他會盡快還清債務。至於梅里墩的債主，麻煩你代為轉告。隨信附上韋翰列出的債主名單。這就是他個人所有的債務，我希望他至少沒有欺騙我們。我們已全權交由哈葛史頓律師處理，一週內會全部完成。到時他們便能北上，去軍團報到，在這之前，看你願不願意讓他們去朗堡一趟。內人告訴我，外甥女非常盼望在北上前，與家人見面。她人很平安，並託我問候你和她母親。

愛德華．葛汀納

班奈特先生和女兒都同意葛汀納先生的看法，韋翰離開民兵團明顯有許多好處。但班奈特太太聽了一點都不高興。她至今仍一心想讓麗迪亞住在赫福德郡，期待與女兒作伴，開心得意過日子，沒想到她馬上要搬去北方，讓她大失所望。再說，麗迪亞和民兵團所有男生都認識，喜歡的也好多，就這樣離開多可惜。

「她這麼喜歡福斯特太太，」她說，「這樣把她送走，太誇張了吧！還有好幾個年輕人，她也好喜歡他們。北方軍團的軍官可能沒那麼好相處。」

葛汀納先生在信中轉述，女兒希望在動身北方前能回家，父親起初斷然拒絕。但珍和伊莉莎白念在妹妹的感受和遭遇，希望父母能承認兩人婚事，她們動之以情，曉之以理，力勸父親等小倆口一結婚，便邀請他們來朗堡，最後父親妥協了，答應就照她們的意思。她們母親十分滿意，這下在麗迪亞流放到北方前，總算能讓鄰居看看她嫁出去的女兒。於是班奈特先生回信給小舅，答應讓他們前來拜訪。後來時間訂好，等婚禮結束，他們便會動身。但伊莉莎白十分驚訝，她沒想到韋翰會同意。以她個人來說，她一點都不想再見到韋翰。

51

妹妹的大喜之日到了，珍和伊莉莎白恐怕比她還緊張。家裡派馬車去接小倆口，他們預計晚餐前會抵達。兩個姊姊想到他們要來，內心忡忡不安。尤其是珍，她設身處地，想像犯錯的要是她，自己會有什麼心情，一想到妹妹內心的煎熬，她愈想愈難過。

他們來了，全家人到早餐廳迎接他們。馬車駛到門口，班奈特太太臉上已堆滿笑容，她丈夫則板著面孔，幾個女兒內心忐忑，擔憂又焦慮。

麗迪亞的聲音從門廳傳來，接著門瞬間打開，她飛奔進門。她母親欣喜萬分迎上前，和她擁抱。韋翰跟在妻子後頭，班奈特太太露出親切的笑容，將手伸向他，歡天喜地祝福他們新婚快樂，對兩人的幸福毫不懷疑。

"With an affectionate smile"

班奈特太太露出親切的笑容，將手伸向他。

新人轉身來到班奈特先生面前，他的態度就沒那麼友善了。他的臉色更加嚴肅，幾乎沒開過口。光見這對年輕人如此厚臉皮，他已怒火中燒。伊莉莎白內心作噁，就連珍也看傻了眼。麗迪亞仍是麗迪亞，毫不受控，不知羞恥，狂野吵鬧，肆無忌憚。她輪流向一個個姊姊討恭喜，等大家終於都坐下，她便忙著東看西看，見屋裡有些改變，便哈哈一笑說，好久沒回來了。

韋翰和她一樣，一點都不難過。他一如往常風度翩翩。要是他好好做人，正正當當結婚，他這樣笑容可掬、談笑自若來拜訪岳家，所有人都會十分高興。伊莉莎白之前不相信他能這麼不要臉，但她坐下時，心裡暗自決定，未來不再小看這名無恥之人有多無恥。她的臉都不禁紅了，珍的臉也紅了。但害人難為情的那兩位，倒是面不改色。

這時倒不缺話題。新娘和母親兩人彷彿只怕講得不夠快。韋翰剛好坐在伊莉莎白旁邊，便問起鄰居舊識的近況，態度一派從容，這反而害她不知所措。這對新人腦中彷彿只留下世上最快樂的回憶。回想過去，他們絲毫不覺得痛苦。麗迪亞甚至主動提起姊姊無論如何都會避開的話題。

「想想我離家也三個月了，」她大聲說，「我覺得好像才過兩週一樣。時間雖短，卻發生了好多事。老天啊！我走的時候，根本沒想到自己會結了婚才回來！但我是有想過，如果這趟結婚的話，一定超好笑。」

父親抬起眼睛，珍一臉難受，伊莉莎白瞪著麗迪亞。但麗迪亞對不在乎的事從來不聞不見，繼續興高采烈地說：「喔，媽媽，鄰居知道我今天結婚嗎？恐怕大家不知道。我們路上經過威廉・顧爾丁的雙輪敞篷馬車，我決定讓他看看，所以我打開車窗，脫下手套，把手放在窗框上，讓他看我手上的戒指，然後瘋狂對他點頭微笑。」

伊莉莎白受不了了。她起身快步離開早餐廳。後來她聽到大家穿過走廊，進到晚餐廳，才又加入大家。結果她又馬上看到麗迪亞急著耀武揚威，她走到母親右邊，對大姊說：「啊，珍，你位子要讓給我了，你坐過去，因為我嫁人了。」

麗迪亞從進門起便毫無愧色，不能指望她以後會感到羞愧。她愈來愈放鬆，興致愈來愈高昂。她好想去找菲利普阿姨，拜訪盧卡斯家和其他鄰居，聽每個人叫她「韋翰太太」。吃完晚餐，她便跑去給希爾太太和兩個女僕看戒指，炫耀自己結婚了。

「哎呀，媽媽，」大家全回到早餐廳時，她說道，「你覺得我老公怎麼樣？他是不是很帥？我相信姊姊一定都很羨慕我。我只希望她們有我一半幸運。她們一定都要去布萊頓，那裡才是找老公的地方。好可惜啊，媽媽，我們當初沒有一起去。」

「真的是。要是我能決定，我們早都去了。但親愛的麗迪亞，我捨不得你跑那麼遠。你一定要過去嗎？」

「喔，天啊！當然要去，這也沒什麼。我反而很喜歡那裡。你、爸爸和姊姊一定要來拜訪我們。我們整個冬天都會待在新堡，我敢說那裡一定會有舞會，我一定會好好替姊姊都找好舞伴。」

「那就太好了！」她母親說。

「你要回去的時候，可以把一、兩個姊姊留下來。我敢說冬天結束之前，我會替她們找到老公。」

「你的好意我心領了，」伊莉莎白說，「但我不喜歡你找老公的方式。」

小倆口這趟在朗堡最多待十天。韋翰先生離開倫敦前就收到委任書，兩週內要去軍團報到。他們待的時間這麼短，只有班奈特太太感到可惜。她抓緊時間，和女兒四處拜訪，家裡也天天宴客。宴客也好，家裡有腦袋的寧可和客人作伴，也好過面對家裡那些沒腦袋的。

正如伊莉莎白所料，韋翰對麗迪亞的感情，不如麗迪亞對他來得深。她幾乎不需要親眼看到，從事發經過便能判斷，他們私奔一定不是他的主意，而是因為麗迪亞愛瘋了頭。至於他明明不在乎麗迪亞，為何會想和她私奔，伊莉莎白一點也不覺得奇怪。她斷定韋翰一定是被債務所逼，不得不走。若是如此，路上有人作伴，他這種人怎麼會拒絕。

麗迪亞非常喜歡他，左一聲寶貝韋翰，右一聲寶貝韋翰，彷彿沒人能和他相提並論。他凡事都是世上第一，她相信九月一日那天，他射中的鳥會是當地最多[52]。

他們抵達朗堡後的某天早上，麗迪亞和兩位大姊坐一塊兒時，她對伊莉莎白說：

「莉西，我記得沒跟你說過我婚禮的事。我跟媽媽和其他人說時你不在。你不想聽婚禮辦得怎麼樣嗎？」

「真的不想，」伊莉莎白回答，「我覺得這事能不提就不提。」

「哎！你好怪！但我一定要跟你說。你知道，我們是在聖克萊蒙教堂結婚，因為韋翰住在那個教區。大家約好十一點鐘在那裡集合。我和舅父母一起過去，並在教堂和其他人碰頭。總之，週一早上我緊張得要命！我好怕出問題害婚禮延後，那我一定崩潰。還有舅母，我梳妝打扮時，她在一旁說教個不停，好像在布道一樣。但我十句話裡聽不到一句話，因為你知道，我一心一意都想著我的寶貝韋翰。我好想知道他結婚時是不是穿那件藍色外套。

「所以我們像平常一樣，十點吃早餐。我以為永遠都吃不完。順道一提，你要知道，我和舅父母住一起的這陣子，他們一直都討厭得要命。說來你可能不信，但我在那裡住了兩週，一次都沒踏出門。沒去舞會，沒有節目，什麼都沒有。是啦，倫敦在夏天人很少，可是小戲院還開著啊。總之，馬車到

52 九月一日為鳥禽狩獵季的起始日。隨著獵槍改進，射獵鳥禽在十八、十九世紀變得更為流行，獵物包括鴨、鵝、雉雞和鷓鴣等。

門口時，舅父又被那個討人厭的石墩先生[53]找去辦事。你知道，他們倆一碰面就沒完沒了。反正我嚇傻了，不知道該怎麼辦，因為舅父要負責把我交給新郎，如果我們超過時間，當天婚就結不成了。但幸好他十分鐘後就回來，我們便一起出發。不過我事後回想，如果他真的去不成，婚禮也不用延期，反正達西先生能幫忙。」

「達西先生！」伊莉莎白重複，大吃一驚。

「喔，對啊！他和韋翰一起來。哎唷，我真是的！我忘記了！這事我不該說的。我明明對他們發誓了！要是韋翰知道會怎麼說？這件事要保密的！」

「如果要保密，」珍說，「那就別再說了。放心，我不會追問。」

「喔，沒錯，」伊莉莎白說，但心裡好奇不已，「我們不會追問你。」

「謝謝你們，」麗迪亞說，「因為你們問的話，我一定會全跟你們說，韋翰會氣死。」

她說得好像巴不得人問一樣，伊莉莎白為了不問，只好逼自己逃離現場。

但都到這個地步了，她不可能裝作沒聽到。至少要先試著打聽一下。達西先生參加了妹妹的婚禮。那樣的場合，再加上那兩人，他絕對沒理由去，也絕對不想去才對。她左思右想，天馬行空猜測各種可能，但都說服不了自己。她十分希望達西出席其實名正言順、正大光明，但感覺不大可能。她想到後來實在受不了，匆匆抓起一張紙，寫了封短信給舅母，請她在不洩密的情況下，解釋麗迪亞說溜嘴的事：

你一定能理解我為何如此好奇，他和我們非親非故，相比之下，甚至算是個外人，怎麼會和你們一起出席婚禮。請馬上回信，讓我知道原委——除非如麗迪亞所說，此事有充分的理由必須保密，那我也只能接受。

「但我應該不會接受。」她寫完信對自己說，「而且啊，親愛的舅母，如果你不光明正大說清楚，我只好自己千方百計去打聽了。」

珍為人正直，絕不會私下和伊莉莎白討論麗迪亞的那段話。伊莉莎白覺得這樣正好，在收到回信前，她想先將這段心事留給自己。

53 麗迪亞記不得葛汀納先生的律師姓氏「哈葛史頓」，此為誤稱。

52

伊莉莎白十分高興，她沒多久便收到回信。她一收到信便快步跑進樹林，以免受人打擾，她坐到一張長椅上，準備讀個痛快。因為這封信不短，她相信舅母肯定有好好解釋。

慈恩教堂街，九月六日

親愛的外甥女：

我剛才收到你的信，我想這件事三言兩語講不清楚，所以打算用一整個白天來回覆。不得不說，我看到你的問題，心裡十分訝異，我沒想到你居然會來問我。但我不是說覺得生氣，只是想說，想不到你會需要問我。如果你不懂我的意思，我先道歉。你舅父和我一樣驚訝，他之前將整件事情那樣處理，是因

"I am sure she did not listen"

「我再三嚴厲勸告她。」

為我們以為你一定知情。但如果這事與你無關，你也一無所知，那我一定要好好說清楚。

我從朗堡回家那天，你舅父家裡來了一位意外的訪客。達西先生來訪，他們私下談了好幾個小時。我還沒到家，兩人的會面就結束了。所以我不像你好奇心懸在半空中。他告訴我丈夫，他已得知你妹妹和韋翰先生的下落，並和兩人見面說過話——和韋翰聊過數次，和麗迪亞見過一次。據我所知，他只晚我們一天離開德貝郡，並下定決心來倫敦搜尋兩人。他覺得這一切都是他的錯，因為他當初沒揭穿韋翰的真面目，害一個個正經的年輕女孩愛上他或信任他。他將一切歸咎於自己太過傲慢，承認他以前總覺得日久見人心，認為將私事公開，有失身分。所以他覺得現在有責任站出來，努力彌補自己造成的錯誤。但就算他另有心思，我覺得他也不用不好意思。

他在倫敦待了數日，才終於找到他們。但他有線索，不像我們毫無頭緒。他也是意識到這點，才隨我們來到倫敦。好像有個人叫楊格太太吧，她在幾年前曾是達西小姐的女家教，後來因為犯了錯，遭到解雇，不過這事他沒細說。楊格太太最後買了愛德華街[54]上一棟大房子，靠出租過生活。達西知道楊格太太和韋翰熟識，於是他一進城便去找她打聽韋翰下落。但他費了兩、三天才終於問出答案。她確實知道他的下落，但沒得到好處的話，她不肯背叛朋友，出賣消息。韋翰一到倫敦果真就來找她，要不是她沒空房，不然兩人便會住下。最後我們熱心的朋友終於要到地址。原來他們住在某街。他去了之後，先見到了韋翰，後來再三堅持，才見到麗迪亞。他見麗迪亞的目的是要說服她，別再丟人現眼，並願意全力協助她聯絡朋友，希望她盡快回到朋友身邊。但他發現麗迪亞鐵了心要留下。她不在乎朋友，也不想要他幫忙，只願死心塌地跟著韋翰。她相信兩人遲早會結婚，至於何時並不重要。

54 Edward Street，此指何處目前學界尚無定案，但有一說推測地點接近卡文迪什廣場（Cavendish Square），並認為楊格太太可能經營妓院維生。

既然她心意已決，他覺得自己唯一能做的是讓兩人盡早結婚，而他和韋翰第一次見面時，一眼就看出他從頭到尾都不想結婚。他承認自己當初離開民軍團，是為賭債所逼。至於和他私奔一事，他毫不猶豫推說全是麗迪亞自己愚蠢。他原本就想辭職，至於未來，他毫無打算。他勢必要找個地方落腳，只是不知道該去哪裡，也心知自己無以為繼。達西先生問他為何不馬上娶你妹妹。班奈特先生雖然不算非常有錢，但一定能出手幫忙，只要他結婚，處境一定會好轉。從韋翰回答中，他發現他仍希望到另一個郡，靠結婚翻身致富。不過在這情況下，聽到有機會能立即脫身，他自然心動了。他們見了好幾次面，畢竟有許多細節要詳談。韋翰當然貪得無厭，但最後兩人仍敲定了合理的數字。兩人協議好一切後，達西先生的下一步是通知你舅父，在我回家前一天晚上，他首次來到慈恩教堂街拜訪。但那時葛汀納先生不在家，達西一問才發現，你父親仍和他在一起，但他明早會離開倫敦。他判斷和你舅父相比，你父親較難說話，便決定等你父親離開之後再來拜訪。於是他沒留下姓名就走了，直到隔日，大家只知道一位先生有事求見。

週六他又來訪了。那時你父親已離開，你舅父在家，如我剛才所說，他們有許多事要商量。所以他們週日又見了面，這次我也見到他了。事情到週一才全部討論好，接著他們馬上寄快信到朗堡。但達西先生真的非常固執。莉西，我覺得他最大的人格缺點是固執才對。大家過去對他有過各種指責，但這點才真正讓人受不了。你舅父其實願意出錢（我不是在討你的感謝，所以你就別說了），但達西先生執意全部由他來出。他們為此爭執很久，明明那一男一女都不值得他們付出。最終你舅父還是讓步了，他不僅沒幫上外甥女的忙，還必須委屈自己，講得好像全是自己的功勞一樣。我真覺得你早上這封信讓他非常開心，因為向你解釋完後，功勞給了該給的人，他總算問心無愧。但莉西，這件事一定要保密，頂多告訴珍就好。我想你很清楚達西為這對新人付出多少。他付清男方的債務，我相信金額超過一千英鎊，並替他買了個軍職；他還另外贈與一千英鎊給**女方**。至於他為何獨自承擔，原因我之前已解釋。他後悔當初考慮不周，有所保留，害大家看不清韋翰為人，才誤信於他。**這說法**也許有點道理，但我覺得不該怪**他**有所保留，或怪**誰**有所保留。他話雖然說得好聽，但你大可以放心，要不是我們認為他做這事**別有好處**，你舅父絕不會讓步。一切談妥後，他便返回龐百利莊園，回到朋友身邊。但我們說好，婚禮當天，他會再來倫敦一趟，並把錢的事了結。我已一五一十告訴你所有事情，你看了想必十分驚訝，但我希望至少不要讓你不開心。

麗迪亞住進我們家後，韋翰也不時來訪。**他**與我在赫福德郡認識時一模一樣。反觀**你妹妹**在我們家的態度讓我非常不滿，我原本不想說的，但收到珍上週三寫的信，發現她回家也是一個樣，所以這也不是新聞了，跟你說也不會更讓你難受。我再三嚴厲勸告她，指出她的所作所為多丟臉，家人多為她傷心。她有聽進去的話，應該是運氣好，因為我很確定她沒在聽。有時我真的快發脾氣了，但一想到你和珍，看在你們面子上，我才忍了下來。

如麗迪亞所說，達西先生後來依約來到倫敦，出席了婚禮。他隔天和我們吃晚餐，打算週三或四離開倫敦。親愛的莉西，我想藉這封信，跟你說說我多喜歡這人（我之前都不敢說），你會生氣嗎？他和在德貝郡時一樣，對我們友善親切，而且面面俱到。我覺得他見多識廣，想法過人，唯獨個性不大活潑，關於**這一點**，他只要**慎選**個好妻子，也許能教教他。我覺得他心機很重，從頭到尾都沒提到你的名字。但這種事有心機也很正常。我如果不小心得罪你，拜託你原諒我，至少不要不准我進龐百利莊園。我好想繞莊園一圈，沒繞完我每天都好難受。我求的不多，一輛敞篷小馬車，加上兩匹小馬就夠了。但我要去忙了。孩子這半小時一直在叫我了。

信中的內容讓伊莉莎白心情不斷起伏，五味雜陳，不知該高興還是難受。她曾隱約懷疑，達西先生是否促成了妹妹的婚事，但她不敢多作妄想，一方面世上不可能有人如此好心，二方面要是真是如此，實在難以回報。沒想到如今一切竟成事實！他特意尾隨進城四處打聽，受盡麻煩和委屈。面對自己鄙視憎惡的前女管家，他不得不向她求情；面對避之唯恐不及、甚至不願提及的男人，他不只勉強和他見面，還見了不止一次，和他說理，百般勸說，最後出手賄賂。他竟為了一個他不關心、也不欣賞的女孩，做出這一切。伊莉莎白的內心確實有個小小的聲音說：他是為了我才這麼做的。但她的內心也瞬間出現無數質疑，她馬上覺得自己是痴心妄想，畢竟自己曾拒絕過他，再說他痛恨和韋翰扯上任何關係。小姨夫韋翰！他內心驕傲，絕對容不下這種親戚。當然他確實出了不少力。究竟出多少力，她不好意思去想。但他所說的理由，其實不算牽強。他覺得自己有錯，心生愧疚，也合情合理。他為人慷慨，也確實有能力慷慨。雖然她不承認達西先生是為了自己，但她多少相信，他會幫忙是念在舊情，想讓她安心。想到他們一家人蒙受了他天大的恩惠，卻永遠無以回報，她的內心無比痛苦。麗迪亞保全名聲，平安歸來，一切都要感謝他。唉，想到自己以前多厭惡他，說過多少挖苦他的話，她就打從心底難過。她為自己感到慚愧，但為他感到驕傲——他出於同情和榮譽，能忍辱求全。她一遍遍讀著舅母對他的讚美，只嫌誇得不夠，但也已心滿意足。見舅父母都斷定達西先生和她情意深厚，彼此信任，她的內心甚至禁不住感到一絲竊喜，卻也充滿惋惜。

聽到有人靠近，她立刻從思緒中醒來，並站起身。她來不及走上另一條小徑，韋翰便追上來。

「恐怕打擾你獨自散步了，大姨子？」他走到她身旁說。

「確實如此，」她笑著回答，「但不是每個人打擾都讓人討厭。」

「如果讓人討厭，那我真的會很不好意思。我們以前是好朋友，現在親上加親了。」

「對啊，大家都出門了嗎？」

「我不知道，班奈特太太和麗迪亞坐馬車去梅里墩了。所以大姨子，我聽舅父母說，你最近去了龐百利莊園。」

她回答確實如此。

「我真羨慕你，可惜我無福消受，不然我這趟去新堡就順道去了。我想你有見到管家太太吧？可憐的雷諾太太，她以前總是很喜歡我。想必她沒跟你提到我。」

「有，她有提到。」

「她說什麼？」

「她說你從軍之後，恐怕……變得不好了。不過相隔那麼遠，傳聞多少有所扭曲。」

「這個自然。」他咬著嘴唇回答。伊莉莎白希望這句話能堵住他的嘴，但不久他又開口：

「出乎意料之外，我上個月在倫敦看到達西。我們擦身好幾次。真不知道他在倫敦幹麼。」

「可能在準備和狄堡小姐結婚吧，」伊莉莎白說，「這時間點進城，一定是有什麼特別的事。」

「一定是這樣。你在蘭頓有見到他嗎？聽舅父母說，你們有見到面。」

「有，他還介紹妹妹給我們認識。」

「你喜歡她嗎？」

「非常喜歡。」

「那就是了，聽說她這一、兩年成長非常多。我上次見到她，還覺得她的未來堪憂。我很高興你喜歡她。我希望她未來過得好。」

「我敢說她一定會過很好。她最難熬的那幾年已經過去了。」

「你們有去金普頓鎮嗎？」

「我記得沒有。」

「那裡原本該是我的教區。那地方太好了！牧師公館非常漂亮！各方面都非常適合我。」

「你喜歡講道嗎？」

「非常喜歡。若講道成為我的職責，辛苦歸辛苦，但我一定會很快習慣。大家都說人不該後悔，但說實話，那工作多適合我！生活寧靜又清幽，完全符合我對幸福的想像！可惜事與願違。你在肯特郡時，曾聽達西提到這件事嗎？」

「我曾聽別人說起，我想消息滿可靠的。聽說那職位有些條件，並全權由現在的贊助人決定。」

「你聽說啦！對，差不多是那樣。你記得的話，我當初也跟你說過。」

「但和你現在說得不一樣，我還聽說你以前非常排斥講道。你甚至決定放棄神職工作，這條路才就此斷了。」

「這你也有聽說！事情確實八九不離十。你記得的話，這事我也有提到吧，就我們聊到那次。」

她剛才已加快腳步，想盡快擺脫他，現在兩人快走到家門口了。看在妹妹份上，她不想惹他生氣，於是她只笑盈盈回答：

「好了，韋翰先生，大家都是一家人。我們別爭論過去的事了。未來我希望我們不會有任何分歧。」

她伸出手。他深情吻了一下，但目光已不知往哪擺，兩人這才進屋裡。

53

韋翰對這段對話非常滿意，只要不再提起這話題，他就不須煩惱，也不怕惹惱親愛的伊莉莎白。伊莉莎白也很高興，她總算堵住了他的嘴。

轉眼間便到了他和麗迪亞出發的日子，班奈特太太終於不得不面對現實，畢竟丈夫絕不可能照她說的，把一家大小全帶去新堡，所以離別之後，大家至少一年後才會相見。

「喔，親愛的麗迪亞，」她哭喊，「我們什麼時候才能再見面？」

「喔，天啊！我不知道。可能這兩、三年都見不到了。」

「多寫信給我，親愛的。」

「我能寫盡量寫。但你知道女人嫁人之

"Mr. Darcy with him".
達西先生跟賓利先生一起來了。

後，沒多少時間能寫信。姊姊倒是可以多寫信給我，反正她們無所事事。」

韋翰的道別比妻子更為熱情。他面露微笑，風度翩翩，說了許多漂亮話。

「他這傢伙真不簡單，」他們一走，班奈特先生便說，「我這輩子真沒見過這種人。他會裝傻，又會假笑，還會討好所有人。我真為他感到無比驕傲。我敢說，縱使是威廉．盧卡斯爵士都生不出這麼個寶貝女婿。」

女兒走了之後，班奈特太太鬱悶了好幾天。

「我常在想，」她說，「與朋友離別是世上最傷心的事。少了朋友，感覺好孤單。」

「媽媽，你看吧，這就是嫁女兒的下場，」伊莉莎白說，「其他四個女兒都還單身，你一定覺得很高興。」

「哪是這樣。麗迪亞不是因為嫁人才走的，只是因為她丈夫的軍團剛好離得遠。距離近一點，她才不用那麼早走。」

但她為這事消沉沒多久，馬上又興奮起來，內心滿懷希望，原來郡裡流傳起一條消息。尼德斐莊園的管家收到命令，準備迎接主人到來，他再一、兩天會來附近打獵，聽說要住上好幾週。班奈特太太一聽都坐不住了，她一會兒望向珍，一會兒堆滿笑，一會兒搖搖頭。

「哎唷、哎唷！所以賓利先生要來啦，妹妹。」第一個告訴她這條消息的是菲利普太太。「哎唷，這樣真好。不過我其實不在乎。他對我們來說什麼也不是，我根本不想再見到他。但話說回來，他想住在尼德斐莊園的話，我們當然歡迎。誰曉得會發生什麼事？但那跟我們無關。妹妹，我們其實早講好不提他的事了。所以他確定要來了嗎？」

「不會有錯，」菲利普太太回答，「女管家尼可斯太太昨晚去了梅里墩一趟，我看見她經過，親自出門和她確認，她跟我說確有此事。他最晚週四會到，最可能週三到。她跟我說她要去肉販那裡，還特別預訂了週三的肉，她另外買了六隻鴨子，準備隨時宰來吃。」

班奈特大小姐聽到他要來，臉色大變。她已好幾個月沒向伊莉莎白提起他的名字。但現在兩人一獨處，她便說：

「今天阿姨告訴我們新消息時，我發現你看向我，莉西。我知道我臉色很難看，但你別以為我又動了什麼蠢念頭。我只是一時奇怪，怎麼大家都盯著我看。我向你保證，我聽到消息，心裡沒感到高興，也不覺得難受。我只高興他是一個人來，這樣我們就能少見他一點。我不怕自己見到他，但我怕別人閒言閒語。」

伊莉莎白不知道該做何感想。沒在德貝郡見面的話，她可能會覺得賓利真的是來打獵，而不是別有心思。但她仍覺得他喜歡著珍，不過她不確定他是經朋友允許之後才來，還是自己大膽跑來。

「但他真是辛苦，」她有時會想，「這可憐的男人明明正大光明租下莊園，結果每次來住都引起各種猜測！我還是別亂猜了。」

但這段時間，無論姊姊嘴上怎麼說，心裡怎麼想，伊莉莎白仍一眼看出她的心情受到影響。比起平常，她更加焦躁不安，心神不寧。

父母一年前熱烈討論過的話題，如今又搬上檯面。

「賓利先生只要一到，親愛的，」班奈特太太說，「你一定要去拜訪他。」

「不要、不要，你去年逼我去了，你保證我去見他，他會娶我其中一個女兒。最後卻落得一場空，我不要再白跑一趟。」

他太太堅持他非去不可，那人一回到尼德斐莊園，左鄰右舍一定都會去拜訪。

「我最討厭這套禮節，」他說，「他想和我們來往，讓他來找我們。他知道我們住哪。鄰居來來去去，我才不要每次都浪費我的時間隨之起舞。」

「好吧，我唯一知道的是，你不拜訪人家，真的非常沒禮貌。但沒關係，我還是可以邀請他來吃晚餐，我決定了，我們一會兒就請隆恩太太和顧爾丁一家來。加上我們一家人，總共有十三位，剛好有個位子給他。」

她想好之後，心裡安慰不少，勉強容忍丈夫的失禮。但一想到左鄰右舍會比自己更早見到賓利先生，她覺得好沒面子。隨著他回來的日子一天天接近——

「我覺得他不如別來比較好，」珍對妹妹說，「他來我是無所謂，我見到他，可以完全無動於衷。但我受不了大家不斷提起他。媽媽是好意，但她不知道，或許沒人知道，她說的話讓我有多難受。他離開尼德斐莊園那天，我一定很開心！」

「我真希望能說點什麼來安慰你，」伊莉莎白回答，「但我無能為力。你一定明白我的心意，有人受苦，大家通常都會勸說忍耐一下，很快就過去了，但我不想這樣勸你，因為你太常忍耐了。」

賓利先生到了。班奈特太太在僕人幫忙下，早早便得到了消息，彷彿她巴不得自己焦慮和擔憂的時間愈長愈好。她算著日子，看何時才能送出邀請，在那之前，他們恐怕都無法見到他。但他抵達赫福德郡的第三天早上，她從更衣室窗口向外望，看到他騎馬進了牧場，一路朝屋子騎來。

她急忙喚女兒來，一起分享喜悅。珍鐵了心坐在桌旁，死不過去。但伊莉莎白為了讓母親高興，便走到窗邊，結果她一看，發現達西先生跟賓利先生一起來了，馬上坐回姊姊身旁。

「有個男生跟他一起來了，媽媽，」凱蒂說，「是誰啊？」

「我想大概是他的朋友，親愛的，我不確定。」

「啊！」凱蒂回答。「看起來像之前常跟他在一起的那個。那個誰……那個高高的、眼睛長在頭上的。」

「我的天啊！達西先生！我敢說就是他。好啦，賓利先生的朋友我們當然歡迎，但不得不說，這人我一見到就討厭。」

珍望向伊莉莎白，一臉驚訝和擔心。珍不知道兩人在德貝郡見過面，所以她以為這是達西寫信解釋後兩人第一次見面，而妹妹一定十分難為情。兩姊妹都不大自在，不只為對方尷尬，當然也為自己尷尬。這時母親在一旁嘮叨個不停，說自己雖然討厭達西先生，但畢竟他是賓利先生的朋友，她仍決定以禮相待。這些話她們一個字都沒聽到。但伊莉莎白心神不寧真正的原因，珍其實猜也猜不到。伊莉莎白還不敢把葛汀納太太的信給珍看，也不敢說出自己對達西的感覺已改變。對珍來說，達西是求婚被妹妹拒絕的男生，而他的優點妹妹也無法欣賞；但伊莉莎白知道的不只如此，在她眼中，全家人都欠了達西莫大的恩情，而她對他的感情，縱使不如珍對賓利來得深，至少一樣合情合理。看到達西來到尼德斐莊園和朗堡，並再次主動來找她，她內心的驚訝不亞於在德貝郡初次發現他轉變的心情。

一想到這段時間，他的情意始終不曾動搖，她不只再次恢復血色，一時間更顯得容光煥發。她臉上漾起了笑容，雙眼閃爍喜悅的光芒。但她心底不敢確定。

「我先看看他表現，」她對自己說，「到時候再抱希望也不遲。」

她專注做針線活，努力保持鎮定，絲毫不敢抬起目光。僕人去應門時，她忍不住好奇地望向姊姊。珍的臉色比平常蒼白，但比伊莉莎白想得鎮定。兩位男士進門時，她的臉上泛起微微紅暈，但她仍從容不迫、落落大方接待他們，沒有一絲怨懟，也不會過分討好。

伊莉莎白只寒暄幾句，便又坐下拿起針線，縫得比平時更認真。她只敢看達西一眼。他和往常一樣嚴肅。她心想，這比較像以前在赫福德郡的他，而不像在龐百利莊園的他。也許面對她母親和面對她舅父母，他的態度終究不一樣。說來難過，但不無道理。

至於賓利，她也只看了幾眼，發現他臉上高興又難為情。班奈特太太待他特別熱情，讓她兩個女兒感到十分丟臉，尤其相比之下，她對待達西的態度無比冷淡，禮貌全流於形式。

伊莉莎白心知母親寶貝小女兒的名譽全多虧了達西才能保全，見母親沒來由偏心成這樣，她心痛到了極點。

達西向她問起葛汀納夫婦的近況，這提問害她一陣慌張，問完之後，他幾乎沒再開過口。他沒坐在她身旁，也許這就是他沉默的原因，但在德貝郡時他不曾如此，無法和她聊天時，他會和舅父母交談。如今好幾分鐘過去，他卻一聲不吭。她偶爾會忍不住好奇抬頭望向他，只發現他不時會看向珍和自己，但多半都盯著地板。比起上次見面，他這次顯然謹慎內斂，無心討好他人。她心裡好失望，卻又氣自己失望。

「我到底還奢望什麼？」她在心裡對自己說。「但這樣他來幹麼？」

她沒心情和其他人聊天，一心只有他，卻沒勇氣向他開口。

她關心了達西的妹妹，接著又無話可說。

「賓利先生，你上次走了之後，好久沒回來了。」班奈特太太說。

賓利先生連忙稱是。

「我都怕你永遠不回來了。真的有傳聞說，你打算在米迦勒節退租。但我希望這不是事實。你走之後，我們這一帶發生許多事。盧卡斯小姐結婚，搬到別處去了。我自家女兒也嫁人了，你一定聽說了吧，對，你一定有在報紙上看到。《泰晤士報》和《信使報》都有刊登，不過寫得真不像話。上面只寫『喬治．韋翰和麗迪亞．班奈特近日完婚』，也不提她父親是誰、她住哪裡什麼的。那稿子還是我弟弟葛汀納先生擬的，真不懂他怎麼弄得亂七八糟。你有看到吧？」

賓利說有看到，並向她恭喜。伊莉莎白不敢抬頭。所以她不知道達西先生臉色如何。

「當然女兒嫁得好，確實讓人高興，」她母親繼續說，「可是賓利先生，她離開我，我真是非常捨不得。他們夫妻一起去新堡了，那地方好像很北邊，他們這一待不知道要待多久。他的軍團駐紮在那裡，我想你曾聽說他離開民兵團，加入正規軍的事。感謝老天，幸好他有些朋友幫忙，不過他這麼優秀，朋友要再多一點才對。」

伊莉莎白知道這句話是故意說給達西先生聽的，她頓時羞愧萬分，簡直快坐不住了。但這幾句話真有用，平時她不想說話就不說，現在卻逼得她不得不開口了。於是她問賓利，他這次有沒有打算在鄉下待一陣子。他說打算住個幾週。

「賓利先生，若是你把家裡的鳥都打完了，」她母親說，「歡迎你來我們這裡，班奈特先生家的鳥，你愛打多少都行。我相信他一定非常歡迎你來，還會把最好的鷓鴣都留給你。」

好多餘！好自以為是！伊莉莎白聽了更加難堪。此情此景和一年前一樣，就算她們現在重新獲得希望，她相信沒多久，一切只會再次落空，徒增心傷。她這一刻覺得，即使幸福終生，都無法彌補她和珍當下的痛苦和難堪。

「我這輩子最大的心願，」她對自己說，「就是絕不再和他們兩人見面。這太痛苦了，和他們相處得再快樂都無法彌補！我永遠不要再見到他們任何一人了！」

雖然幸福終生無法彌補，但眼前的痛苦不久便煙消雲散，因為她發現姊姊的美貌讓對方舊情復燃。賓利剛進門時，沒對珍說幾句話，但每過去五分鐘，他便對她愈來愈主動。他覺得珍如去年一樣美麗動人，親切善良，純真自然，只是不如以往健談。珍生怕別人察覺出異樣，以為自己話說得和平時一樣多，但她思緒紛亂，有時沉默下來，自己也沒察覺。

兩人起身告辭時，班奈特太太打著之前的主意，馬上邀請他們過幾天來朗堡吃晚餐。

「賓利先生，你還欠我一次，」她又說，「你去年冬天去倫敦時，答應一回來就要來我們這裡吃飯。你看，我都沒忘。你一直沒回來赴約，我真的非常失望。」

提到這事，賓利有點不知如何回答，只說當時有事耽擱了。接著兩人告辭離去。

班奈特太太很想留兩人吃晚餐，但平時的菜色雖然豐富，若沒上兩輪菜實在不像話，畢竟對方年收一萬鎊，又是她鎖定的女婿人選，拿家常菜出來就怕對方不合胃口，也看不上眼。

54

兩人一離開，伊莉莎白便出門平復心情。換句話說，她的思緒一片混亂，需要好好思考，平息腦中的聲音。達西先生的表現讓她不可置信，又氣又惱。

「他來了都不說話，板著張臉，冷冷淡淡的，」她對自己說，「那他到底幹麼要來？」

她想來想去，怎麼想都不滿意。

「他在倫敦，態度還是親切友善，和舅父母相處愉快。那為什麼跟我就不行？如果他怕我，又幹麼要來？如果他對我沒感覺了，那幹麼不說話？根本在耍我！我不要再想他了。」

她下定決心後，還真貫徹了一陣子，不過靠的不是自己。她姊姊這時一臉笑容走來找她，他們這趟登門拜訪，看來她比伊莉莎白滿意。

「好了，」她說，「初次見面結束了，我總算如釋重負。我知道自己多堅強了，下次他來，我絕不會再

"Jane happened to look round" 珍正巧回頭一望。

尷尬。我很高興他週二要來吃飯。到那時，大家都會看到，我們兩人只是毫無關係的普通朋友。」

「對，真的好普通喔，」伊莉莎白大笑說，「喔，珍！你保重喔。」

「親愛的莉西，我現在沒那麼脆弱了，才不會輕易動搖。」

「我怕的是你讓他動搖，害人家又跟之前一樣愛上你。」

她們到週二才會再見到那兩人。這段時間，班奈特太太見賓利先生這半小時態度和善有禮，又沉浸在各種美好的盤算之中。

週二朗堡來了許多客人，眾所期盼的兩位貴客打完獵後，依約準時出席。他們進到餐廳，伊莉莎白迫不及待觀察賓利坐不坐之前的老位子，也就是姊姊身旁。她母親精明得很，早有此念頭，遲遲不邀請他坐自己身旁。他一進門，似乎有些猶豫。但珍正巧回頭一望，正巧嫣然一笑——命運就此注定。他坐到了她身旁。

伊莉莎白內心無比得意，目光望向賓利的好友。達西見了似乎無動於衷。她以為賓利已得朋友首肯，能好好追逐幸福，卻發現賓利的目光一樣轉向達西先生，表情一半是笑，一半是懼。

晚宴上，賓利對姊姊的愛慕之情表露無遺，雖然比之前謹慎，但伊莉莎白不禁想道，如果一切由他自己來決定，珍和他的幸福很快會敲定。儘管她不敢奢望，但看到他如此積極，她仍感到開心。這讓她精神為之一振，因為她的心情其實十分低落。達西先生坐在餐桌另一端，桌子多長，他們就離多遠。他坐在母親旁邊。她知道這兩人碰在一塊，不僅聊得沒趣，也無法襯托彼此。她坐得太遠，聽不見兩人聊了什麼。但她看得出他們極少交談，即使交談，也十分拘謹冷淡。見母親對他無禮，又知道家裡欠他恩情，伊莉莎白內心十分折騰煎熬，有時好想不顧一切告訴他，他對家裡的恩情不是沒人知道，也不是沒人感激。

她希望晚上有機會和他靠得近些。他來這一趟，她希望能和他多聊上幾句話，不要只有迎客時禮貌的招呼。晚餐後，女生先退席到客廳，在男生進來前的那段時間，伊莉莎白心焦如焚，坐立難安，對一切感到厭煩又無聊，都快顧不得禮貌了。她一心盼著男生進來，今晚快樂與否，就看這一刻。

「如果他不來找我，」她對自己說，「那麼我就永遠放棄他。」

男生進門時，她覺得他看起來不會辜負她的期望。但是，唉！女生全擠在桌子旁，自成一個小圈圈，珍負責倒茶，伊莉莎白則倒咖啡，她身旁連一張椅子都放不下。男生靠近時，一個女生還靠到她身上悄聲說：

「男生別想來湊熱鬧。我們才不要他們過來，對不對？」

達西走到客廳另一邊。他走到哪，伊莉莎白的目光都跟著他，每看到他跟誰說話，心裡都嫉妒不已，簡直沒耐心幫大家倒咖啡了，等嫉妒完之後，她又氣自己傻！

「想當初是我拒絕他的！我怎麼那麼蠢，以為他會舊情復燃？哪個男生會這麼沒骨氣，向同一個女生求兩次婚？這對他們來說太羞辱人了！」

不過他親自把咖啡杯送回來時，她稍微振奮心情，逮住機會說：

「你妹妹還在龐百利莊園嗎？」

「對，她會待到耶誕節。」

「一個人嗎？她的朋友都不在嗎？」

「安詩蕾太太陪著她。其他人這三週去斯卡布羅[55]度假了。」

她想不出能說什麼了，但如果達西願意和她聊天，兩人肯定聊得起來。但他只是站在她身旁，沉

55 Scarborough，英國北方的海濱度假勝地。

默好一會兒。最後，其他女生又開始和伊莉莎白說悄悄話，他便離開了。

收拾茶具之後，牌桌設好，女生全都起身，伊莉莎白希望達西此時會來找自己，結果母親為了湊足玩家，硬生生把他抓去打惠斯特牌，沒多久便和其他人上了牌桌。他們兩人整晚都在不同桌，她萬念俱灰，不過他的目光不時投向她這邊，害他輸得跟她一樣慘。

班奈特太太有意留下兩位男士吃消夜，但不巧的是，他們比其他人更早叫好了馬車，她沒機會挽留兩人。

「好了，女兒啊，」她們一獨處，班奈特太太便開口，「你們覺得今天怎麼樣？我覺得一切再順利不過。這頓晚餐是我吃過最講究的，鹿肉烤得恰到好處，大家都說沒見過這麼肥美的鹿腿。湯比上週在盧卡斯家喝的好過五十倍。就連達西先生都說鷓鴣料理得十分美味，他家可是至少請了兩、三個法國廚師。還有親愛的珍，我沒見你這麼美過。我問隆恩太太，她也這麼說。而且你猜她還說什麼？『啊！班奈特太太，我們遲早會看到她嫁進尼德斐莊園！』她真這麼說。我真心覺得隆恩太太是世上最好的人了。而她幾個姪女不但規規矩矩，還都長得一點都不漂亮。我真是太喜歡她們了。」

簡而言之，班奈特太太的心情樂不可支。賓利對珍的一舉一動，她全看在眼裡，並相信她最後一定能得到他。她一心妄想著家族就此翻身，洋洋得意到簡直不可理喻，結果隔天沒見他來求婚，馬上大失所望。

「今天真是非常開心，」珍對伊莉莎白說，「宴會的客人都是一時之選，大家彼此相處十分融洽。我希望大家能常見面。」

伊莉莎白微微一笑。

「莉西，你別那樣笑。你不要亂想，害我好尷尬。我向你保證，我已學會把他當成一個隨和懂事的男生，並享受和他聊天的時光，除此之外，我沒別的奢望。我對一切心滿意足，從他現在的表現看來，他絕對無意追求我。他只是比其他男生更會說話，又愛討人開心而已。」

「你這人好殘酷，」她妹妹說，「你不讓我笑，又一直逗我笑。」

「有這麼難相信嗎！」

「這誰會相信啊！」

「你幹麼一定要說服我，說我對他有意思？」

「我其實也不知道。我們每個人都愛對別人指指點點，但我們說的話，其實往往不值得聽。是我不好，但如果你堅持對他沒意思，那就別再來找我說心事嘛。」

"Mrs Long and her nieces." 隆恩太太和她的姪女

55

幾天之後，賓利又登門拜訪，這次是獨自一人。他的好友一早去了倫敦，但十天後會回來。他和他們一家人坐了一小時，心情非常好。班奈特太太邀請他一同用餐，但他百般道歉，說自己有約。

「那下一次好了，」班奈特太太說，「但願下次有幸招待。」

他說了「隨時都沒問題」等等客套話，並表示只要她方便，他一有機會便會再來拜訪。

「明天可以嗎？」

當然可以，他明天沒有約。於是他欣然接受了她的邀請。

結果他一早便來了，女士都還來不

"Lizzy, my dear, I want to speak to you"

「莉西，親愛的，我想跟你說話。」

及打扮好。班奈特太太穿著晨衣，頭髮梳到一半，趕緊跑進女兒房間，大喊：

「親愛的珍，你快點下樓。他來了，賓利先生來了。真的，他來了。快點、快點。來，莎拉，快去大小姐那裡，幫她換衣服。別管莉西小姐的頭髮了。」

「我們會盡快下樓，」珍說，「但我敢說凱蒂會比我們都快，她比我們早半小時上樓。」

「喔！誰管凱蒂！她跟這有什麼關係？來，快點、快點！親愛的，你的腰帶呢？」

但她母親走之後，珍卻不肯下樓，非要一個妹妹陪著。

晚上班奈特太太又急著讓兩人獨處。喝完茶，班奈特先生如常回到書房，瑪麗上樓彈琴。五個礙事的走了兩個，班奈特太太坐在位子上，朝伊莉莎白和凱蒂眨眼好久，卻都沒人發覺。伊莉莎白不想看她，凱蒂終於看到時，只問她：「怎麼了，媽媽？你怎麼一直朝我眨眼？要我做什麼嗎？」

「沒事，孩子，沒事。我沒朝你眨眼。」她接著又坐了五分鐘，但又不想浪費這千載難逢的機會，她突然起身，對凱蒂說：

「來，親愛的，我跟你說句話。」她將凱蒂帶出門。珍見狀心裡有數，馬上一臉為難望向伊莉莎白，哀求她別走。沒多久，門開了一半，班奈特太太喊：

「莉西，親愛的，我想跟你說話。」

伊莉莎白只得聽話。

「我們乾脆讓他倆獨處，」她一進到走廊，她母親馬上說，「我和凱蒂會上樓，到我更衣間。」

伊莉莎白沒和母親爭論，只默默待在走廊，等母親和凱蒂上了樓，便回到客廳裡。

班奈特太太那天的計畫全數落空。賓利確實處處迷人，卻依然沒向女兒求婚。他隨和開朗，晚上多了他增添不少歡樂。班奈特太太不懂察言觀色，處處雞婆，一開口又蠢話連篇，他都面不改色忍受下來，讓她女兒內心無比感激。

他幾乎不用主人開口，便留下來吃消夜。離開前，他和班奈特太太一搭一唱，約好了隔天早上和她丈夫去打獵。

這天之後，珍不再說自己沒意思了。關於賓利，姊妹倆沒再多談，但伊莉莎白上床睡覺時滿心喜悅，相信好事將近，就怕達西先生提前回來攪局。但老實說，她覺得事到如今，達西先生想必已同意了。

賓利準時赴約。如前一天計畫，他和班奈特先生白天都待在一起。班奈特先生比賓利原先所想的還好相處。賓利為人謙虛，也不做蠢事，班奈特先生找不到地方嘲笑，也找不到理由冷落，所以他的話自然變多，人也不古怪了。到了傍晚，賓利隨他一同回家吃晚餐。晚上班奈特太太再次千方百計支開所有人，讓他和女兒獨處。伊莉莎白有信要寫，所以喝完茶不久便起身前往早餐廳，那時大家正要到牌桌上玩牌，珍暫時不須她解圍。

但她寫完信回到客廳時，卻大吃一驚，沒想到母親比她想的還聰明。她一打開門，便看到姊姊和賓利站在壁爐前，似乎認真說著話。不只如此，兩人一見到她，還趕緊別開身子，慌張退開，臉上表情道盡一切。他們感覺夠尷尬了，但伊莉莎白覺得最尷尬的其實是她。兩人不發一語，默默坐下，但伊莉莎白還來不及離開，賓利又突然起身，向她姊姊悄悄說了幾句，走出客廳。

珍對伊莉莎白向來無話不說，和她分享心事，總是充滿快樂。她馬上擁抱妹妹，興高采烈告訴她自己已是世上最幸福的人。

「太幸福了！」她又說。「真是太幸福了。我怎能這麼幸福。喔，每個人都這麼幸福多好？」

伊莉莎白連聲恭喜，語氣真摯、熱情又開心，言語難以表達。她每一句祝福都為珍帶來喜悅。但珍不能多待，只能暫時放下心中的千言萬語。

「我必須馬上去找母親，」她大喊，「我不想讓她擔心焦慮，或讓她從別人那裡聽到消息。他已經去找父親了。噢，莉西，我要說的事會讓家人多高興啊！我覺得好幸福，怎麼辦？」

她匆忙去找母親。班奈特太太剛才故意打發了牌局，和凱蒂待在樓上。

客廳只剩伊莉莎白，想到這幾個月，她們還為此心驚膽顫、心煩意亂，沒想到轉眼間，不知不覺，這段戀情便有了結果，她不禁露出微笑。

「這樣一來，」她對自己說，「他的朋友便不須再替他處處留心！他的妹妹也不用再耍心機和撒謊！這結局真是合情合理！皆大歡喜！」

過幾分鐘，賓利進來客廳，他和她父親的對談簡短而直接。

「你姊姊呢？」他一開門便急著問。

「她到樓上找我母親。我想她一會兒就下來了。」

他關上門走向她，接受小姨子的恭喜。兩人結婚，伊莉莎白真心誠意表達內心的喜悅。他們熱情握了手，姊姊下樓前，她只能耐心聽著賓利述說他未來會多幸福，並稱讚珍多完美。這一切雖然出自情人之口，但伊莉莎白真心相信，理性上來看，他倆一定能幸福，不僅是因為珍的性情絕無僅有，也是因為兩人關係奠基於彼此理解，感受相近，品味契合。

這天晚上，一家人全都歡天喜地。珍心滿意足，容光煥發，更是嫵媚。凱蒂不停傻笑，希望早日輪到自己。班奈特太太和賓利足足說了半小時話，但沒說別的，她只一股勁兒贊成和肯定，怎麼說都意猶未盡。消夜時，班奈特先生加入大家，從他的語氣和舉止，看得出他真心快樂。

客人沒走，她們父親都不提半句話。但等賓利一離開，他馬上轉向女兒說：

「珍，恭喜你。你一定會非常幸福。」

珍馬上走向父親，親了親他，感謝他的祝福。

「你是個好女孩，」他回答，「嫁得這麼好，我真心為你感到高興。我相信你們倆十分相配，尤其性情簡直一模一樣。首先，你們夫妻倆都十分被動聽話，所以大概什麼事都決定不了；其次，你們都很好講話，肯定會被僕人騎到頭上。再加上為人慷慨大方，一定會年年入不敷出。」

「我希望不會如此。用錢不用心又毫無打算，我絕對無法忍受。」

「入不敷出！親愛的班奈特先生，」他妻子大叫，「你在說什麼？欸，他一年有四、五千鎊啊，搞不好還不止。」然後她對女兒說：「喔，親愛的珍，我好開心！我相信我今晚都睡不著了。這事我早就料到了。我總說這是遲早的事，終於發生了。我本來就相信你長得那麼美，絕不會白費！我記得去年他第一次來赫福德郡，我一見到他，就覺得你們倆可能會在一起。喔，他是我見過最英俊的年輕人！」

韋翰和麗迪亞全被她拋到腦後。珍絕對是她最愛的孩子，她這一刻只把她放在心上。她妹妹馬上跟珍求這求那，想分享未來的一切。

瑪麗希望能去尼德斐莊園書房借書，凱蒂苦苦哀求每年冬天多辦幾場舞會。

在此之後，賓利當然天天來到朗堡，常常早餐沒吃就來了，一待便待到消夜，除非有不懂事的鄰居，不怕討人厭，邀請他去家裡吃飯，他才勉強去一趟。

伊莉莎白幾乎找不到時間和姊姊說話，因為賓利在場，珍的注意力便只在他身上，但有時兩人難免會分開，伊莉莎白發現自己對他們來說非常重要。珍不在時，賓利總會來找伊莉莎白聊珍的事；賓利不在時，珍開口閉口也是賓利。

「他讓我好開心，」她有天晚上說，「他說他去年春天完全不知道我去倫敦！我當時根本不相信。」

「我有猜到，」伊莉莎白回答，「但他怎麼解釋？」

「一定是他的姊妹隱瞞他。她們確實不贊成他和我來往，這也難怪，他明明能選各方面都比我好的女孩。但我相信她們看到賓利和我在一起很快樂，便會漸漸接受。我們能重修舊好。但我們絕不可能像之前要好了。」

「這一定是我從你口中聽過最不留情的一段話了，」伊莉莎白說，「幹得好！要是再看到你被賓利小姐虛假的關心欺騙，我真的會氣死。」

「莉西，你信不信？去年十一月去倫敦時，他已真心愛我，要不是他以為我對他沒意思，不然早就回來了。」

「他確實犯了個小錯，但也是因為他願意聽人意見。」

珍聽了自然稱讚起他為人多謙虛，多常低估自己。

伊莉莎白很高興賓利沒有說出是好友從中作梗。雖然珍擁有世上最寬容的一顆心，但她知道這件事之後，難免對達西心生偏見。

「我絕對是世上最幸運的人了！」珍大喊。「喔，莉西，家裡這麼多人，怎麼只有我這麼幸運？我真希望你也能這麼幸福！真希望世上有另一個這麼好的男生能給你！」

「你給我四十個好男生，我也絕不可能像你一樣開心。除非我擁有你的個性和善良，不然絕不可能像你一樣快樂。不用、不用，我自己顧好自己。也許我夠幸運的話，會遇到另一個柯林斯先生。」

朗堡一家人的喜事瞞不了多久。班奈特太太特別破例，悄悄告訴了菲利普太太，而她問也不問，便將這事告訴了梅里墩所有鄰居。

班奈特家瞬間成為了世上最幸運的家族。但不到幾週前，麗迪亞私奔時，大家才說這家人注定不幸。

56

一天早上，大概是賓利和珍訂婚一週後，賓利、班奈特太太和小姐坐在早餐廳，窗外突然傳來馬車聲，只見一輛駟馬馬車從草坡駛來。現在時間尚早，應該不會有訪客，再說這輛馬車與鄰居的都不同。馬是驛站的馬，馬車和僕從制服都十分陌生。無論如何，有人來訪總是錯不了。賓利馬上請珍和他一同去樹籬散步，避開外人打擾。他們離開後，剩下三個女生繼續猜客人是誰，但怎麼猜都說不過去，最後早餐廳門打開，訪客進了門。原來是凱薩琳．狄堡夫人。

三人早有心理準備，內心的驚訝卻遠遠超出預期。雖然班奈特太太和凱蒂完全不認識她，但三人中最驚愕的反倒是伊莉莎白。

狄堡夫人進到早餐廳，態度比平常更不客氣，伊莉莎白向她問好，她只微微點個頭，一聲不吭坐下。夫人進門時也沒請伊莉莎白引介，但伊莉莎白還是向母親介

紹了客人的身分。

家裡來了貴客，班奈特太太雖然感到意外，但還是畢恭畢敬，以禮相待。夫人保持沉默坐了一會兒，這才冷冰冰地對伊莉莎白說：

「我希望你過得很好，班奈特小姐。這位我想是你母親？」

伊莉莎白簡短回答說是。

「那位我想是你其中一個妹妹？」

「是的，夫人，」班奈特太太開開心心對凱薩琳夫人說，「她是我第二小的女兒。我最小的女兒最近結婚了，我的大女兒正和一位年輕男生在附近散步，我相信不久我們就會成為一家人。」

「你們家的莊園不大。」凱薩琳夫人好一會兒不答腔，最後吐出了這句話。

「和若馨莊園相比，我敢說當然比不上，夫人。但我向你保證，這裡比威廉．盧卡斯爵士的莊園要大得多。」

「這間客廳[56]在夏夜會很不舒服，窗戶全朝西。」

班奈特太太向她保證，大家吃完晚餐絕不會待在這裡，並補了一句：

「冒昧請教夫人，柯林斯夫妻倆好嗎？」

「他們都很好。我前天晚上才見過。」

伊莉莎白原以為她會拿出夏洛特給她的信，這是她登門拜訪唯一合理的理由。但等了半天，她卻沒拿出信，這下她真的一頭霧水了。

56 班奈特家的早餐廳在白天也做為客廳，一家人會在此活動，接待客人。

班奈特太太恭恭敬敬請夫人用點心，但凱薩琳夫人斷然拒絕任何食物，十分失禮。接著她起身對伊莉莎白說：

「班奈特小姐，你們家草坪上有塊野林，不算難看。我想去走一走，麻煩你陪我去。」

「去吧，親愛的，」她母親說，「帶夫人看看那幾條林徑。我覺得夫人會喜歡我們這小地方。」

伊莉莎白聽從母親的話，匆匆回房拿了陽傘，再下樓陪貴客。她們經過走廊時，凱薩琳夫人打開餐廳和客廳的門，簡單看了幾眼，說看起來不錯，便繼續走了。

馬車仍停在門口，伊莉莎白看到夫人的貼身女僕坐在車上。她們繼續沿著碎石路，默默走向樹林。夫人比平時更目中無人，難以相處，伊莉莎白決定不要勉強和她聊天。

「我以前怎麼會覺得她和她外甥很像？」她望著夫人的臉心想。

她們一進樹林，凱薩琳夫人劈頭就說：

凱薩琳夫人打開餐廳和客廳的門，簡單看了幾眼。

「班奈特小姐，我這次來訪的原因，你一定心裡有數。你只要動動腦袋，摸摸良心，絕對明白我為何要來。」

伊莉莎白望著她，真心感到驚訝。

「夫人，你真的誤會了。我完全不明白你為何大駕光臨。」

「班奈特小姐，」夫人語氣憤怒地回答，「你應該知道，我可沒這麼好騙。就算你執意說謊到底，我也絕不會妥協。我的個性向來直來直往。遇到這件事，我更不可能拐彎抹角。我兩天前收到一則令人擔憂的消息。聽說不只你姊姊嫁入豪門，你，伊莉莎白．班奈特，不久也會和我外甥，我的親外甥達西先生結婚。我知道這一定是有人胡亂造謠，我哪怕是把這件事當真，都算是羞辱他，但我仍馬上決定親自來一趟，告訴你我的意思。」

「如果你真的不相信，」伊莉莎白又是驚訝，又是厭惡，面紅耳赤地說，「何必大老遠跑來。夫人對這件事有什麼建議嗎？」

「我要你立即向大家駁斥這則傳言。」

「你來到朗堡見我和我的家人，」伊莉莎白冷冷回答，「也只會證實這則傳言。如果真有這樣的傳言的話。」

「如果！你在假裝不知情嗎？這不都是你故意散布的？你難道不知道消息都傳出去了嗎？」

「我不曾聽說過。」

「那你敢說這則傳言毫無根據嗎？」

「我不敢說自己和夫人你一樣坦率。所以你儘管發問，但我不一定會回答。」

「哪有這種事。班奈特小姐，你一定要回答。我外甥有向你求婚嗎？」

「夫人你剛才明明說過這不可能。」

「他只要有點理智，這應該、也一定是無稽之談。但也許你千方百計勾引他，他可能一時意亂情迷，害他對不起自己和家族。你可能讓他上當。」

「如果我真做了，我怎麼可能承認。」

「班奈特小姐，你知道我是誰嗎？沒人敢這樣跟我說話。我算是他在世上最親近的長輩，我有權過問他的終身大事。」

「但你無權過問我的終身大事，再說你用這種態度，我絕不會回答。」

「讓我明白告訴你，別痴心妄想了，你絕不可能和他結婚。對，永遠不可能。達西先生和我女兒訂婚了。好了，你還要說什麼？」

「就想說這句：如果他真的訂婚了，你根本沒理由懷疑他向我求婚。」

凱薩琳夫人遲疑一會兒，然後回答：

「他們訂婚的情況比較特別。他們還在襁褓，我們便有意將兩人配成一對。這也是他母親和我最大的心願。他們還在搖籃裡，我們便說好了。現在兩人即將結婚，我們姊妹的心願就快實現，卻被一個出身卑微、不值一提的年輕女子阻止，她甚至和家族毫無關係！你完全不顧他的朋友的意見嗎？不顧他和狄堡小姐的婚約嗎？你沒有一點禮貌和分寸嗎？你難道沒聽我說過，他自幼便和表妹訂親了嗎？」

「有，我聽你提到過。但這干我什麼事？如果沒有別的理由，光憑他母親和阿姨希望他娶狄堡小姐，絕對無法阻止我嫁給你外甥。結婚的事，你們兩人辛苦規劃是一回事，結不結得成終究得看別人。如果達西先生不曾答應，也無意娶表妹，他為什麼不能選擇別人？如果他選擇我，我為什麼不能答應？」

「為了名譽、禮節、財產……不，利益。沒錯，班奈特小姐，正是利益。你如果和大家過不去，別指望他的家人和朋友會認可你。與他有關的所有人都會譴責、鄙視和輕蔑你。你們的婚姻將成為家族的奇恥大辱。甚至連你的名字，任何人都不屑提起。」

「這下場確實十分悲慘，」伊莉莎白回答，「但做了達西先生的妻子，肯定有享不盡的幸福，總的來說，大概沒什麼好抱怨。」

「你真是固執又任性！我真為你感到丟臉！我去年春天待你那麼好，你卻這樣報答我嗎？你難道不用感謝我嗎？我們坐下來聊。你要了解，班奈特小姐，我這一趟來，既不會妥協，也不會罷休。別人的任性，我向來不會屈服。有人想讓我失望，我也絕不接受。」

「這樣的話，夫人你現在的處境會更可憐，但對我倒沒影響。」

「不准打斷我！安靜聽我說。我女兒和外甥本就屬於彼此。他們的母親都是貴族之後，而父親都出身於歷史悠久、聲望顯赫、高貴風雅，但沒有爵位的家族。兩大家族都家財萬貫，家族人人都說他們天造地設，結果誰來拆散他們？一個不自量力的年輕女孩，她沒家世、沒人脈、沒家產！誰受得了？這件事不該、也不能發生！如果你多為自己著想，就不該忘記自己的出身。」

「我不覺得嫁給你外甥，代表我忘了自己的出身。他是紳士，我是紳士的女兒，如此來看，我們地位平等。」

「是沒錯。你確實是紳士的女兒。但你母親呢？你的阿姨和舅父呢？別以為我不知道他們的背景。」

「無論我的親戚是誰，」伊莉莎白說，「只要你外甥不介意，便和你無關了。」

「你明白告訴我，你有跟他訂婚嗎？」

伊莉莎白實在不想讓凱薩琳夫人稱心如意，但她考慮一會兒，還是回答：

「沒有。」

凱薩琳夫人似乎很高興。

「那你能答應我，永遠不會和他結婚嗎？」

「我不會答應這種事。」

「班奈特小姐，你真讓我感到不可思議。我以為你會講道理。但你可別以為我會退縮。你不向我保證，我絕不離開。」

「我絕對不會答應你。我不會被你嚇一嚇就答應這種無理的要求。聽夫人說，你希望達西先生娶你女兒，但就算我答應了，難道他們就可能結婚嗎？假設他真看上我，我拒絕他的求婚之後，他就會想向表妹求婚嗎？凱薩琳夫人，恕我直言，你的要求和理由都毫無道理，完全沒動腦想過。如果你以為這樣便能說服我，那你對我有極大的誤解。你外甥願不願意讓你干涉他的感情，我不知道。但你絕對無權干涉我。所以麻煩你，別再拿這事來糾纏我。」

「等一下，別急著走。我話還沒說完。除了剛才說的理由，我還有一件事沒說。你妹妹和人私奔的事，我知道得一清二楚。細節我全知道，那年輕人娶她只是一場勉強湊合的交易，全是靠你父親和舅父花錢擺平的。這種女生怎麼配做我外甥的小姨子？至於她丈夫可是他先父管家的兒子，他配做我外甥的小姨夫？我的老天啊！你到底在想什麼？龐百利家族的一草一木難道這樣任人玷汙？」

「你現在說夠了吧，」她忿恨地回答，「你已用盡各種方式羞辱我。請你讓我回家。」

她說著站起身。凱薩琳夫人也起身，她們開始往回走。夫人大發雷霆。

「所以我外甥的名譽和信用，你全都不管！你真是冷血無情，自私自利！他娶你有多丟臉，你難道不知道嗎？」

「凱薩琳夫人，我已無話可說。你明白我的意思了。」

「所以你決定要嫁給他嗎？」

「我沒說過這種話。我只是決定自己要為自己的幸福行動，而不是讓你或任何外人干涉。」

「好啊，你不肯聽我的話。你居然忘恩負義，把責任和榮譽全拋到腦後。你決定要毀了他的名聲，讓他被所有朋友鄙視，受世人瞧不起。」

「這件事和責任及榮譽無關，更稱不上忘恩負義，」伊莉莎白回答，「我和達西先生結婚不會違背任何道德。你們家族的人如果因為他娶我而怨恨我，我一點都不在乎；而世人多數通情達理，不見得會看不起他。」

「這是你的真心話！這就是你最後的決定！非常好。我知道自己該怎麼做了。班奈特小姐，你的野心絕不會實現。我來是想試探你。我以為你能講道理，但你放心，我絕不會讓步。」

凱薩琳夫人一路叨唸到馬車門前，接著她急轉身補了句：

「我不會向你告辭，班奈特小姐，我也不會向你母親致意。你根本不配。我這次非常不開心。」

伊莉莎白不答腔，也無意挽留夫人，只自己不聲不響走回屋裡。她聽著馬車駛離，一邊走上樓梯。她母親心急如焚，在更衣間門口等她，問她凱薩琳夫人為何沒回來歇一歇。

「這是她的選擇，」她女兒說，「她想走了。」

「她這人真是無比尊貴！她願意來這一趟，實在太客氣了！我想她來只是想告訴我們，柯林斯一家人都好。她可能正要去哪裡，剛好經過梅里墩，順便來看你。我想她沒特別跟你說什麼吧，莉西？」

伊莉莎白不得不撒了個小謊。要她說出兩人的對話內容，她辦不到。

57

這次離奇的造訪，讓伊莉莎白心煩意亂，她來回想了好幾個小時，心情一時難以平復。凱薩琳夫人特地從若馨莊園趕來，看來全是為了拆散她和達西先生。這當然很合理！但他們訂婚的消息從何而來，伊莉莎白真是無從想像。後來她才想到，光他是賓利的好友、她是珍的妹妹就已足夠，大家看到一對新人結婚，便會期待下一對新人結婚。她也不是沒想過，姊姊結婚之後，她和達西相處一定更會頻繁。所以應該是盧卡斯一家人害的（伊莉莎白推測，一定是他們和柯林斯夫婦通信，謠言才會傳入凱薩琳夫人耳中）。明明只是期待，他們卻寫得像事成定局，而她自己只覺得未來稍有希望而已。

　但回想凱薩琳夫人的表情，她不禁有些不安，畢竟她執意干涉，事情不知會如何發展。既然夫人一心要阻止兩人結婚，伊莉莎白覺得她一定會去找她外甥。等夫人把和她結婚的缺點告訴他之後，他會怎麼想，她也不敢說。她不知道他對阿姨感情多深，或多看重阿姨的判斷，但按照常理，他一定比她更重

"But now it comes out"

「莉西，這位紳士是誰，你知道嗎？接下來要提到了。」

視這位夫人。他阿姨只要說兩家門不當戶不對，再細數和她結婚的種種壞處，對他來說，肯定是一針見血。夫人說的話，伊莉莎白覺得薄弱又荒謬，但看重身分地位的他，可能會覺得明智合理，理由充分。

如果他本就猶豫不決，畢竟這也是常見的事，聽到至親一番建議和懇求，恐怕會拋開疑慮，下定決心維護自己的身分地位。這樣的話，他就不會再回來了。雖然他和賓利約好會回尼德斐莊園，但凱薩琳夫人經過倫敦，大概會去找他，讓他打消這念頭。

「所以這幾天，如果他找藉口不回來找他朋友，」她又心想，「我大概就懂了。那我會從此死心，不再對他抱持任何希望。我都已動了心，只等他來求婚，如果他只想把我當成一段過去，我現在馬上忘了他。」

家人聽說了誰來拜訪，全都萬分驚訝。但他們和班奈特太太猜想的一樣，以為夫人只是順路拜訪，幸虧於此，伊莉莎白才沒被問東問西。

隔天早上她下樓時，她父親從書房出來，手裡拿著一封信。

「莉西，」他說，「我正要找你，來我書房一下。」

她跟著他進書房，好奇他要說什麼，多半是跟他手中的信有關。她突然想到，信可能是凱薩琳夫人寄來的。一想到可能要解釋，她便感到心煩。

她跟著父親來到壁爐，他們一起坐下。這時父親說：

「我今早收到一封信，內容讓我大吃一驚。信裡說的主要是你的事，所以你應該聽一聽。我之前怎麼都不知道，我有兩個女兒要結婚了。恭喜你在感情路上大有斬獲。」

伊莉莎白一瞬間以為信不是來自夫人，而是達西，雙頰馬上一片羞紅。她還在想自己該高興他表明心意，還是該生氣他這封信不是寄給自己。這時她父親繼續說：

「看來你心裡有數。年輕女生對這種事果然敏感。但就算聰明如你，我覺得你也不可能知道暗戀你的是誰。這封信是柯林斯先生寄來的。」

「柯林斯先生！他還要說什麼？」

「當然是說你的事。他一開始先恭喜你姊姊好事將近，看來好心又八卦的盧卡斯一家人告訴他了。這你想必沒興趣，我就不唸了。關於你的事，他是這樣寫的：『這件喜事，我們夫妻已致上真誠的祝福，現在容我提及另一件事，這事我也是從同一人那裡聽來。您的大女兒結婚之後，據說二女兒不久也將出嫁。而她所選擇的真命天子，可說是全國無人不知、無人不曉的傑出人物。』莉西，你猜得到他說的是誰嗎？『這位年輕人蒙神眷顧，特別的是，他擁有凡人渴望的一切，如萬貫的家財、高貴的出身，還有委任神職的巨大權利。但是，雖然有著一切誘惑，我必須警告堂妹伊莉莎白和您，若這位紳士前來求婚，兩位當然會想馬上接受，但輕率答應的話，恐怕惹禍上身。』莉西，這位紳士是誰，你知道嗎？接下來要提到了。『我出言警告其實是因為，據我們判斷，他的阿姨凱薩琳．狄堡夫人反對兩人結婚。』你看，居然是達西先生！莉西，我想你一定嚇死了。柯林斯也好，盧卡斯家的人也好，說謊也要說得可信一點，我們那麼多朋友，怎麼誰不挑，偏偏挑他？達西先生一看女人就嫌，這輩子大概沒正眼看過你！我真是太佩服了！」

伊莉莎白想和父親一樣幽默以對，卻只能擠出一絲勉強的笑容。他的嘲諷第一次讓她如此反感。

「你不覺得好笑嗎？」

「很好笑。我想聽後面的內容。」

「『昨晚我向夫人提到兩人有機會結婚，她馬上如常放下架子，親切表達她的想法。夫人的看法十分明白，堂妹出身卑微，這婚事丟人現眼，她絕不會同意。我自覺有責任趕緊通知堂妹，提醒她和追求者，獲得認可前，別草率結婚。』柯林斯先生後面還寫：『麗迪亞堂妹那件醜事能掩蓋，我甚感欣慰，只擔心兩人婚前曾一起生活的事傳出去。然而，聽到兩人一結婚，您就歡迎他們夫妻踏進家門，我職責在身，不得縱容，也須表達我的錯愕。您這是助長不良的風氣。我要是朗堡的牧師一定堅決反對。您身為基督徒，內心確實要原諒他們，但應當拒絕見面，拒絕聽到他們的名字。』這就是他所謂基督徒的寬恕精神！信中接下來只提到夏洛特身子的事，他們即將生下小橄欖枝了。但莉西，你看來不大高興。我希望你不是在鬧小姐脾氣，這不過是流言蜚語，何必生氣。人生在世，不就是讓鄰居笑一笑，再回頭笑他們，如此而已？」

「喔，」伊莉莎白說，「我覺得好好笑，但也好奇怪喔！」

「對，這就是有趣之處。他們選別的男生，這事就沒意思了。正因為他對你毫無興趣，你對他又無比厭惡，這事才可笑至極！我雖然痛恨寫信，但我無論如何都不會和柯林斯先生斷絕書信往來。真的，儘管我欣賞無恥又虛偽的韋翰，但我每次讀柯林斯的信，總覺得他更討人喜歡。莉西，對了，凱薩琳夫人怎麼說？她是大老遠跑來反對嗎？」

他女兒聽了只笑了一聲。班奈特先生也不是真心想問，就沒再追問下去。伊莉莎白從不知強顏歡笑如此困難。她明明想哭，卻不得不笑。她父親說達西先生對她毫無興趣時，簡直狠狠羞辱了她。她只訝異父親竟如此遲鈍，同時也害怕也許不是他知道太少，而是她想太多。

58

凱薩琳夫人造訪之後幾天，賓利先生並未如伊莉莎白所料，收到達西先生藉口不回來的信。賓利反而帶著好友來到了朗堡。兩人來得很早，伊莉莎白一時間提心吊膽，就怕班奈特太太說出達西阿姨來訪的事，幸好還來不及說，賓利為了和珍獨處，便提議出門散步。大家紛紛附和。班奈特太太不愛走路，瑪麗騰不出時間，於是其餘五人一起出發。但賓利和珍不久便自己落在後頭，讓伊莉莎白、凱蒂和達西三人先走在前。三人一路話都不多，凱蒂太害怕達西，不敢開口；伊莉莎白暗自盤算，打算孤注一擲；也許達西也在想一樣的事。

後來凱蒂說想去找瑪萊亞，他們便走向盧卡斯家。伊莉莎白覺得用不著三人都去，所以凱蒂走了之後，她便鼓起勇氣，獨自和他繼續

"The efforts of his aunt"

凱薩琳夫人回程經過倫敦，去找了達西。

散步。現在正是她拿出決心的時候，她趁著內心充滿勇氣，馬上開口：

「達西先生，我這人向來自私，顧不得你的感受，只想一吐為快。你對我可憐的妹妹恩重如山，我真是由衷感激。自從我得知之後，就一直想告訴你我有多感謝你。要是我家人也知道這件事，我一定會代全家人向你致謝。」

「我很抱歉，真的非常抱歉，」達西的語氣驚訝又激動，「這事竟讓你這樣知道，害得你心裡不自在。我以為葛汀納太太能守口如瓶。」

「別怪我舅母。是麗迪亞先說溜嘴，讓我知道這事和你有關。後來我自然非得追問到底。我必須再三感謝你，以班奈特家族之名，感謝你無私的付出，而且為了找到他們，你不只費盡苦心，還受盡委屈。」

「如果你想感謝我，」他說，「你一人謝我就好。我不會否認，撇除別的原因，我這麼做主要是希望能讓你高興。但你的家人不用感謝我。雖然我尊敬他們，但我相信我一心想的只有你。」

伊莉莎白害羞到說不出話來。他停頓一會兒，繼續說：「你人很善良，絕不會玩弄我。如果你的心情仍和去年四月一樣，請現在告訴我。我對你的感覺和心意都不曾改變。但只要你一句話，我未來便不會再提起這件事。」

伊莉莎白感覺到他比平常更尷尬和焦慮，趕緊逼自己開口回答。雖然吞吞吐吐，但她立刻讓他明白，她的心情和那時已截然不同，現在滿懷感激和喜悅，願意答應他。他聽到答案，內心湧上前所未有的喜悅。他抓住機會，熱情激動地傾訴他內心的感受，彷彿他瘋狂愛著她，無法自拔。伊莉莎白若能抬頭望向他的雙眼，便會發現洋溢喜悅、笑容滿面的他有多迷人。但低著頭的她，仍聽得到他的感受，聽得出自己在他心中多重要，讓他每一刻的情意都更加彌足珍貴。

他們不顧方向往前走。兩人有太多事情要想，太多心情要感受，太多話要說，他們已顧不得其他事。沒多久，她發現兩人明白彼此心意，其實全多虧了他的阿姨。凱薩琳夫人回程經過倫敦，還真的去找了他，她告訴他自己去了朗堡一趟，交代了原因，並特地把伊莉莎白的一字一句都告訴他。夫人以為，伊莉莎白說話囂張放肆、厚顏無恥，她不承諾無妨，外甥聽她轉述，肯定會承諾絕不娶她。但夫人偏偏就這麼倒楣，事情適得其反。

「這讓我看到一線希望，」他說，「而我之前幾乎不抱期望。我非常了解你，如果你打定主意不想嫁我，一定會毫不客氣直接和凱薩琳夫人說。」

伊莉莎白滿臉通紅，大笑回答：「沒錯，我說話多直接，你最懂了，你一定想像得出那畫面。我都指著你鼻子大罵你一頓了，當然也敢罵你的親戚。」

「你罵我哪句不是我活該？雖然你誤信傳言，對我懷有偏見，但我當時對你的舉止態度確實該罵。簡直不可原諒。我自己想到都討厭。」

「那天晚上的事，我們別搶著自責了，」伊莉莎白說，「嚴格來說，我們兩人都有錯，但我希望在那之後，我們待人都能更有禮貌。」

「我沒那麼容易原諒自己。現在好幾個月過去，我一想到自己那段時間的行為、態度、表情，便令我痛苦到難以形容。你罵得真是一針見血，我永遠忘不了：『如果你更紳士一點。』你當時是這麼說的。你無法想像這句話傷我多深。但我不得不說，我消化了一段時間，才能好好理解。」

「我當時可沒想到這句話會讓你耿耿於懷，也沒想到會讓你傷心。」

「我想也是。你那時覺得我沒血沒淚。你還說我無論用什麼方式求婚，你都不會接受，你當時的表情我永遠忘不了。」

「喔，不要重複我說的話了。那些回憶不算數。我向你保證，我事後回想一直覺得好丟臉。」

達西提起他的信。「所以，」他說，「那封信有馬上讓你改觀嗎？信上說的事，你都相信嗎？」

她解釋了那封信對她的影響，以及她又是如何漸漸放下過去所有偏見。

「寫信時，」他說，「我知道會讓你難過，但我別無選擇。我希望你把信燒了。信裡有一部分，尤其是開頭，我好怕你重讀。我記得有幾句話，你看了肯定恨死我。」

「如果你怕我變心，那肯定要燒了。雖然事實證明，我對人的看法是會改變的，但我希望自己沒那麼輕易動搖。」

「寫那封信時，」達西回答，「我自以為心平氣和，現在回想起來，我相信一定句句充滿怨氣。」

「那封信在開頭語氣也許有點生氣，但結尾沒有。結尾全是寬容。但我們別再聊信的事了。寫信的和收信的都已不同於以往，不開心的事早點忘了吧。你該學一學我豁達的人生觀。回憶過去時，只想會讓自己開心的事。」

「這種人生觀我不認同。回憶過去，你的內心一定無比滿足，絲毫不會責怪自己，但這與其說是豁達，不如說是你從不糾結。但我不一樣。我腦中常浮現痛苦的回憶，這一切不能不想，也不該不想。我這輩子一直是個自私的人，思想上不是，但實際上是。小時候，家裡教導了我何謂正確，但沒人糾正我的脾氣。我懂得做人處事的原則，卻變得驕傲自大。不幸的是，我是獨子，多年來我是家裡唯一的孩子，受到嬌生慣養，雖然我的父母心地善良——尤其我父親樂善好施，親切隨和——但他們縱容我、鼓勵我，甚至培養我，讓我變得自私自利，目中無人。家族以外的人，我一概不在乎，我瞧不起世上所有人，或至少想裝作別人的智識和價值都不如我。我從八歲到二十八歲一直是如此。要不是遇到你，我可能還是如此，親愛的伊莉莎白！可愛的伊莉莎白！這全多虧了你！你教了我一課，一開始確實很難受，但後來我獲益良多。你讓我懂得謙卑。向你求婚時，我以為自己絕不會被拒絕。但你讓我明白，在值得追求的對象面前，只憑自命不凡、虛榮做作，根本不足以打動對方。」

「你當時真的以為我會答應？」

「真的。你一定覺得我自以為是吧？我那時還以為你巴不得我求婚。」

「我一定讓你誤會了，但我向你保證，我不是故意的。我不曾想過欺騙你，但我有時興致一來，常會和人說笑。那天晚上你一定恨死我了！」

「我才沒有恨你！我一開始可能很生氣，但我後來知道該氣誰了。」

「我們在龐百利莊園相遇時，我都不敢問你的想法。我去了你曾怪我嗎？」

「不會啊，怎麼會，我只覺得意外。」

「你意外，我受你款待才更意外。說句良心話，我其實不配受你禮遇。我當時真沒想到你會對我那麼好。」

「我那時盡我所能以禮相待，」達西回答，「用意是想讓你知道，過去的事，我不會耿耿於懷。我希望你能原諒我，對我改觀，讓你知道你罵的我都有聽進去。我不知道自己何時又心動，但大概是見到你那半小時吧。」

他接著說喬治安娜有多高興認識她，後來沒能繼續聯絡，她有多失望。聊到這裡，不免聊起原因，她不久便發現，他走出旅館前，便決定隨她離開德貝郡，去找她妹妹。他當時一臉嚴肅，略有所思，不是為其他事掙扎，而是在想辦法。

她再次表達她的感謝，但這話題太沉重，兩人便不再多聊。

他們漫步好幾公里，完全沒察覺，最後看錶才驚覺該回家了。

「賓利先生和珍不知道會怎樣！」兩人從這句話聊起他們的感情。達西很高興他們訂婚，賓利早已告知他喜訊。

「我一定要問你，你驚不驚訝？」伊莉莎白說。

「一點都不驚訝。我離開時，便覺得是遲早的事。」

「換句話說，你同意了。果然被我猜中了。」他抗議她用「同意」二字，但她覺得八九不離十。

「去倫敦的前一天晚上，」他說，「我向他坦承了一切。其實我真不該拖這麼久。我告訴他這段時間發生的所有事情，說自己插手他的感情有多荒謬和魯莽。他非常驚訝，也不曾想過有這種事。我還告訴他，我之前以為你姊姊對他沒意思，全是我誤會了。我看得出他對珍仍一往情深，所以我毫不懷疑他們在一起會幸福。」

見他不費吹灰之力指揮朋友，伊莉莎白忍不住笑了。

「你說我姊姊愛他，」她說，「這是你自己觀察，還是只是聽我去年春天說的？」

「我自己觀察。我最近這兩次來仔細觀察過。我相信她對他有意思。」

「我想經你保證，他馬上就相信了。」

「確實如此。賓利生性謙遜。遇到令他焦慮的大事，他便無法下決定，總要我幫他出主意，所以事情才如此順利。但有件事我不得不向他坦承，他聽完確實很生氣，這也合理，不過我想對他誠實。去年冬天，我隱瞞了你姊姊在倫敦待了三個月的事，我明明知情，卻故意不告訴他。他氣壞了。但我相信他沒氣多久，他後來確認你姊姊一片真心，高興都來不及了。他現在已真心原諒我。」

伊莉莎白好想酸溜溜地說，有賓利先生這種朋友真好，能輕易擺布，簡直不可多得。但她及時忍住了。她記得達西仍會在意被人取笑，現在開玩笑還太早。達西繼續聊起賓利未來將有多幸福，但當然，此時最幸福的是他自己。兩人一路聊到屋裡，到走廊才分開。

59

「親愛的莉西，你散步去哪了？」伊莉莎白一進門，珍馬上問她，後來她們坐到桌邊，其他人也紛紛問起。她只說他們走著走著，後來不知走到哪了。她說話時滿臉通紅，但即使如此，大家都沒起疑。

這天晚上風平浪靜，沒發生什麼特別的事。公開的愛人聊天說笑，未公開的愛人安安靜靜。達西個性沉靜，喜悅不形於色。伊莉莎白心亂如麻，與其說她感到快樂，不如說她知道自己快樂。除了眼前的尷尬，她後頭還要面對許多麻煩。兩人關係公開後，她不知家人會做何感想。她發現除了珍之外，沒人喜歡他。她甚至擔心，其他人對他的厭惡已根深柢固，他縱有財富和地位都挽回不了。

晚上她向珍坦白了好消息。珍向來不多疑，但她一聽到卻感到不可置信。

"Unable to utter a syllable"

班奈特太太僵在原地，一個字都說不出口。

「你在開玩笑吧，莉西。不可能！和達西先生訂婚！不對、不對，你別想騙我。我知道這不可能。」

「我居然一開始就不順利，真是的！我的希望全放在你身上，連你都不相信我，誰會相信我啊。但說真的，我很認真。我沒一句假話。他仍愛著我，我們訂婚了。」

珍看著她，一臉狐疑。「喔，莉西，這哪有可能。我又不是不知道你多討厭他。」

「這你就不知道了。那些過去的事全都忘了吧。我以前也許不像現在愛他，但碰上這些事，記性不要太好。我從今以後不會再想起了。」

珍仍一臉不可思議。伊莉莎白於是更正經，再次向她表示這是事實。

「老天啊！真的假的？但我信你了，」珍大喊，「親愛的莉西，恭喜，太恭喜你了，但你確定嗎？我不是故意要問——你確定你和他在一起真的會幸福嗎？」

「這點毫無疑問。我們兩人已說好，我們會是世上最幸福的夫妻。但你高興嗎，珍？你願意接受他當你妹夫嗎？」

「當然願意。賓利和我再高興不過了。這事我們也不是沒想過，但我們都覺得不可能。你真的發自內心愛他嗎？喔，莉西，做什麼都好，但沒有愛千萬不能結婚。你確定自己愛他愛得夠深了嗎？」

「夠啊！等你知道一切，就會發現我的愛深到你會擔心喔。」

「什麼意思？」

「唉，我不得不說，我愛他愛得比賓利還深。我怕你聽了生氣。」

「親愛的妹妹，別鬧了啦。我現在很認真在跟你說這事。快把該說的全都告訴我。你先說你是什麼時候愛上他的？」

「我是漸漸愛上他的，所以說不上是從什麼時候開始。但真要說，應該是第一眼看到龐百利莊園美麗的綠地時，不小心就心動了。」

結果姊姊又求她正經一點，這次她總算聽話了。她馬上鄭重其事，說自己一片真心。珍確認這件事後，已別無所求。

「現在我真心高興了，」她說，「因為你會和我一樣幸福。我一直都很欣賞他。光是他愛著你，我一輩子都會敬重他。而且他是賓利的好友，又是你的丈夫，這世上除了賓利和你，我最愛的就是他了。可是莉西，你真的非常狡猾，一直瞞著我。在龐百利莊園和蘭頓發生的事，你一個字都沒跟我說！我知道的還都是從別人那裡聽來的，你什麼都沒說。」

伊莉莎白告訴她自己為何隱瞞。她之前都不敢提到賓利，而釐清心情前，也不想提起達西。但現在她再也不想隱瞞達西促成麗迪亞結婚的事。她將一切說出，兩人暢談了大半夜。

「我的天啊！」隔天一早，班奈特太太站在窗前大喊。「討厭鬼達西先生又和我們賓利一起來了！他怎麼這麼煩人，老是來我們這裡？我以為他會去打獵或幹麼，沒想到一直纏著我們。我們該拿他怎麼辦？莉西，你再陪他出去走一走，這樣他才不會礙著賓利。」

這話正中下懷，伊莉莎白忍不住要笑，但她真的很氣母親每次都這樣叫他。

兩人一進門，賓利便意味深長地望著她，熱情和她握手，看來他一定知情了。他後來馬上大聲說：「班奈特太太，你們這一帶還有什麼小路，好讓莉西今天再去迷路一會兒嗎？」

「我想說達西先生、莉西和凱蒂，」班奈特太太說，「今天可以去奧克姆山。那段路滿好走，達西先生還沒見過那裡的風景。」

「讓他們去很適合，」賓利先生說，「但我相信凱蒂吃不消。對不對，凱蒂？」

凱蒂說她寧可留在家裡。達西假裝說自己很想見識山上的風景，伊莉莎白默默同意。她上樓準備時，班奈特太太跟來對她說：

「對不起，莉西，害你得跟那討厭鬼獨處，但我希望你不介意。這全是為了珍，你不用跟他聊天，偶爾敷衍幾句話就好，別勉強自己。」

兩人散步時說好，達西當天晚上會去詢求班奈特先生的同意，伊莉莎白則會負責去問母親。她不確定母親會怎麼想。有時甚至懷疑，縱使他有錢有勢，也敵不過母親對他的厭惡。但母親堅決反對也好，欣喜若狂也好，她的舉止都會丟人現眼。所以母親第一時間無論是樂不可支，或氣急敗壞，她都不想讓達西看到。

晚上班奈特先生一回到書房，她便看到達西先生起身，跟著他走出去，令她心焦如焚。她不怕父親反對，但他一定會不高興，而這一切都是因為她。她是他最寵愛的孩子，一想到自己的決定會讓他痛苦、擔心和惋惜，她便好難受。她坐立難安，直到達西先生回來，看見他的笑容，心裡才稍微鬆一口氣。幾分鐘之後，他走到她和凱蒂那桌，假裝看她刺繡，悄悄對她說：「去找你父親，他在書房等你。」她馬上過去。

她父親在書房踱步，一臉嚴肅和焦慮。「莉西，」他說，「你在幹什麼？你瘋了嗎？怎麼會接受這男人求婚？你不是一直討厭他嗎？」

這一刻，她真心希望自己以前沒那麼偏激，說話沒那麼難聽！那樣一來，她現在就不會如此尷尬，也不須解釋和表明心意。但事到如今，她也只好硬著頭皮，慌張地告訴父親，自己確實愛上了達西先生。

「換句話說，你已經決定要嫁他了。當然他很有錢，你的衣服要比珍多了，馬車也要比珍多了。

但這樣你就會幸福嗎？」

「除了你覺得我不愛他之外，」伊莉莎白說，「你有其他反對的理由嗎？」

「完全沒有。我們所有人都知道他驕傲自大，難以相處。但只要你真心喜歡他，那就沒關係了。」

「我喜歡他，我真心喜歡他，」她的淚水在眼眶中打轉，「我愛他。他其實毫不傲慢，而且為人親切友善。你不認識真正的他，請別再這麼說他，我聽了好難過。」

「莉西，」她父親說，「我已答應他了。像他這樣的人，放下身分來問我，其實我根本不敢拒絕。如果你下定決心要接受他，我現在也答應你。但我建議你慎重考慮。我了解你的個性，莉西。我知道除非你真心敬重丈夫，時時仰慕他，不然你不會幸福，也不會受人尊重。不對等的婚姻下，你個性活潑，機靈古怪，恐怕會惹禍上身，最後難保不會名譽掃地，痛苦不堪。我的孩子，別讓我眼睜睜看你瞧不起丈夫，並為你難過。你不懂自己在做什麼。」

伊莉莎白內心深受觸動，她的回答誠懇又慎重。她解釋自己對達西的看法如何漸漸改變，並說她確定他的感情並非一時衝動，而是歷經數月的考驗。她熱情細數達西所有優點，再三要他放心，達西真是她的心上人。最後父親終於相信了她，並接受婚事。

「好吧，親愛的孩子，」她說完之後，她父親說，「我沒有意見了。如果真是如此，那他確實配得上你。莉西啊，對象不夠好，我絕不會讓你嫁出去。」

為了讓父親完全改觀，她在這時告訴他達西先生主動為麗迪亞付出的事。他聽了大為震驚。

「今晚真是充滿驚奇！所以一切都是達西安排的，他促成婚事，給他一筆錢，還清他的債務，還替他買個軍職！這樣正好。我省下了麻煩，也省下了錢。若是你舅父做的，我不只應該、也一定會回報他。但年輕人只要愛得瘋狂，就愛強出頭。我明天就去跟他說我要還他錢，他一定會激動萬分，滔滔不絕表達自己有多愛你，這件事便結了。」

他接著回想起幾天前，讀柯林斯的信時，她有多尷尬，他調侃她一會兒，終於讓她走了。她走到門口時，他又說：「如果外頭有誰要跟瑪麗和凱蒂求婚，叫他們進來，我現在閒得很。」

伊莉莎白總算放下心中的大石。她回房中靜靜坐了半小時，心情多少平靜了，才去找大家。今晚一切都發生得很突然，來不及高興，便已平靜過去。她不再有事需要擔心，不久便感到自在和熟悉。

伊莉莎白見母親上樓去更衣間，便跟上她，向她宣布這重大的消息。話一說完，她的反應簡直不可思議。班奈特太太起初聽到，僵在原地，一個字都說不出口。家有喜事，或女兒有了對象，她平時一聽就懂，但這次經過了數分鐘，她才漸漸理解女兒說的話。最後她總算回過神，一時間好像坐也不是，站也不是，一會兒不可置信，一會兒恭喜自己。

「天啊！老天保佑！怎麼想得到！媽呀！達西先生！誰想得到？這是真的嗎？喔，我親愛的莉西！你大富大貴啦！私房錢、珠寶、馬車啊！珍完全比不上——根本沒得比。我真是太開心了，真快樂！這女婿真迷人！長得又帥！好高！喔，我親愛的莉西！請原諒我之前那麼討厭他。我希望他不會計較。親愛的莉西，倫敦有房子啊！樣樣都好！三個女兒都嫁人了！一年一萬鎊！我的天啊！我現在怎麼辦？我要瘋了。」

看她這樣顯然是贊成了。伊莉莎白不久便離開，並慶幸只有她目睹母親真情流露。但她在自己房中待不到三分鐘，母親便跟著進來。

「親愛的孩子，」她大喊，「我沒辦法想別的事！一年一萬鎊，可能還不止！簡直是爵爺！他還有特許結婚證[57]，你趕快用特許結婚證結婚。但親愛的，快告訴我達西先生愛吃什麼，我請人明天準備。」

57 上流社會的夫妻能經由英國聖公會主教特許結婚，不須發布結婚公告（連續三個禮拜日在教堂公布婚約和婚禮）。而利用特許結婚通常也被視為身分地位的象徵。

看母親這樣，看來她又要在達西面前丟臉了。伊莉莎白雖然已抓住他的心，也得到家人同意，但她發現，事情仍不盡如人意。但出乎意料之外，隔天一切比她所想的順利。幸好班奈特太太對女婿敬畏萬分，不敢貿然和他說話，只盡她所能招待，並附和他的意見。

伊莉莎白見父親努力認識他，心裡十分開心。班奈特先生不久要她放心，說他對達西愈來愈滿意。

「三個女婿，我全都非常欣賞，」他說，「我最喜歡的大概是韋翰吧。但我想你的丈夫和珍的丈夫，我算差不多喜歡。」

60

伊莉莎白沒多久又調皮起來，她要達西先生說一說自己怎麼愛上她的。「你怎麼愛上我的？」她問。「愛上之後，我知道你愛得很瀟灑。但你一開始怎麼心動的？」

「我說不出是何時何地、哪個表情、哪句話讓我心動。那是好久以前的事了。我回過神來就發現自己已經愛上了。」

「我的長相一開始就沒讓你心動，至於我的態度——我對你至少接近失禮，每句話都想讓你難受。所以你老實說，你是不是就愛我沒禮貌？」

「我愛你心思活潑機靈。」

「你就乾脆說沒禮貌好了，反正也差不多。其實你厭倦大家對你畢恭畢敬，處處討好。你受夠有的女生每句話、每個眼

"The obsequious civility."

達西先生忍受著柯林斯先生的虛榮和奉承。

神、每個想法都只想得到你的稱讚。我跟她們截然不同，這才引起你的興趣。要不是你隨和厚道，早就討厭我了。雖然你費盡心思偽裝，但感情上，你始終公平正直。而你心裡徹底鄙視積極追求你的女生。好啦——我幫你講完了。說真的，整體來說，我漸漸覺得這說法合情合理。當然，你根本不知道我有什麼優點——但談戀愛，沒人會想那些。」

「珍在尼德斐莊園生病時，你對她十分溫柔體貼，這不算優點嗎？」

「親愛的珍！誰不會好好照顧她？但你說是優點就是優點吧。我的優點現在全靠你了，你盡量幫我說得誇張點。為了報答你，我一定會盡量找機會欺負你，跟你吵架。不如我先來問問你，你最後怎麼一直扭扭捏捏？你人都來了，後來還來吃飯，為什麼要躲我？尤其你來家裡那次，看起來好像根本不在乎我？」

「因為你板著臉，又不說話，沒給我一點暗示。」

「可是我很尷尬啊。」

「我也是。」

「你來吃晚餐那次，可以多找我聊天啊。」

「這叫愛在心裡口難開。」

「真不巧，你講得太有道理了，偏偏我又這麼明理，只能認輸！但我很好奇，要是我不理你，你不知會悶多久。要是我沒開口，你不知會多久才開口！多虧我下定決心感謝你幫忙麗迪亞，這可是關鍵。恐怕太關鍵了，正是因為我違背承諾，提起這話題，才讓我們獲得幸福，這讓別人看了，會得到什麼啟示？這樣不行。」

「你別擔心。我們這一對給人的啟示絕對恰如其分。凱薩琳夫人毫不講理，硬要拆散我們，這才消除了我所有疑慮。我們現在的幸福不是因為你急著想感謝我。依我當時心情，我其實不會等你開口。我阿姨那番話，讓我重拾了希望，我已下定決心，要馬上把一切問清楚。」

「凱薩琳夫人這次幫了大忙，她應該很開心，她最喜歡幫忙了。但老實跟我說，你來尼德斐莊園幹麼？你專程來朗堡尷尬嗎？還是你有更重要的事？」

「我真正的目的是來見你，看有沒有希望讓你愛上我。我說的理由，或我說服自己的理由，是來看你姊姊是否仍愛著賓利，如果她仍愛著他，我會向他坦承之前插手的事。」

「你有勇氣告訴凱薩琳夫人她面臨的命運嗎？」

「伊莉莎白，我缺的是時間，不是勇氣。但這事確實該做，如果你給我一張紙，我會馬上把信寫好。」

「要不是我自己也要寫信，我一定會學某個小姐坐在你旁邊，稱讚你字跡工整。但我要給舅母的信不能再拖了。」

伊莉莎白之前遲遲不想承認，她和達西先生的關係其實不如舅父母想得親密，所以一直沒回舅母那封長信。但她現在竟有了舅父母最期待的好消息。她感到好羞愧，自己害舅父母少快樂三天了，她立刻提筆回信：

親愛的舅母，你那封長信將事情一五一十交代清楚，我早該好好回信感謝你。但老實說，我氣到無法下筆。你當時寫的全是想像，而非現實。但現在你愛怎麼想就怎麼想，放任你的想像，盡情讓想法飛翔，只要別想像我和他結婚就好，因為那已經不是想像，而是現實了。你最好再寫封信來，但別像上次一樣，這次多稱讚他一點。多謝你沒帶我去湖區。我當初居然想去那裡玩，我是不是傻了啊？你說要幾匹小馬駕車，聽起來不錯。我們每天都去繞莊園吧。我現在是世上最幸福的人了。其他人可能也說過這句話，但我最有資格。我甚至比珍還幸福。她只會微笑，我可是大笑。達西先生向你致上他所有的愛，不過他的愛所剩不多，都在我身上了。今年你們全家都來龐百利莊園過耶誕節吧。

你的甥女

達西先生寫給凱薩琳夫人的信風格完全不同。而班奈特先生回給柯林斯先生的信，風格又更不同了。

親愛的堂姪：

我得麻煩你再向我恭喜一次。伊莉莎白不久將會成為達西先生的妻子，請盡你所能安慰凱薩琳夫人。但我是你的話，我會站在夫人的外甥這邊。他能給你的好處比較多。

你的堂叔

賓利小姐致信恭喜哥哥，內容虛假又造作。她甚至寫信給珍，表達她的喜悅，重複過往的虛情假意。珍這次沒上當，但還是很感動。珍雖然不信她，也知道她不配，但她還是親切地回了封信給她。

達西小姐接獲哥哥寄來的喜訊，和他一樣發自內心感到高興。她的喜悅寫了四頁都不足以表達，並真心希望嫂嫂也愛她。

柯林斯先生還沒回信，伊莉莎白也還沒接到他妻子的祝賀，朗堡一家人便聽說柯林斯一家人回到了盧卡斯宅邸。他們這次突然回娘家，大家不久便知道了原因。原來凱薩琳夫人收到外甥的信，大發雷霆，但夏洛特真心為兩人高興，於是趕緊逃跑，避避風頭。好友這時候到訪，伊莉莎白內心無比喜悅，但兩人碰面時，她見達西先生忍受著柯林斯先生的虛榮和奉承，不免覺得這代價不小。不過達西鎮定自如，從容以對。甚至連威廉．盧卡斯爵士恭維他娶走郡上最明亮的一顆珍珠，並期待今後常在聖詹姆斯宮中相遇，他都能有禮聽完。他就算聳肩，也是等盧卡斯爵士走遠之後。

和粗俗的菲利普太太相處，對他來說，可能是另一大考驗。菲利普太太和姊姊一樣對達西敬畏萬分，說起話來，不像對人好的賓利那麼放肆，但她只要一開口就俗不可耐。尊敬是尊敬，但不管她話再少，人依然不可能優雅起來。伊莉莎白盡她所能，不讓她們和他說話，盡量讓兩人獨處，或讓他去找不會丟臉的家人聊天。這一切的不自在，確實讓熱戀期少了些快樂，但也多了對未來的憧憬。既然相見不如不見，她期盼再過不久便能離開這裡，到龐百利莊園，和他的家人一起過著舒適高雅的生活。

61

賢淑的大女兒和二女兒出嫁那天，是班奈特太太為人母最高興的一天。可想而知，她今後探望賓利太太，聊到達西太太，會多開心和驕傲。看在她的家人分上，我真希望我能說，她如願以償讓三個女兒嫁人之後，忽然心靈福至，這輩子變得通情達理，和藹親切，見識大開。但幸好事情並未如此，不然生活一改常態，她丈夫在家還能去哪找樂子。班奈特太太依舊不時緊張，也一如往常愚蠢。

班奈特先生非常想念二女兒。他平時事事都不想出門，但為了她，變得時常出門探望。他很喜歡去龐百利莊園，尤其是在大家意料之外的時候。

賓利先生和珍只在尼德斐莊園住了一年。這裡與她母親和梅里墩的親友距離太近，即使**他**個性隨和，**她**溫柔親切，他們仍感到吃不消。賓利姊妹總算達成了心願，他在德貝郡的鄰郡買了座莊園。珍和伊莉莎白從此相隔不到五十公里，可說是喜上加喜。

凱蒂三天兩頭往兩位大姊家裡跑，對她的成長大有幫助。她往來的人比以往更優秀，因此大有長進。她的個性本來就不像麗迪亞難以管教，少了麗迪亞當榜樣，加上適當的關照，她脾氣變好，見識變多，人

也變得更為有趣。當然家人都十分小心，以免她跟著麗迪亞學壞。雖然麗迪亞常邀請她去玩，說有多少舞會和年輕男生，但她父親都不曾答應讓她過去。

瑪麗是唯一待在家的女兒。班奈特太太自己一人實在坐不住，於是瑪麗只好暫時放下彈琴讀書陪她。她不得不多與人接觸，但她每次白天和母親去別人家，還是會對人說教。少了姊姊，她不再為容貌自卑，所以她父親覺得對於這改變，她並不排斥。

至於韋翰和麗迪亞，在姊姊結婚後，兩人的個性沒有任何改變。韋翰心裡有數，伊莉莎白現在已知道他忘恩負義，滿口謊言，但他依然故我，指望她能勸達西改變他的境遇。這點從麗迪亞寄給伊莉莎白的祝賀信上可見一斑，即使不是他的意思，至少也是他太太的意思。信上是這樣寫的：

親愛的莉西：

祝你新婚快樂。如果你愛達西先生有我愛韋翰的一半，你一定非常幸福。你能這麼有錢真讓我無比欣慰。閒來無事時，希望你能想想我們。我相信韋翰一定非常想在宮裡找個工作。而且沒人幫忙的話，我們的錢恐怕不夠生活。任何工作都可以，一年有三、四百鎊就好。不過如果你不願意，就別向達西先生提了。

你的妹妹

事實上，伊莉莎白確實一點都不願意。她回信時，全力拒絕這類請求和期待。不過她個人生活還算節儉，省下的私房錢，她還是常寄給妹妹，多少貼補她一下。她一直都很清楚，兩人收入不多，生活揮霍無度，從不為未來打算，當然會無以為繼。他們每次搬家，珍或她都一定會收到信，請她們幫忙付一點帳單。即使戰事結束，韋翰退伍返家，他們的生活仍難以安定。他們搬來搬去，哪裡便宜便住哪，始終入不敷出。韋翰對她的感情不久便淡了，而她對他則多維持了一會兒。雖然她年紀輕輕，態度輕浮，但畢竟嫁了人，妻子的名譽倒顧得很好。

雖然達西絕不讓他踏入龐百利莊園，但念在伊莉莎白分上，又幫他找了個職位。韋翰跑去倫敦或巴斯尋歡作樂時，麗迪亞偶爾會來作客。到賓利家時，他們夫妻倆常賴著不走，賓利脾氣再好都受不了，他們甚至逼得他開口暗示他們該走了。

達西娶了伊莉莎白，賓利小姐感到十分難堪。但她覺得能進龐百利莊園還是比較好，於是她放下新仇舊恨，更加喜愛喬治安娜，一如過往討好達西，過去對伊莉莎白失禮，如今都彌補回來。

喬治安娜現在長住龐百利莊園，達西樂見妹妹和妻子培養感情，她們也如願相親相愛。喬治安娜十分崇拜伊莉莎白，但一開始，她每每聽到嫂嫂對哥哥開玩笑，都會嚇得捏一把冷汗。除了兄妹之情，她一向深深尊敬著哥哥，這樣的哥哥竟然會讓嫂嫂取笑。她此生不曾見過這種事，簡直大開眼界。在伊莉莎白的教導下，她漸漸理解，妻子可以對丈夫隨便，但哥哥不見得會讓小十多歲的妹妹放肆。

外甥結婚，凱薩琳夫人無比震怒。她的個性一向是想什麼就說什麼，因此外甥寫信報喜時，她回信斥責他一頓，提到伊莉莎白時，罵得尤其難聽，兩家一時間斷絕了往來。但後來伊莉莎白說服達西，要他不要計較，和阿姨和好。凱薩琳夫人沒有馬上答應，但不知是因為疼愛外甥，還是好奇他妻子的表現，最後兩家還是言歸於好。雖然龐百利莊園的一草一木已被女主人玷汙，也被她倫敦來的舅父母蹧蹋，但她還是放下架子，前來拜訪他們。

他們和葛汀納夫婦後來關係一直十分親密。達西和伊莉莎白真心愛著舅父母，對他們無比感激，多虧他們帶伊莉莎白到德貝郡，才讓兩人終成眷屬。

THE END

珍·奧斯汀生平大事記

JANE AUSTEN, 1775–1817

Portrait of Jane Austen, from the memoir
by J. E. Austen-Leigh ©Rawpixel

1775年　12月16日出生於英國漢普郡史蒂文頓（Steventon），是家中第七個孩子。

1783～86年　與姊姊卡珊卓拉陸續在各地寄宿學校接受教育，後因家中無法負擔，返家自學。

1787年　開始創作詩歌、小說和劇本，後將年少時期29篇作品彙編為三本小冊。

1793～96年　著手寫作長篇小說《伊莉諾和瑪麗安》（*Elinor and Marianne*），即《理性與感性》（*Sense and Sensibility*）原型；與甫自大學畢業的湯瑪斯．樂福伊（Thomas Lefroy）相戀，兩人因家族介入分開。

1797年 完成《第一印象》(*First Impressions*),即《傲慢與偏見》初版,父親喬治嘗試出版此作,但遭到出版商拒絕。

1799年 完成《蘇珊》(*Susan*),即後來的《諾桑覺寺》(*Northanger Abbey*),並將版權售出給出版商。

1801年 父親卸下牧師職務,舉家搬至巴斯,經濟逐漸陷入困境。

1802年 接受友人哈里斯(Harris Bigg-Wither)求婚,隔日隨即反悔。

1806年 父親去世,隨家中女眷搬到南安普頓,與任職於海軍的六哥法蘭西斯同住。

1809年 三哥愛德華繼承喬頓莊園,與母親、姊姊卡珊卓拉、摯友瑪莎(Martha Lloyd)搬至喬頓小屋(Chawton Cottage,現為珍·奧斯汀故居博物館),過著寧靜安穩的寫作生活。

1811年 《理性與感性》以匿名形式出版,大受好評。

1813年 《傲慢與偏見》出版,同樣大獲成功,同年10～11月再版。

1814年 《曼斯菲爾德莊園》(*Mansfield Park*)出版,半年內銷售一空。

1815年 作品深受攝政王喜愛,受邀至其倫敦住所參觀,同年出版《艾瑪》(*Emma*)。

1816年 健康開始惡化,但仍創作不輟;同年買回《蘇珊》版權。

1817年 7月18日逝世,享年41歲,葬於溫徹斯特大教堂(Winchester Cathedral)。

1818年 《諾桑覺寺》、《勸服》(*Persuasion*)出版。

1870年 姪子愛德華·奈特(Edward Knight)出版傳記《珍·奧斯汀回憶錄》(*A Memoir of Jane Austen*)。

2013年 英國皇家郵政發行《傲慢與偏見》出版200週年紀念郵票。

2017年 新版10英鎊紙幣發行,反面印上珍·奧斯汀肖像。

Golden Age 50

傲慢與偏見

【復刻1894年孔雀版經典插畫160幅｜珍．奧斯汀250歲冥誕珍藏紀念版】

Pride and Prejudice

作　　者　珍．奧斯汀 Jane Austen
譯　　者　章晉唯

野人文化股份有限公司
社　　長　張瑩瑩
總 編 輯　蔡麗真
副總編輯　陳瑾璇
責任編輯　李怡庭
專業校對　林昌榮
行銷經理　林麗紅
行銷企劃　李映柔
美術設計　黃暐鵬

出　　版　野人文化股份有限公司
發　　行　遠足文化事業股份有限公司（讀書共和國出版集團）
　　　　　231新北市新店區民權路108-2號9樓
　　　　　電話：(02)2218-1417　傳真：(02)8667-1065
　　　　　電子信箱：service@bookrep.com.tw
　　　　　網址：www.bookrep.com.tw
　　　　　郵撥帳號：19504465遠足文化事業股份有限公司
　　　　　客服專線：0800-221-029
法律顧問　華洋法律事務所　蘇文生律師
印　　刷　呈靖彩藝股份有限公司
初版一刷　2025年4月

傲慢與偏見【復刻1894年孔雀版經典插畫160幅｜
珍．奧斯汀250歲冥誕珍藏紀念版】／
珍．奧斯汀（Jane Austen）著；章晉唯譯.
－初版.－新北市：野人文化股份有限公司出版：
遠足文化事業股份有限公司發行，2025.04
　面；　公分.－（Golden Age；50）
譯自：Pride and Prejudice
ISBN　978-626-7555-44-6（精裝）
ISBN　978-626-7555-39-2（EPUB）
ISBN　978-626-7555-40-8（PDF）
873.57　　　　　　　　113019050

線上讀者回函專用QRcode，
你的寶貴意見，
將是我們進步的最大動力

野人文化
官方網頁